GEISTER, DIAMANTEN UND EIN DAIQUIRI DRIVE-IN

PYPER RAYNE SERIE, BUCH 4

DEANNA CHASE

Übersetzt von
ANNA DRAGO

ÜBER DIESES BUCH

Pyper und Julius heiraten! Es gilt, eine Hochzeit zu planen, Kleider zu bestellen und Daiquiris zu genießen. Doch als ein alter Fluch sein hässliches Gesicht zeigt und in einem Mord endet, ist Pypers jüngerer Bruder Bo plötzlich in Gefahr, eines Verbrechens angeklagt zu werden, das er nicht begangen hat.

Jetzt kämpfen Pyper und ihre Freunde gegen die Zeit, um Bos Namen reinzuwaschen und den Fluch zu neutralisieren, bevor er ein weiteres Leben fordert. Mit ein wenig Hilfe der Geister von New Orleans ist Pyper entschlossen, die Lage zu retten ... und trotzdem ihr perfektes Hochzeitskleid zu finden.

KAPITEL EINS

„Beweg deinen Arsch aus der Umkleidekabine, Jade!", rief ich. „Wie sollen wir eine Entscheidung treffen, wenn du uns nicht sehen lässt, wie das Kleid aussieht?"

„Sie hasst es. Ich weiß es", seufzte Kat und nahm ein kurzes, funkelndes rosa Kleid von der Stange, das eine riesige Schleife am Arsch hatte.

Ich schüttelte den Kopf und runzelte die Stirn. „Ich trage nichts mit Arsch-Accessoires."

Mit einem Schmollmund hängte sie es zurück. Eine Sekunde später leuchteten ihre Augen auf, als sie ein pfauenblaues Kleid mit einer pfauenschwanzförmigen Schleppe umklammerte.

„Nicht so sehr wie das hier, da bin ich mir sicher." Ich rümpfte die Nase. Wenn sie so weitermachte, wären wir im Rennen um den Titel „Amerikas geschmackloseste Hochzeitsgesellschaft" ganz vorn dabei.

„Ich komme ja schon. Himmel! Gebt mir eine Minute, um das Ding anzuziehen, ja?", rief Jade aus der Umkleidekabine. Ihr Ton war genervt und die Verärgerung ihr deutlich anzuhören.

„Das hört sich nicht gut an." Kat verzog das Gesicht und hängte die Monstrosität weg.

Ich warf einen Blick auf die Uhr. Es war gerade zehn Uhr morgens. Aus unseren bisherigen Hochzeitsvorbereitungen schloss ich, dass uns ein langer Tag bevorstand. Wir waren bei Nola Bridal im Warehouse District und hatten gerade mit der Suche nach Brautjungfernkleidern für meine und Kats Hochzeit begonnen. So wie ich Kat kannte, war es für sie unmöglich, im ersten Laden, den wir besuchten, das zu finden, was wir anziehen sollten. Ich dagegen hatte schon eine Handvoll Vintage-Kleider beiseite gehängt. Kat und Jade mussten nur die aussuchen, die ihnen gefielen. Ich hängte meine Kleiderwahl an den Haken an der Tür von Jades Umkleidekabine und ließ mich dann auf einem gepolsterten Stuhl nieder, während ich darauf wartete, dass sie herauskam.

„Das ist ... na ja, seht selbst", sagte Jade, als sie die Umkleidekabine verließ.

„Oh, wow", sagte Kat mit großen Augen. „Das ist, ähm ..."

„Gott im Himmel, was in aller Welt hast du da an?", fragte ich und machte mir nicht einmal die Mühe, mein Lachen zurückzuhalten. Die Stoffrosetten, die den kurzen Rock säumen, kombiniert mit dem goldbestickten, schimmernd-pinkfarbenen Oberteil und ihrem

Schwangerschaftsbauch erinnerten mich an ein Fabergé-Ei. An der Kleiderstange hatte das Kleid interessant ausgesehen. An Jade war es eine totale Mode-Katastrophe.

Jade starrte mich böse an. „Das Kleid, von dem du Kat eingeredet hast, dass ich es unbedingt anprobieren muss."

„Ich sehe es", sagte ich immer noch kichernd. „Ich meine *das.*" Ich zeigte auf ihren Bauch und gestikulierte hilflos. „Hast du einen Wasserball verschluckt, als du da drin warst?" Als wir den Laden betreten hatten, war Jades Bauch kaum zu sehen gewesen – sie war schließlich erst im vierten Monat. Doch jetzt lenkte das Design die Blicke auf ihren Bauch und ließ sie so aussehen, als könnte sie jeden Moment ihr Baby zur Welt bringen.

„Das ist eine Schwangerschaftsprothese", erklärte Kat. „So können wir sehen, wie das Kleid aussehen wird, wenn sie kurz vor der Geburt steht."

„Nun, die erfüllt auf jeden Fall ihren Zweck, nicht wahr? Vielleicht ein Kleid, das eher ausgestellt und weniger gerüscht ist?", schlug ich vor.

„Könnt ihr beide nicht einfach durchbrennen? Oder eure Hochzeiten auf den nächsten Frühling verschieben, wenn ich wieder Normalgewicht habe?", fragte Jade und drehte sich zur Seite, um ihren falschen Babybauch im Spiegel zu betrachten. Sie seufzte und watschelte zum nächstgelegenen Sessel. Sie hielt sich an der Armlehne fest und ließ sich vorsichtig auf den Sitz sinken. Doch in dem Moment, als ihr Po das Kissen berührte, hallte das herzzerreißende Geräusch reißenden Stoffes durch den Umkleidebereich. „Oh nein. Nein, nein, nein, nein! Das ist nicht gerade passiert."

„Oops", sagte ich und kämpfte gegen den Drang zu lachen an. Typisch für uns, Jade in ein Kleid zu stecken, dessen Nähte reißen und bei dem ihr Arsch raushängt. „Ich denke, wir können mit Sicherheit sagen, dass das ein Nein ist."

Jade rappelte sich auf und betrachtete ihren entblößten Po in einem der Spiegel. „Jetzt auf jeden Fall."

„Oh du meine Güte!" Die überarbeitete Brautberaterin stürmte herbei, und ihr besorgter Gesichtsausdruck verbarg kaum ihre Verärgerung. Zweifellos hatte sie in ihrer Karriere schon eine ganze Reihe ruinierter Kleider gesehen, nachdem Frauen aller Körperformen versucht hatten, sich in die Größe 34 zu quetschen.

„Tut mir so leid", sagte Jade, und ihre Wangen wurden leuchtend rot. „Ich werde es natürlich bezahlen."

„Nein, nein." Die Beraterin schüttelte den Kopf. Unter ihren mit Wimperntusche verschmierten Augen waren Tränensäcke und auf ihrer weißen Bluse ein Tintenfleck. Jemand hatte nicht den besten Tag. „Es ist nur eine Naht", fügte sie hinzu. „Wir können es reparieren."

„Sind Sie sicher? Denn wir –", begann Kat.

„Ich bin sicher." Die Lippen der Beraterin verzogen sich zu einem Lächeln. Ihr ganzes Gesicht leuchtete auf, und die Müdigkeit in ihren Augen verschwand. Die Verwandlung ließ sie zehn Jahre jünger erscheinen. „Es ist nicht das erste Mal, dass eine Panne passiert. Ich bin mir sicher, dass es auch nicht das letzte Mal sein wird. Machen Sie sich bitte keine Sorgen."

„Das ist nett von Ihnen", sagte ich und führte Jade

zurück in die Umkleidekabine. „Komm, holen wir dich aus diesem Ding raus, bevor noch mehr kaputtgeht."

„Und bevor noch irgendjemand sonst meinen Spitzentanga sieht", flüsterte Jade mir zu.

Ich kicherte und stellte mich hinter sie, um zu verhindern, dass sie ihren Po zur Schau stellte.

„Wartet!"

Jade und ich drehten uns beide um und sahen, wie eine zierliche Blondine aus dem Laden auftauchte, mit einem – Zauberstab? – in der Hand. Ich starrte sie an und bemerkte ihr entspanntes Lächeln und die kleinen Lachfältchen um ihre Augen. Sie trug ein figurbetontes Baumwoll-T-Shirt, einen langen, fließenden Baumwollrock und hatte ein Gänseblümchen hinter einem Ohr versteckt.

„Hi. Ich bin Esme, die Besitzerin des Ladens." Sie streckte Jade ihre Hand entgegen.

„Hi." Jades Augen weiteten sich, als sie der Frau die Hand schüttelte und ein schwaches Licht über ihre Haut huschte. „Du bist eine Hexe."

„Du auch", sagte sie mit glitzernden Augen.

„Du bist wirklich ein Blitzmerker, Jade." Ich grinste. „Der Zauberstab war wohl kein klares Zeichen dafür?"

Kat lachte.

„Es ist nicht so, dass moderne Hexen durch die Gegend rennen und alle ihre Zauber mit Zauberstäben wirken, oder?", bemerkte Jade und starrte uns ausdruckslos an.

„Nein, normalerweise nicht", stimmte ich zu. „Aber wir sind in New Orleans, hier ist alles möglich." Einschließlich des Geistes, der der Hexe folgte. Dieser Geist war eine ältere Version von Esme mit Falten um die Augen und dünneren Lippen. Und ihrem Haar nach zu urteilen, das im Stil der Siebzigerjahre gestylt war, vermutete ich, dass sie die Großmutter oder Großtante der Hexe war.

Esme schwenkte besagten Zauberstab. „Der soll mir nur helfen, meine Kraft zu verfeinern. Schau." Sie drehte Jade so, dass wir alle ihr Profil im Spiegel sehen konnten, dann stellte sie sich hinter sie. Sie berührte mit der Spitze des Zauberstabs das Kleid am unteren Ende des Risses und sagte: „Fäden die gerissen, seid nicht mehr zerschlissen!"

Ein Lichtfunke tanzte über den Stoff, als er sich auf magische Weise wieder zusammenfügte. „So gut wie neu", erklärte sie mit einem freundlichen Augenzwinkern.

„Beeindruckend. Wie präzise!" Jade drehte sich im Spiegel um und untersuchte den Zauber der Hexe. „Wie hast du das gemacht?"

Sie zuckte mit den Schultern. „Ich vermute, das kommt, weil ich jahrelang mit meiner Großmutter genäht habe. Ich muss mir nur vorstellen, was der Stoff machen soll, und er tut es."

Ich habe ihr gesagt, dass sich all diese Lektionen auszahlen würden, erklärte der Geist. *Jetzt sieh sie dir an. Sie besitzt eine Boutique und ist nicht darauf angewiesen, dass ein Mann ihre Rechnungen bezahlt.*

Ich lächelte den Geist an und nickte.

Du kannst mich sehen?, fragte sie erstaunt.

„Natürlich. Ich bin Pyper und zufällig ein Medium", stellte ich mich vor. „Möchten Sie, dass ich ihr irgendetwas sage?" Ich war nicht immer in der Lage, Geister zu sehen und mit ihnen zu kommunizieren. Aber nachdem ich meinen Körper mit einer anderen Seele geteilt hatte, die es konnte, hatte ich sozusagen ihre Fähigkeit geerbt. Eine Zeit lang hatte ich es gehasst, irgendjemandem zu sagen, wozu ich in der Lage war. Die Leute waren entweder wegen meiner Fähigkeiten ausgeflippt oder besessen davon, ihre Lieben zu kontaktieren. Manchmal konnte es wirklich mühsam sein. Aber da Esme eine Hexe war, ging ich davon aus, dass sie die Nachricht gelassen aufnehmen würde.

„Wer ist hier?", fragte Esme und sah sich um.

Ich sah den Geist mit hochgezogenen Augenbrauen an und wartete auf eine Antwort.

Ihre Großmutter Tess. Sag ihr, dass ich gesagt habe, dass sich das Üben auszahlt.

„Deine Großmutter Tess ist hier. Sie ist stolz auf dich, Esme. Und sie möchte, dass ich dir sage: ‚Ich hab's dir ja gesagt.'"

Während sie lachte, stiegen Tränen in die Augen der Hexe. „Ja, das hat sie. Und du hattest recht, Grams. Danke."

Jade drückte Esmes Arm und verschwand in der Umkleidekabine. Kat suchte nach etwas Passenderem für eine dann im siebten Monat schwangere Brautjungfer, und ich erzählte Esme von Großmutter Tess' klugen Worten, bis ihre Großmutter schließlich von Esme verlangte, mir die Vintage-Kleider hinten zu zeigen.

„Aber das sind Kleider, die deine Familie getragen hat", keuchte Esme. „Du hast gesagt, sie sind was Besonderes."

Das sind sie auch. Aber sie nützen niemandem, wenn sie nur im Lager hängen. Sag Esme, sie soll sie verkaufen. Oder vermieten. Was mit ihnen machen, aber sie soll sie bloß nicht von den Motten auffressen lassen. Der Geist hielt inne und musterte mich. *Habe ich nicht gehört, dass du auf der Suche nach Vintage-Stücken aus den Zwanzigern bist?*

Ich nickte. „Ja. Mein Verlobter hat eine Verbindung dazu."

Gut. Du wählst zuerst das aus, das du möchtest ... als Dankeschön dafür, dass du eine Verbindung zu meiner Enkelin für mich hergestellt hast.

„Das ist wirklich süß, aber Sie müssen das nicht –"

Erstens, bitte sag du. So lange bin ich nun auch wieder nicht tot. Und zweitens, ich möchte es. Sie schwebte zu ihrer Enkelin, legte ihre durchsichtigen Arme um sie und schmiegte dann ihre Wange auf den Kopf der anderen Frau. *Ich liebe dich, kleines Mädchen. Tu, was Pyper sagt.*

„Ja, Grams", flüsterte Esme.

Meine Augen weiteten sich. „Hast du sie gehört?"

Esme schüttelte den Kopf. „Nein, es war eher das Gefühl, das ich hatte, wenn sie mich herumkommandiert hat. Sie hat mir einen Befehl gegeben, nicht wahr?"

Ich lachte und erzählte ihr alles. Es kam mir komisch vor, ihr zu befehlen, mir Kleider zu zeigen, von denen sie nicht vorgehabt hatte, sie zu verkaufen.

„Das klingt sehr nach ihr." Esme schüttelte gespielt genervt den Kopf und schmunzelte dann mit funkelnden Augen. „Also gut. Lass uns gehen. Ich denke, sie werden dir wirklich gefallen."

„Ich gehe mir Hochzeitskleider ansehen!", rief ich Jade zu, die gerade das sechste Kleid anprobierte.

„Okay. Ich werde hier sein und Kats nächste Runde von Gott weiß was anprobieren!", rief sie zurück; ihr Ton war entspannt und voller Humor. Zweifellos hatte die

8

Wiedervereinigung von Esme und Großmutter Tess ihr hormongestresstes Herz berührt.

„Hey, wenn du mir die Hochzeitskleider gezeigt hast, kannst du dann ein paar Brautjungfernkleider auswählen, die ein bisschen Bling haben und einer schwangeren Frau gut stehen würden?", bat ich Esme. „Sonst wird Kat sie alles im Laden anprobieren lassen."

Esme schauderte sichtlich. „Kat ist also auch eine Braut?"

„Leider ja. Du willst nicht wissen, wie viele Kuchen wir schon probiert haben."

„Verstehe. Dann werde ich eingreifen." Sie öffnete eine Tür mit der Aufschrift LAGER – NUR FÜR MITARBEITER und winkte mich hinein. „Hier entlang."

Ich folgte ihr durch ein Labyrinth aus Kleidersäcken, bis wir an einer weiteren geschlossenen Tür mit der Aufschrift VINTAGE stehenblieben. Esme stieß die Tür auf und enthüllte einen begehbaren Kleiderschrank aus Zedernholz mit etwa einem Dutzend Kleidern, jedes Einzelne sorgfältig an einer Schaufensterpuppe ausgestellt.

„Oh mein Gott", sagte ich mit einem unterdrückten Keuchen. „Die sind alle wunderschön."

„Such aus, was immer dir gefällt." Ein Lächeln umspielte ihre Lippen, als sie mit der Hand wedelte und mich einlud, mich umzusehen.

Ich stand in der Mitte des Raumes und blickte mit großen Augen auf das perlenbesetzte Hochzeitskleid im Flapper-Stil. Es war knielang und hatte einen tiefen Ausschnitt mit passenden elfenbeinfarbenen Satinhandschuhen. Daneben hing ein hochgeschlossenes, figurbetontes Spitzenkleid, das aussah, als sollte ein

Filmstar es tragen. Aber das, das mir wirklich ins Auge stach, war das in der Ecke versteckte mit einem aufwendig perlenbesticktem Oberteil und einem hoch taillierten Tüllrock, in dessen Stoff zarte Perlen eingenäht waren. Der Look war so unglaublich romantisch, dass ich meine Augen nicht losreißen konnte.

„Dazu gibt es einen passenden Umhang", sagte Esme mit einem Lächeln in der Stimme.

„Bin ich so leicht zu durchschauen?", fragte ich, als ich auf das Kleid zuging, da ich bereits wusste, dass es das Richtige war. Wenn es nicht passte, musste ich mich von jemandem hineinzaubern lassen, denn nichts würde mich davon abhalten, es an meinem Hochzeitstag zu tragen.

„Du hattest den Blick. Weißt du, den, den jede Braut bekommt, wenn sie das Kleid ihrer Träume findet." Sie nahm das Kleid und den Kleidersack dahinter. „Bereit?"

„Bereit."

Fünf Minuten später stand ich mit Tränen in den Augen in der Umkleidekabine. Tränen. Ich, Pyper Rayne, weinte wegen eines Hochzeitskleids. Wer hätte das gedacht? Ich war das Mädchen, das sich die Haare in unnatürlichen Farben färbte und Korsetts zu zerrissenen Jeans und abgewetzten Motorradstiefeln trug. Im Moment hatte ich eine leuchtend violette Strähne in meinen dunklen Haaren. Die meisten würden meinen Style trendig oder ausgefallen nennen, aber sicher nicht romantisch. Doch in dem Vintage-Kleid spürte ich all die Emotionen, die eine Frau erwarten würde, wenn sie sich dazu entschloss, den Mann ihrer Träume zu heiraten.

„Oh, Pyper", schwärmte Jade mit feuchten Augen. „Du bist wunderschön. Es ist perfekt."

„Das ist es wirklich", sagte Kat ehrfürchtig. „Ich kann nicht glauben, dass du dein Kleid im ersten Laden gefunden hast, den wir betreten haben. Warum schaffe ich das nie?"

„Ich habe einfach eine wirklich gute Vorstellung davon, was ich will, schätze ich", sagte ich und starrte immer noch auf das unglaubliche Kleid. Wie sollte ich mich dazu zwingen, es wieder auszuziehen? Ich hatte mich noch nie so elegant gefühlt wie in diesem Moment.

„Wir sollten wahrscheinlich die Brautjungfernkleider anprobieren, die Pyper uns vorhin mitgebracht hat", sagte Kat. „Sehen, welche am besten zu uns passen."

Jade nickte, und die beiden teilten die wartenden Kleider auf und verschwanden in den Umkleidekabinen.

Ich hielt mein Handy vor den Spiegel, machte ein paar Fotos und griff dann nach dem Reißverschluss, um mich dazu zu zwingen, wieder meine Kleider anzuziehen. Und gerade, als ich den Reißverschluss meiner zerrissenen Jeans zuzog, vibrierte das Handy in meiner Gesäßtasche. Auf dem Bildschirm erschien das Bild meines Bruders.

Bo war siebzehn, und ich hatte ihn erst vor ein paar Monaten kennengelernt und zu mir geholt. Es war beängstigend gewesen, die Verantwortung für einen Teenager zu übernehmen, aber bisher war alles größtenteils reibungslos verlaufen. Den Göttern sei Dank. Ich hatte keine Ahnung, was ich mit einem Unruhestifter machen sollte.

„Hey Kleiner, was gibt's?"

„Pyper? Ich brauche deine Hilfe." Seine Stimme war angespannt, und er klang außer Atem. „Es ist wichtig."

Ein Schauer lief meinen Rücken hinunter, als ich erstarrte. „Was ist? Stimmt was nicht? Geht's dir gut?"

„Ich bin mir nicht sicher", sagte er schnell.

„Du bist dir nicht sicher?", wiederholte ich, Angst und Adrenalin schossen plötzlich durch meine Glieder. Ohne überhaupt nachzudenken, machte ich mich auf den Weg zur Kasse des Ladens. „Was soll das heißen?"

„Ich war in Reagans Wohnung, und wir haben zusammen abgehangen, als es einen lauten Knall gab und magische Blitze über die Wände geknistert sind." Er bemühte sich, seine Stimme ruhig zu halten, aber er klang gehetzt und seine Stimme war von einer Spur Panik durchsetzt. „Jetzt sind die Haustür und die Fenster versiegelt, und wir sitzen fest."

„Nur du und Reagan?", fragte ich und reichte Esme das Kleid.

„Ja."

„Okay. Fasst nichts an. Ich bin mit Jade unterwegs. Wir sind gleich da. Schick mir die Adresse.

Er atmete tief aus, und ich konnte fast sehen, wie er besorgt mit der Hand durch sein dunkles Haar fuhr. „Mach' ich. Danke."

„Kein Grund, mir zu danken", sagte ich leise. „Dafür sind große Schwestern da." Es fühlte sich immer noch komisch an, mich seine Schwester zu nennen, aber ich konnte nicht leugnen, dass ich mich schon in den mürrischen Teenager verliebt hatte. Und bei dem Gedanken, dass er von einer unbekannten Macht magisch in einer Wohnung eingeschlossen worden war, drehte sich mir der Magen um.

„Das habe ich schon mal gehört." Sein Ton war jetzt melancholisch, und ich wusste, dass er an seine andere Halbschwester Mia dachte, die ihn praktisch großgezogen hatte und leider gestorben war.

Ich schluckte den Kloß herunter, der sich in meinem Hals bildete. „Bleibt ruhig. Ich bin auf dem Weg."

Als ich das Gespräch beendete, blickte ich zu Esme auf, die einen besorgten Gesichtsausdruck hatte. „Ich muss gehen. Kannst du das für mich zurücklegen? Ich komme auf jeden Fall wieder."

„Sicher. Alles okay?"

„Es ist mein Bruder. Er ist–"

„Bo?", fragte Jade hinter mir. „Was ist?"

„Danke", sagte ich zu Esme und drehte mich zu Jade um. „Ich erzähl' dir unterwegs alles. Wir müssen gehen."

Jade nickte mit besorgtem Blick und folgte mir aus dem Laden.

KAPITEL ZWEI

„*K*at will wissen, ob wir morgen mit dem Kleideraussuchen weitermachen können", sagte Jade und tippte eine Nachricht auf ihrem Handy. Sie hatte ihr eine SMS geschickt, um ihr zu sagen, warum wir verschwunden waren. Zum Glück hatte Kat so viele paranormale Notfälle miterlebt, dass unser Verschwinden sie nicht mehr erschrecken konnte. Das zeigte sich deutlich an ihrem Wunsch, die Kleiderqual fortzusetzen.

Als ich an einer roten Ampel wartete, schaltete ich die Klimaanlage meines VW-Käfers hoch. Wegen der schrecklichen Julitemperaturen war mein Hals schweißnass. Der Sommer in New Orleans war brutal, und ich biss die Zähne zusammen, als ich meine Haare zu einem improvisierten Knoten hochsteckte. „Ehrlich gesagt, Jade, alles, was mich im Moment interessiert, ist, dafür zu sorgen, dass Bo und seine Freundin in Sicherheit sind."

Jade nickte und schickte eine weitere SMS, dann steckte sie das Handy zurück in ihre Tasche. „Ich habe ihr gesagt, dass wir irgendwann nächste Woche weitermachen würden … nachdem sie ihre Auswahl eingegrenzt hat."

Ich schnaubte. Die Wahrheit war, ich mochte Kat wirklich, aber „Kat, die Braut" war in letzter Zeit mehr, als ich ertragen konnte. „Gute Idee."

„Wenn ich nie wieder ein Brautmodengeschäft von innen sehen muss, ist es noch zu früh. Fahr hier ab", sagte sie. „Bo hat geschrieben, dass Reagan in der Nähe des Flusses in einem alten viktorianischen Gebäude in einer Einzimmerwohnung lebt. Wer ist Reagan?"

„Nur eine Freundin von ihm aus der Schule", sagte ich und zwang mich, ruhig zu bleiben, während ich das Auto in das Viertel Bywater steuerte. Bo ging es gut. Es musste so sein. Ein bisschen Magie war kein Grund zur Aufregung. Und er hatte eine Menge fragwürdiger Zaubersprüche und Flüche gesehen. Es war nicht so, dass er sich nicht verteidigen konnte. Der Junge hatte schon viel Schlimmeres erlebt als versiegelte Türen und Fenster. Was auch immer das war, er würde es ebenfalls überleben. Aber ich wollte nicht, dass er irgendetwas überleben musste. Ich wollte, dass er einmal ein normales, sicheres Leben führte, anders als das, das er im Bayou gekannt hatte, als er das Mündel des berüchtigten Emerson Charles gewesen war.

„Richtig. Das hast du mir schon erzählt." Sie lehnte ihren Kopf zurück und schloss die Augen. Ihr rotblondes Haar hatte sie wie meins zu einem zufälligen Knoten zusammengedreht.

„Macht das Baby dich fertig?"

„Immer." Jade warf mir ein schwaches Lächeln zu. „Alle sagen, dass die Müdigkeit im zweiten Trimester weitgehend verschwinden soll. Darauf warte ich immer noch. Bieg hier rechts ab."

„Vielleicht sollten wir Bea oder Lucien anrufen." Als ich um die Ecke bog, bremste ich wegen eines Schlaglochs ab.

Sie hob eine Augenbraue und musterte mich mit ihren grünen Augen. „Warum?"

„Weil Julius an der Nordküste ist und irgendwas für den Rat aufspürt, und er ist für eine Weile nicht erreichbar. Wenn die Magie nicht verblasst ist und sich herausstellt, dass es sich um einen bösen Zauber handelt, könnten wir Hilfe brauchen, denkst du nicht?" Ich warf einen Blick auf ihren kleinen Babybauch. „Solltest du dich mit Magie zurückhalten?"

Sie presste ihre Lippen zu einer dünnen Linie aufeinander. Dann sagte sie mit leiser Stimme: „Ich bin nicht handlungsunfähig, okay?"

„Natürlich nicht. Das habe ich auch nicht gemeint. Ich dachte, du hättest gesagt, du wolltest so weit möglich, auf den Einsatz von Magie verzichten."

„Das schon, aber ..." Sie schüttelte den Kopf. „Ich habe Kane versprochen, dass ich mich zurückhalten werde. Aber wenn Bo in Gefahr ist und ich helfen kann, glaubst du wirklich, dass ich dann nur dastehen und Däumchen drehen werde, während wir darauf warten, dass Bea oder Lucien aufkreuzen?"

Ich seufzte, als ich das Auto direkt hinter einem weißen

Pickup anhielt. „Nein. Das hört sich nicht nach dir an. Genau deshalb habe ich vorgeschlagen, dass wir einen von ihnen anrufen."

Jade legte die Hände auf ihren Bauch. „Mach dir keine Sorgen, Tante Pyper. Dieses kleine Mädchen steht an erster Stelle. Lass uns einfach sehen, womit wir es zu tun haben, okay?"

„Also gut. Und da wir schon hier sind, könnten wir das auch gleich machen." Ich lächelte sie beruhigend an und stieg aus dem Auto. Die Wahrheit war, ich wünschte, ich hätte daran gedacht, Bea anzurufen, sobald ich von Bo gehört hatte. Dann wäre sie wahrscheinlich schon hier. Ich war es so gewohnt, dass Jade, die mächtige weiße Hexe, mit allem und jedem fertigwurde, dass ich das Baby vergessen hatte.

Jade folgte mir, ohne zu zögern, und trotz ihrer früheren Beschwerden über Müdigkeit schien es ihr nicht schlechter zu gehen, als wir beide die Straße hinaufgingen.

Wir gingen an zwei Häusern vorbei und blieben vor der leuchtend roten Tür eines großen, weißen viktorianischen Hauses stehen.

„Das ist es", sagte ich und griff nach der Türklinke.

„Warte." Jade packte meinen Arm und hielt mich davon ab, sie zu berühren. „Aus diesem Gebäude strömt das Böse."

Ich holte scharf Luft und flüsterte: „Bo ist da drin."

„Ich weiß." Sie legte ihre Hände an die Tür, schloss die Augen und ließ ihre Magie fliegen. Magie knisterte wie ein elektrischer Strom, zischte und pfiff, bis eine schwarze Rauchwolke aufstieg und die Tür aufsprang. Wir warfen einander einen Blick zu, und ohne ein Wort zu sagen, rannten wir hinein.

„Bo?", rief ich und rannte durch den Flur des viktorianischen Gebäudes. „Bo? Reagan?"

Ich dachte, ein gedämpftes Geräusch gehört zu haben, aber meine Zähne begannen zu klappern. Die Luft war so kalt, dass ich tatsächlich meinen eigenen Atem sehen konnte.

„Hier lang!", rief Jade und zeigte auf die Wohnung rechts. „Ich kann ihn da drin spüren. Ich gehe davon aus, dass die andere Präsenz Reagan ist." Jade war eine Empathin, und wenn sie ihre mentalen Schutzschilde senkte, konnte sie die emotionale Signatur anderer Leute spüren.

Ein kleines bisschen Erleichterung durchströmte mich, aber ich ließ mich nicht entmutigen. Nur, weil sie sie spüren konnte, hieß das nicht, dass sie in Sicherheit waren. Ich vertraute ihren Sinnen vollkommen und legte meine Hand auf den Türknauf. Er ließ sich leicht drehen, aber die Tür war abgeschlossen.

Ich klopfte und rief: „Bo! Geht's dir gut?"

„Ja, uns geht's gut. Wir können nur nicht raus", hörte ich seine gedämpfte Stimme durch die Tür.

„Wir sind hier. Gib uns einen Moment."

Ich drehte mich zu Jade um, aber sie war zur Wohnung auf der anderen Seite des Flurs gegangen und hatte ihre Hand an die Holztür gelegt. Direkt über ihrer Hand war ein spiralförmiges Symbol mit einem Schlitz in der Mitte, das vor goldener Magie leuchtete.

„Hey, was machst –"

19

„*Aperio!*" Magie strömte aus ihren Fingerspitzen und breitete sich wie ein Spinnennetz aus elektrischen Strömen über die Tür aus. Ihre langen rotblonden Locken wehten durch ihre Magie, und ihr ganzer Körper begann zu vibrieren, als sie immer mehr von ihrer Magie in die Tür fließen ließ.

Ich stand hinter ihr, machtlos, irgendetwas zu tun. Meine einzige nützliche Fähigkeit bestand darin, mit Geistern zu sprechen, und während ich erst kürzlich erfahren hatte, dass ich eine Spur von Magie besaß, war ich ohne meinen verzauberten Dolch – den Dolch, der in meinem Safe in meiner Wohnung eingeschlossen war – nutzlos. Allerdings kannte ich andere Hexen. Ich verfluchte mich selbst und holte mein Handy heraus, um Lucien, Julius und Bea eine Gruppennachricht zu schicken. Aber als ich versuchte, es einzuschalten, passierte nichts. Das Handy war dunkel und reagierte nicht.

„Sohn eines … Scheiße!" Ich steckte das Handy wieder in die Tasche und rief: „Ist sonst noch jemand hier? Jemand aus dem Jenseits?"

Ein flackerndes Licht bewegte sich in den Schatten im hinteren Teil des Flurs. Ich trat einen Schritt vor und blieb stehen, als es erlosch. Die Tür, gegen die Jade gekämpft hatte, wurde krachend aufgerissen, und plötzlich erwärmte sich die Luft und die drückende Julifeuchtigkeit kehrte zurück.

Jade steckte ihren Kopf in die Wohnung und fluchte.

„Was ist?", fragte ich und folgte ihr hinein.

Aber sie brauchte nichts zu sagen. Ein junger Mann lag am Boden, ein Bein in einem seltsamen Winkel verdreht, sein leerer Blick starrte ins Nichts. Ein Messer ragte aus seiner Brust.

„Er ist tot, nicht wahr?"

„Ja." Jade ging vorsichtig auf den Mann zu und drückte zwei Finger auf seinen Puls. Sie schüttelte den Kopf, stand auf und ging auf die offene Tür zu. „Seine emotionale Signatur war verschwunden, aber ich musste sicher sein."

Ich starrte zum offenen Fenster und auf die zerbrochene Kaffeetasse, deren Scherben am Boden verteilt lagen. Schwarzer Kaffee war über den Holzboden gespritzt, der intensive Duft hing noch immer in der Luft.

„Jemand ist gerade aus diesem Fenster geflohen", sagte ich und eilte hinüber. Ich spähte in die kleine Gasse zwischen den beiden Häusern und schüttelte den Kopf. „Niemand mehr da."

„Komm." Jade legte ihre Hand um mein Handgelenk und zog mich sanft aus dem Zimmer. „Das ist ein Tatort, wir dürfen nichts verändern."

„Pyper?" Bos zittrige Stimme kam von der offenen Tür.

Mein Blick blieb an seinen strahlend blauen Augen hängen, die meinen eigenen so ähnlich waren, und etwas zerbrach in mir. Ich eilte zu ihm, schlang meine Arme um ihn und drückte ihn an mich.

„Whoa", sagte er und trat einen Schritt zurück.

Aber ich hielt ihn fest und ließ ihn nicht gehen. Ich war zu erschüttert. Zu erleichtert. Obwohl wir uns noch nicht lange kannten, hatte ich den Jungen ins Herz geschlossen. Um die letzten fünf Jahre zu überleben, war er gezwungen gewesen, hart zu sein, hatte aber dennoch ein zartes Herz aus Gold und einen ausgeprägten Beschützerinstinkt.

„Ähm, Pyper", sagte er zögernd. „Ich denke, du kannst jetzt loslassen."

Ich hob den Kopf, um ihm in die Augen zu sehen, und schüttelte den Kopf. „Noch nicht. Ich brauche noch einen Moment."

Er stand für einen Augenblick wie erstarrt in meinen Armen, dann schlang er seine Arme um mich und hielt mich fest. Tränen brannten in meinen Augen, aber ich blinzelte sie zurück. Jetzt war nicht die Zeit, loszuheulen. Wir standen vor einem Tatort, und ich musste die Kinder von dem toten Mann wegbringen, der am Boden lag.

Ich ließ ihn los und lächelte ihn an. „Komm. Ihr zwei müsst hier raus."

Weder Bo noch Reagan zögerten, als ich sie in den Flur führte.

Jade folgte ihm, blieb aber stehen und starrte auf das immer noch leuchtende Symbol an der Tür.

„Weißt du, wofür das steht?", fragte ich sie.

Jade schüttelte den Kopf. „Nein. Aber es fühlt sich an wie … ich weiß nicht. Wütend? Außer Kontrolle?"

„Immer noch?"

„Ja. Ich dachte, ich hätte es neutralisiert, als ich die Tür aufgebrochen habe, aber scheinbar nicht."

„Ist es schwarze Magie?", fragte ich und konnte die Sorge nicht aus meiner Stimme halten.

Sie biss sich auf die Unterlippe. „Ich denke ja. Aber ich bin mir nicht ganz sicher. Es fühlt sich anders an als die anderen Male, als ich mit schwarzer Magie zu tun hatte." Sie legte ihre Hand auf die Tür, hielt inne und schoss noch einmal ihre Magie darauf. „Autsch!" Sie zuckte zurück und hielt ihre Hand. „Verdammt. Das hat nicht funktioniert."

„Das reicht", sagte ich und zog sie aus dem Haus. Sie wehrte sich nicht, starrte aber über die Schulter zur Tür, sichtlich entnervt darüber, dass es ihr nicht gelungen war, den Fluch zu neutralisieren.

Als wir auf dem Bürgersteig warteten, hörten wir das Heulen von Sirenen, was darauf hindeutete, dass Rettungskräfte auf dem Weg hierher waren.

„Was ist passiert?", fragte Jade Bo und Reagan. „Habt ihr irgendwas gehört oder gesehen?"

„Nicht viel", sagte Reagan, ein hübsches Mädchen mit glattem, dunklem Haar und onyxschwarzen Augen. Sie presste ihre Hand an ihre Kehle und biss sich auf die Unterlippe. „Wir haben auf meinem Sofa gesessen, als wir den Knall hörten. Bo wollte die Tür aufmachen, um zu sehen, was los war, aber es ging nicht. Wir waren eingesperrt. Die Wände haben geleuchtet ... wie das Symbol an Clives Tür."

„Das muss ein mächtiger Zauber gewesen sein, wenn er das ganze Gebäude zum Leuchten gebracht hat", sagte ich.

Jade nickte und runzelte die Stirn, als sie zusah, wie die Ersthelfer in das Gebäude rannten. Zwei Streifenwagen und ein Krankenwagen parkten vor dem Haus. Sanitäter bargen die Leiche des Mannes, während fünf Polizisten um den Eingang des Gebäudes herumliefen, als wäre es nur ein weiterer Mord.

Es dauerte nicht lange, bis einer der Polizisten auf Reagan zukam. „Miss, wir haben ein paar Fragen an Sie."

Reagan sah Bo mit besorgter Miene an, aber sie nickte. „Okay."

„Kannten Sie das Opfer?"

„Nicht wirklich. Er war nur mein Nachbar."

Der Beamte machte sich eine Notiz und fragte, ohne aufzusehen: „Sind Sie je mit ihm ausgegangen?"

„Was?" Sie zuckte zurück, erschrocken über die Frage. „Nein. Warum fragen Sie mich sowas?"

„Hatten Sie jemals einen Konflikt?", fuhr der Beamte fort, ohne auf ihre Frage einzugehen.

„Nein."

„Was ist mit Ihrem Freund hier?" Er deutete auf Bo. „Hatte er ein Problem mit Ihrem Nachbarn?"

Reagan verzog verwirrt das Gesicht. „Er ist nicht mein Freund."

„Was wollen Sie damit andeuten, Officer?", fragte ich und machte mir nicht die Mühe, meine Verärgerung zu verbergen. „Stehen Sie allen Ernstes hier und beschuldigen meinen Bruder und seine Freundin, diesen Mann ermordet zu haben, obwohl es keinerlei Beweise gibt?"

Der Beamte drehte sich zu mir um, sein stählerner Blick ging geradewegs durch mich hindurch. „Das stimmt nicht ganz."

„Was meinen Sie damit?"

Er stand nur da und sagte nichts, was mich extrem irritierte. Dann winkte er endlich einen der Tatortermittler herbei. Die Frau, gekleidet in Jeans und T-Shirt, trug ein Abzeichen um den Hals und eine Kamera in der Hand.

„Perry, zeig ihnen die Fotos", sagte der Beamte.

Sie hob, ohne ein Wort zu sagen, fragend die

Augenbrauen. Als der Beamte ihr kaum merklich zunickte, zuckte sie mit den Schultern und drückte ein paar Knöpfe. Das Display leuchtete auf und zeigte ein Foto. Sie drehte die Kamera um, damit wir es sehen konnten.

Ich kniff die Augen zusammen und versuchte zu erkennen, was es war. „Was zum –?"

„Es ist eine Collage", sagte Reagan und drückte die Hand an ihren Hals. Dann quietschte sie: „Das bin alles ich."

KAPITEL DREI

*D*em unverhohlenen Schock in Reagans Gesicht nach und der brodelnden Wut in dem von Bo, konnte ich, auch ohne Empathin zu sein, erkennen, dass keiner von ihnen diese Fotos jemals zuvor gesehen hatte.

„Er hat sie gestalkt?", keuchte Bo.

„Oder sie hat für ihn posiert", schlug der Beamte schulterzuckend vor.

„Lassen Sie mich das Foto sehen." Ich blickte der Ermittlerin über die Schulter. Reagan sah auf keinem der Fotos in die Kamera, und soweit ich das beurteilen konnte, wusste sie in keinem, dass sie fotografiert wurde. Nicht eine einzige gestellte Pose. Mein Innerstes brodelte vor Ekel, und ich konzentrierte mich auf das Namensschild des Beamten. „Officer Gandy, ich denke, es ist das Beste, wenn Sie Ihre Fragestellung noch einmal überdenken. So, wie diese Collage und die Fotos aussehen, scheint es ziemlich offensichtlich zu sein, dass dieser Mann Reagan gestalkt hat."

„Das würde erklären, warum sie vielleicht geneigt war, sich zu rächen", sagte er mit einem selbstgefälligen, humorlosen Grinsen.

„Ich habe nichts dergleichen –"

„Reagan", unterbrach ich sie. „Du musst nichts weiter sagen. Officer Gandy will Informationen. Informationen, die du nicht hast. Lass dich nicht von ihm dazu verleiten, etwas zu sagen, das er später gegen dich verwenden könnte."

Bo öffnete den Mund, aber Jade packte seinen Arm und drückte die Finger in seine Haut.

„Au!", protestierte er und sah sie stirnrunzelnd an.

„Ich denke, wir sollten warten und mit dem Ermittler des Hexenrats sprechen", sagte ich und verschränkte die Arme vor der Brust.

Gandy runzelte die Stirn. „Es wird keinen Ermittler vom Hexenrat geben."

„Warum nicht?", rief Jade.

„Weil es keine Anzeichen von magischer Aktivität oder eines Verbrechens gibt, Miss …?"

„Calhoun." Jade reichte ihm die Hand und räusperte sich. „Jade Calhoun, Anführerin des Zirkels von New Orleans."

Gandy starrte auf ihre Hand, als wäre sie ein kalter, toter Fisch.

Ein paar Sekunden vergingen, und als klar wurde, dass er ihr nicht die Hand schütteln würde, ließ Jade sie sinken. „Dann eben nicht höflich. Aber erklären Sie mir zumindest, warum Sie den Rat nicht rufen wollen."

„Ich habe Ihnen schon gesagt, dass wir keinerlei Hinweise auf ein paranormales Foulspiel gefunden haben."

„Was ist mit dem leuchtenden Symbol an Clives Tür?", fragte sie.

Er schüttelte den Kopf. „Es gibt kein Symbol." Dann wandte er sich Reagan zu. „Das Gebäude wird für die nächsten Tagegesperrt, während die Ermittler alles durchforsten. Das heißt, Sie gehen da nicht rein. Verstanden?"

„Aber … wo soll ich übernachten?", fragte sie, Panik in ihrer Stimme. „Ich habe kein Geld für ein Hotel oder …"

„Du übernachtest bei uns", sagte Bo.

„Ach so?" Meine Augenbrauen schossen so hoch, dass ich mir sicher war, dass sie meinen Haaransatz erreichten.

„Das kann ich nicht", sagte Reagan kopfschüttelnd. Tränen traten ihr in die Augen, und all meine Mutterinstinkte erwachten zum Leben.

„Natürlich kannst du das", sagte ich, und mein Verantwortungsgefühl meldete sich, als mir einfiel, dass Reagan ein siebzehnjähriges Mädchen war, das seit sieben Monaten emanzipiert war, nachdem ihre Mutter bei einem Autounfall ums Leben gekommen war. Sie lebte allein, und es war inakzeptabel, sie nach den Ereignissen des Tages sich selbst zu überlassen. „Du kannst auf dem Sofa schlafen."

„Sie kann mein Schlafzimmer haben", sagte Bo kopfschüttelnd. „Ich werde auf der Couch schlafen."

Gandy, der während des gesamten Gesprächs gelangweilt gewirkt hatte, reichte mir ein Klemmbrett. „Schreiben Sie Ihre Adresse auf. Wir werden noch weitere

Fragen an diese beiden haben." Er gestikulierte in Bos und Reagans Richtung.

Seine Worte ließen alle verstummen.

Ich schrieb schnell meine Adresse und Telefonnummer auf, und als ich Gandy das Klemmbrett zurückgab, zwang ich heraus: „Sie haben nichts getan."

„Das werden wir ja sehen." Seine Stimme war schroff und vorwurfsvoll, als er zurück ins viktorianische Gebäude marschierte.

Jade folgte ihm direkt hinein, als ob sie dorthin gehörte. Es dauerte nicht lange, bis ein Beamter sie hinausbegleitete, doch sie hatte ein selbstzufriedenes Lächeln auf den Lippen, und ich wusste sofort, was sie getan hatte – sie hatte nach dem Symbol gesehen, solange das Gebäude noch zugänglich war.

„Das Symbol ist wirklich verschwunden." Ihr Lächeln versiegte, und sie sah niedergeschlagen aus. „Ohne werden sie den Rat nicht rufen."

„Aber wir alle haben die Magie gesehen. Sicherlich ist unser Wort gut genug, oder?", protestierte ich. Ich hatte keinen Zweifel daran, dass eine abtrünnige Hexe Reagans Nachbarn ermordet hatte. Das NOPD hatte keine Chance, jemanden zu fangen, der über mächtige Magie verfügte. „Warum rufst du sie nicht einfach zur Sicherheit an?"

„Er glaubt ihnen nicht", sagte Jade und nickte in Richtung von Reagan und Bo, während sie Gandy anstarrte, der jetzt auf der Veranda stand. „Schlimmer noch, er ist hungrig nach einer Verurteilung. Ich habe seine Aufregung gespürt." Sie schauderte, als ob seine emotionale Energie ihr eine Gänsehaut bereitet hätte. „Ich wette, er glaubt, dass der

Abschluss einer Mordermittlung ihm eine Beförderung verschaffen wird. Pyper, ich fürchte wirklich, dass er alles in seiner Macht Stehende tun wird, um das Bo und Reagan anzuhängen."

Reagan keuchte. Bo kochte sichtlich.

„Macht euch keine Sorgen", sagte ich überzeugt zu den beiden Teenagern. „Das werden wir nicht zulassen, selbst wenn wir den Fall selbst lösen müssen."

Jade nickte zustimmend.

Wir sahen zu, wie die Ersthelfer in und um das Gebäude herumgingen, und als sie begannen, Sperrband anzubringen, sagte ich: „Lasst uns hier verschwinden. Wir haben zu tun."

Bo streckte Reagan seine Hand entgegen. Sie starrte sie einen Moment lang an, seufzte dann jedoch und legte ihre Finger in seine. Gemeinsam gingen sie den Bürgersteig entlang auf meinen roten Käfer zu.

Jade und ich warfen uns einen wissenden Blick zu. Um Bo war es geschehen.

Großartig. Genau das, was ich brauchte – zwei emotionale Teenager unter meinem Dach. Dennoch reichte mir das Wissen, dass sie in Sicherheit waren. Ich würde nur dafür sorgen müssen, dass Ida May ein Auge auf sie hatte.

Ich schnaubte bei dem Gedanken.

„Was?", fragte Jade.

„Nichts. Ich bin einfach nur dankbar, dass Ida May da ist." Ich zwinkerte ihr zu. „Falls sie da oben rummachen, werde ich sicher davon erfahren."

∽

ALS WIR WIEDER IM French Quarter ankamen, war klar, dass Jade nicht arbeiten würde. Als ich vor dem Haus anhielt, das sie mit Kane teilte, waren ihre Augen geschlossen, und ihr Kopf hing zur Seite. Ich weckte sie und scheuchte sie in ihr Haus. Doch nicht, bevor sie protestierte und darauf bestand, dass sie bereit war für was auch immer.

Ich nahm es ihr nicht ab. Was auch immer sie getan hatte, um den Zauber zu brechen und die Türen des Gebäudes zu öffnen, hatte sie offensichtlich erschöpft. Ihre blasse Haut und die dunklen Ringe unter ihren Augen waren Beweis genug.

„Ich habe Kane angerufen", sagte ich. „Er ist auf dem Weg, und wenn du nicht hier bist, nachdem ich ihm gesagt habe, dass du im Auto eingeschlafen bist, wird es Ärger geben."

Sie runzelte die Stirn. „Nicht fair, Rayne. Überhaupt nicht fair."

Ich grinste sie nur an und schob sie sanft aus dem Auto. „Ruh dich aus, Calhoun. Überlass' es Kane, sich um dich zu kümmern. Ich werde Julius bitten, sich mit dem Rat in Verbindung zu setzen. Sie sind sowieso keine großen Fans von dir."

Sie schnaubte genervt. „Wenn ich nicht gewesen wäre, hätten sie einen abtrünnigen Drachenwandler an der Backe."

„Oder vielleicht wäre die ganze Sache nie passiert", erwiderte ich. Letzten Monat hatte Jade die Hauptdarsteller von „Witchin' Hills" gecoacht – einer Hexendrama-Seifenoper, die in New Orleans gedreht wurde –, als eine von ihnen versehentlich ihre Magie benutzt hat, um die

Seele eines Drachens freizulassen. Am Ende hätte die Kreatur Kane fast getötet, Jade ihre Magie entzogen und versucht, das Westufer der Stadt niederzubrennen.

„Was auch immer. Es war nicht meine Schuld."

Ich warf ihr ein beruhigendes Lächeln zu. „Natürlich nicht. Aber es ist leichter, dir die Schuld für ihre Nachlässigkeit zu geben als sich selbst. Diese Statue hätte niemals zugänglich sein dürfen."

Sie holte tief Luft. „Du hast recht. Okay, lass mich wissen, was sie sagen und ob ich irgendwas tun kann, um zu helfen."

„Werd' ich machen." Ich beugte mich über die Konsole und küsste sie auf die Wange. „Jetzt geh und füttere meine Nichte mit ein oder zwei Cupcakes."

Jades Lächeln wurde breiter. „Zwei, definitiv zwei."

„HALLO? JEMAND ZU HAUSE?", rief ich, als ich meine Wohnung im zweiten Stock betrat.

Sobald ich auf meinem Parkplatz hinter dem Gebäude geparkt hatte, waren Bo und Reagan in die Wohnung verschwunden. Ich hatte mir einen Moment Zeit genommen, um nach dem Café zu sehen. Da Holly alles unter Kontrolle hatte, hatte ich mir ein paar Cupcakes genommen und beschlossen, dass Jade nicht die Einzige sein sollte, die sich mit dieser sündigen Köstlichkeit verwöhnen durfte.

Ich stellte sie auf den Esstisch und rief: „Stella? Bist du hier, Mädchen?"

Aus dem anderen Raum ertönte das leise Klappern von Hundekrallen auf dem Parkett, gefolgt vom kurzen Jaulen meines kleinen Shih Tzu, als sie aus Bos Schlafzimmer gerannt kam und an meinem Bein hochsprang.

„Hey, Sweetheart", sagte ich und hob den weiß-goldenen Hund hoch. „Hast du alles im Auge behalten?"

Das Mädchen kann nicht hierbleiben. Ida May erschien direkt neben mir, die Hände in die Hüften gestemmt.

Ich warf einen Blick auf meinen Hausgeist und bemerkte ihre gerunzelte Stirn und ihren mürrischen Blick. „Du meinst Reagan?"

Ist das ihr Name? Ich habe ihn nicht verstanden. Aber sobald sie zur Tür rein waren, sind sie ins Bett geklettert. Zusammen.

Ich zog überrascht die Augenbrauen hoch. Soweit ich wusste, waren Reagan und Bo nur platonische Freunde. Sicher, ich hatte vermutet, dass Bo Gefühle für sie hatte, aber war er nicht erst vor ein paar Tagen mit einem anderen Mädchen ausgegangen? „Was meinst du mit ‚sie sind zusammen ins Bett geklettert'? Willst du damit sagen, dass mein kleiner Bruder Sex hat, obwohl er weiß, dass ich jeden Moment nach Hause kommen würde?"

Nein. Keinen Sex. Jedenfalls noch nicht. Aber ich hatte nicht vor, zu bleiben und darauf zu warten, dass sie sich ausziehen. Meine Güte, ich bin keine Perverse.

Ich musste darüber lachen und zuckte dann mit den Schultern. Es war nicht überraschend. Weniger als sechs Meter von Reagans Wohnungstür entfernt war ein Mann getötet worden, und es war möglich, dass sie die Hauptverdächtigen waren. Sie wollten sicher nur unter die Bettdecke kriechen und sich vor der Welt verstecken.

Das ist kein Bordell! Was ist los mit dir? Sie schüttelte den Kopf, sodass ihre dunklen Locken um ihr Gesicht hüpften.

Ich neigte meinen Kopf zur Seite und betrachtete sie verwirrt. Wie immer trug sie ihr ärmelloses Spitzennachthemd, das ein paar Zentimeter über dem Knie endete, und ihre schwarzen, oberschenkelhohen Strümpfe mit hochhackigen Mary Janes. Es war das Outfit einer Lady der Nacht, in dem sie vor einem Jahrhundert gestorben war. „Ich bin überrascht, dass du dich darüber aufregst. Sicherlich hast du während deiner Zeit in Storyville viele junge Männer gesehen, die die Freuden einer jungen Frau suchten."

Ida May ärgerte sich über meine Erwähnung ihrer Arbeit im Rotlichtviertel von New Orleans. *Es waren andere Zeiten. Und keiner dieser jungen Männer war dein kleiner Bruder. Als ich das letzte Mal nachgeschaut habe, war das hier ein respektabler Haushalt.*

Ich schnaubte. Niemand hatte mich jemals zuvor als respektabel bezeichnet. Ich hatte mein Studium durch die Arbeit in einem Stripclub finanziert. Und Julius war während der Prohibition ein Schmuggler gewesen. Keiner von uns war unschuldig.

Du weißt, was ich meine. Ich bin nicht prüde. Offensichtlich. Sie strich ihr Spitzenkleid glatt. *Aber das ist dein Haus. Und außerdem: Ist er nicht mit jemand anderem zusammen?*

Ich kraulte Stella hinter den Ohren und zuckte mit den Schultern. „Weiß nicht. Er hatte letzte Woche ein Date."

„Du musst ihm Grenzen setzen, Pyper", sagte Ida May und klang dabei eher wie eine verklemmte Gesellschaftsmatrone als eine ehemalige Prostituierte.

Was genau ging in seinem Zimmer vor? Stirnrunzelnd ging ich schweigend durch das Wohnzimmer und blieb an Bos Schlafzimmertür stehen. Sie stand einen Spalt weit offen, also klopfte ich an. Ohne eine Antwort abzuwarten, stieß ich die Tür auf. Sie knarrte leise, und ich steckte meinen Kopf hinein.

Bo hob den Kopf und warf mir einen Blick über die Schulter zu. Beide Teenager waren vollständig bekleidet und lagen auf der Bettdecke. Reagan starrte zum Fenster, Bo lag hinter ihr, einen Arm um ihren Oberkörper gelegt.

„Hey", sagte ich leise. „Geht's euch beiden gut?"

Er nickte, blickte zu Reagan, dann wieder zu mir und formte mit den Lippen: „Sie schläft."

Ich hob meine Hand und bildete mit Daumen und Zeigefinger ein O für Okay. Dann zog ich mich zurück und schloss die Tür leise hinter mir. Ich hatte recht gehabt. Bo tröstete nur seine Freundin, sonst passierte nichts.

Ida May schwebte mit einem missbilligenden Stirnrunzeln vor mir.

„Lass gut sein, Ida May. Diese Kinder sind traumatisiert. Sie sind nur füreinander da."

Sie schüttelte den Kopf. *Ja. Und was genau werden sie dann deiner Meinung nach tun, wenn der Schock nachlässt?*

„Meine Schränke nach Essen durchsuchen?" Seit dem Tag, an dem Bo eingezogen war, war es mir nicht gelungen, die Speisekammer länger als achtundvierzig Stunden lang gefüllt zu halten.

Du bist so naiv. Ich schwöre, er ist –

Stella begann, ununterbrochen zu bellen, und eine Sekunde später öffnete sich die Tür, und Julius kam herein.

Er trug dunkle Jeans und ein figurbetontes weißes Hemd. Die oberen drei Knöpfe waren geöffnet und gaben den Blick auf seine gebräunte, muskulöse Brust frei. Verdammt, er war umwerfend.

Der Shih Tzu wand sich aus meinen Händen und rannte auf ihn zu, ihr Körper zitterte vor Aufregung.

Julius ging in die Hocke, um Stella zu begrüßen, die sich auf den Rücken drehte und ihm Zugang zu ihrem Bauch zu geben. „Hey, Stella-Mädchen."

Mein Gott, schnaubte Ida May angewidert, während sie Stella ansah. *Hab ein bisschen Selbstachtung, ja?* Ida Mays Blick wanderte zu mir. *Hier geht's schlimmer zu als in einem Bordell.*

Ich öffnete den Mund, um zu antworten, aber Ida May warf mir nur einen missbilligenden Blick zu und verschwand. Auch gut. Ich hatte nicht die Energie, mich mit ihrer neuen prüden Einstellung auseinanderzusetzen. Nicht, dass ich es gewollt oder gutgeheißen hätte, wenn Bo sein Schlafzimmer nutzte, um seine Freundinnen zu verführen, aber heute war eine andere Sache. Was auch immer Ida May dachte, diese Kinder mussten sich einfach aneinander festhalten. Sie hatten viel durchgemacht. Nicht nur heute, sondern in ihrem jungen Leben. Mehr als die meisten in ihrem Alter bewältigen mussten. Und ich würde ganz sicher nichts tun, um ihr Leben schwieriger zu machen.

Julius stand auf und kam auf mich zu. „Hartes Kleidershopping heute?"

„Ist das nicht immer so?", sagte ich und konnte mein Schmunzeln nicht unterdrücken, als ich an Jade in diesem

Fabergé-Ei-Kleid dachte. „Kat hat Jade dazu überredet, einen falschen Schwangerschaftsbauch zum Anprobieren zu tragen, und dabei hat sie es geschafft, bei einem der Kleider die Ponaht zum Platzen zu bringen."

„Klingt unangenehm." Er beugte sich vor und drückte mir einen Kuss auf die Lippen, seine sexy grünen Augen bohrten sich in meine.

Meine Reaktion folgte augenblicklich, als ich meine Finger in sein schulterlanges dunkles Haar schob. Er zog mich an sich und was als einfaches Hallo begonnen hatte, wurde schnell hitzig, seine Arme schlossen sich fester um mich, während er mich leidenschaftlicher küsste und mich dann in unser Schlafzimmer schob.

Als er mich schließlich losließ, war ich atemlos und benommen.

„Ich habe den ganzen Tag darauf gewartet, das zu tun." Er strich sanft eine Strähne meiner lila Haare hinter mein Ohr. Verlangen tanzte in seinen Augen, als er fragte: „Ist Bo zu Hause?"

Das war der Code meines Verlobten für „Sind wir allein?". Seine Worte brachten mich zurück in die Realität.

„Ja, er ist mit Reagan in seinem Zimmer."

Julius hob eine Augenbraue. „Wirklich? Du erlaubst, dass ein Siebzehnjähriger ein Mädchen in sein Schlafzimmer mitnimmt und die Tür schließt?"

„Es ist nicht das, was du denkst." Ich setzte mich auf die Bettkante und nahm mein Notizbuch vom Nachttisch. „Hast du meine SMS nicht bekommen?"

„Nein. Ich war unterwegs." Er zog sein Handy aus der Tasche und entsperrte es. Nachdem er meine Nachricht gelesen hatte, verschwanden all das Verlangen und die Belustigung, die in seinem Blick gewesen waren. „Verdammt, Pyper. Geht's euch gut?"

Ich nickte. „Mir auf jeden Fall, und Bo scheint auch okay zu sein. Aber Reagan ist wirklich erschüttert. Bo behält sie im Auge, während sie schläft."

„Das ist gut. Was hat der Rat gesagt?"

„Nichts. Das NOPD hat sie nicht dazugerufen." Ich nahm einen Stift und begann, das Symbol zu zeichnen, das an der Tür angebracht war.

„Verdammt." Er atmete tief aus und begann auf- und abzugehen. „Das ist nicht das erste Mal, dass sie uns aus einer Untersuchung ausgeschlossen haben. Seit sie den neuen Polizeichef vereidigt haben, ignorieren sie alles, was paranormaler Natur ist."

„Warum?"

Julius zuckte mit den Schultern. „Vielleicht, um Ressourcen abzuschöpfen? Sie müssen den Rat bezahlen, wenn sie uns hinzuziehen. Das ist die einzig vernünftige Erklärung."

Es sei denn, jemand von der Polizei war in das Verbrechen verwickelt. Bei dem Gedanken drehte sich mein Magen um, und ich verdrängte ihn schnell. „Aber du wirst dafür sorgen, dass es untersucht wird ... oder?"

Er legte seinen Arm um meine Schultern und zog mich zu sich. „Natürlich. Gib mir einen Überblick darüber, was passiert ist."

Ich ging schnell die Ereignisse des Tages durch und zeigte ihm dann die Zeichnung des leuchtenden Symbols. „Das ist unser einziger wirklicher Hinweis."

Julius nahm mir das Papier ab und begann erneut auf- und abzugehen, während er es betrachtete. Plötzlich blieb er stehen und starrte mich an, während in seinen dunkelgrünen Augen Erkenntnis dämmerte. „Das habe ich schonmal gesehen. Es kam mir gleich bekannt vor, aber es hat einen Moment gedauert, bis ich mich daran erinnert habe, wo." Seine Lippen verzogen sich zu einem zufriedenen Lächeln. „Hundert Jahre Erinnerungen durchzugehen ist ziemlich viel."

Ich setzte mich im Schneidersitz aufs Bett, neigte den Kopf zur Seite und wartete. „Nun, lass mich nicht länger rätseln."

„In den frühen Zwanzigern gab es eine Flut unaufgeklärter Verbrechen. Jedes hatte dieses Symbol. Es wurde immer an der Tür des Opfers zurückgelassen und hat vor Magie geleuchtet."

„Genau wie dieses", sagte ich.

„Richtig. Interessant ist, dass es sich bei jedem Ziel um einen Mann handelte."

„Immer ermordet?"

Er presste die Lippen aufeinander und schüttelte den Kopf. „Ich bin mir nicht sicher. Wenn ich mich richtig erinnere, nein. Es gab mindestens einen Mord, eine Brandstiftung und ein paar vermisste Personen."

„Wow. Wenn das vor hundert Jahren passiert ist, dann klingt das wie ein Nachahmer."

„Könnte sein." Julius drückte auf eine Taste seines Handys und verbrachte die nächsten paar Minuten damit, die Informationen an seinen Boss beim Hexenrat weiterzuleiten. Als er auflegte, steckte er sein Handy in die

Gesäßtasche und sagte: „Sie werden sehen, ob sie was aus dem NOPD rausholen können. Sie machen sich keine großen Hoffnungen, aber zumindest werden sie den Bericht bekommen. Ich wurde damit beauftragt, die Archive des Rats zu durchsuchen, um rauszufinden, ob ich irgendwas finde, was passt."

Ich seufzte erleichtert. Allein zu wissen, dass jemand aus dem Rat an dem Fall arbeitete, nahm mir eine große Last von den Schultern. Ich lehnte mich gegen das Kopfteil zurück und war plötzlich erschöpft nach den Ereignissen des Tages. „Gut. Danke."

„Gern geschehen, Liebes." Er kam zu mir und küsste mich sanft auf den Kopf. „Ich werde mir was zu essen holen. Willst du auch irgendwas?"

Ich schüttelte den Kopf. „Noch nicht. Ich glaube, ich gehe duschen."

Sein Blick glitt über mich, und ich wusste, dass er darüber nachdachte, mich zu begleiten. Oder mir zumindest dabei zu helfen, mich auszuziehen. Doch dann knurrte sein Magen, und wir lachten beide.

„Geh essen", sagte ich und schob ihn zur Tür. „Wir können uns später gegenseitig verschlingen."

Purer Hunger blitzte in seinen Augen auf, als er sich mir näherte. Und einen Moment lang überlegte ich, ihn mit ins Badezimmer zu ziehen. Doch Stella begann, aus dem Wohnzimmer zu bellen, und ihr schriller Ton hallte durch die Wohnung.

„Verdammt", murmelte ich und ging zur Tür.

„Ich kümmere mich um sie", sagte Julius und schob mich sanft in Richtung Badezimmer. „Du hast eine Auszeit verdient." Dann gab er mir schnell einen Kuss auf die Wange und eilte aus dem Zimmer.

Stella verstummte sofort. Ich lächelte vor mich hin, als ich mir vorstellte, wie Julius den kleinen Hund streichelte, zog mich aus und trat schließlich unter die Dusche.

Meine angespannten Muskeln begrüßten das heiße Wasser, und ich stand da und genoss den Moment des Friedens ... bis aus dem Wohnzimmer ein Schrei ertönte.

KAPITEL VIER

„*D*u bist so ein Arsch, Bo Bowman. Ich kann nicht glauben, dass mein Freund mir das antun würde!" Eine junge Frau, die keinen Tag älter als sechzehn sein konnte, stand auf der Schwelle von Bos Schlafzimmertür, die Hände in die Hüften gestemmt, einen finsteren Blick im Gesicht. „Ich habe Besseres verdient."

Ich zog meinen kurzen Kimono um mich und warf Julius einen Blick zu, der in der Küche stand und das Mädchen mit großen Augen anstarrte.

„Marilyn?" Bos überraschte Antwort drang aus seinem Zimmer. „Was machst du hier?"

„Was ich hier mache? Was machst du hier?", schoss die Blondine zurück und steckte ihre Hände in die Gesäßtaschen ihrer abgeschnittenen Jeansshorts. „Ich dachte, wir wollten uns unten zum Kaffee treffen. Sieben Uhr, schon vergessen? Du hast gesagt, dass du danach mit mir in einen Club auf der Frenchmen Street gehen wolltest."

Sie musste das Mädchen sein, mit dem Bo letzte Woche ausgegangen war. Ich schlurfte zu Julius und beugte mich dicht an sein Ohr. „Was ist los?"

Er schüttelte den Kopf. „Sie war an der Tür und hat gefragt, ob Bo hier sei. Ich habe sie reingelassen und nach ihm gerufen, aber bevor er rauskommen konnte, ist sie in sein Zimmer geprescht, wo er und seine Freundin waren."

„Haben sie ... ähm, irgendwas gemacht?", flüsterte ich.

„Ich weiß nicht. Das glaube ich nicht."

Stella schoss aus Bos Zimmer, kurz, bevor mein Bruder auftauchte, sich mit der Hand durch seine Haare fuhr und versuchte, seine zerdrückte Frisur zu retten. Der Hund hielt inne, starrte zu dem Mädchen auf, zog sich dann zurück und ließ sich unter dem Tisch nieder, von wo aus sie die Fremde im Auge behalten konnte.

Bo sah schuldbewusst aus. „Tut mir leid, Marilyn. Ich fürchte, ich hab's vergessen."

„Ach, nein." Marilyns Gesichtsausdruck passte zu ihrem sarkastischen Ton. „Weißt du, du hättest mir einfach sagen können, dass du ein besseres Angebot hattest." Sie wedelte mit der Hand auf seine inzwischen geschlossene Schlafzimmertür. „Ich meine, ich schätze, es macht einfach zu viel Mühe, auf ein Mädchen zu warten, das nicht bereit ist, sofort mit dir ins Bett zu hüpfen."

Bos Augen verdunkelten sich genervt. „Das ist nicht, was —"

„Natürlich, Bo. Ich habe dich also nicht gerade mit diesem Mädchen aus der Schule im Bett liegen sehen." Sie blickte zu uns herüber. „Wussten Sie, dass sie einen grottenschlechten Ruf hat? Ich weiß, dass Sie nur seine

Schwester sind, aber wenn Sie nicht wollen, dass er sich sexuell übertragbare Krankheiten einfängt, würde ich ernsthaft darüber nachdenken, ihm zu erlauben, dass er sie in sein Bett lässt."

„Marilyn!", zischte Bo, jetzt wütend. Er ging auf sie zu, seine Schultern und Arme waren angespannt. „Diese gemeinen Gerüchte sind unter deiner Würde."

„Mach dir keine Sorgen deswegen, Bo", sagte Reagan leise hinter ihm. Ihre Augen waren geschwollen und ihre Stimme heiser, als hätte sie geweint, aber ihr Gesichtsausdruck war entschlossen. „Sie hat sich schon ihre Meinung über mich gebildet. Und ehrlich gesagt ist mir scheißegal, was sie denkt."

Bo blickte zwischen den beiden hin und her, hielt einen Moment inne und starrte dann Marilyn an, Missbilligung stand in sein hübsches Gesicht geschrieben. „Ich denke, es ist Zeit, dass du gehst."

„Aber was ist mit unserem Date?", fragte Marilyn, als hätte sie nicht gerade sowohl seinen Charakter als auch den von Reagan beleidigt.

„Das findet nicht statt." Er ging auf sie zu, legte die Hand sanft unter ihren Ellbogen und begann, sie zurück zur Haustür zu dirigieren. Er hielt sie für sie auf und fügte hinzu: „Gute Nacht, Marilyn."

Sie zog einen Schmollmund und warf ihm dann einen Hundeblick zu. „Es tut mir leid, Bo. Ich war einfach wütend. Vielleicht habe ich eine falsche Schlussfolgerung gezogen."

Ich unterdrückte ein Stöhnen. Meine Güte, dieses Mädchen war jetzt schon ein manipulatives kleines Biest. Ich wollte Bo zurufen, dass er ihr die Tür vor der Nase zuschlagen soll. Und zwar, bevor diese kleine Szene weiterging. Aber ich hielt mich zurück und überließ es ihm, mit der Situation umzugehen. Er brauchte meine Hilfe sowieso nicht. Die Art und Weise, wie er sie sanft, aber bestimmt zum Schweigen brachte, war für einen Siebzehnjährigen verdammt beeindruckend.

„Du bist tatsächlich zu einem falschen Schluss gekommen", sagte er sanfter. „Es tut mir leid, dass du diesen Eindruck gewonnen hast. Aber ehrlich gesagt, Marilyn, ich habe im Moment einfach nicht die Energie dafür."

„Dafür?", fragte sie, und ihre Augen weiteten sich vor Panik. „Du meinst uns?" Sie wedelte mit der Hand zwischen sich und Bo hin und her, sodass ich sie am liebsten selbst auf den Flur hinaus stoßen wollte. Was für ein egoistisches kleines Ding.

Bo seufzte. „Nein, das habe ich nicht gemeint. Ich meine dieses Gespräch. Deine krankhafte Eifersucht. Es war ein harter Tag. Kannst du bitte einfach gehen? Ich ruf' dich morgen an."

„Harter Tag? Was bedeutet das?" Sie spähte an ihm vorbei zu Reagan.

„Jetzt nicht, okay?", sagte er und biss die Zähne zusammen. „Ich habe gesagt, ich ruf' dich morgen an."

Sie kaute auf ihrer Unterlippe und nickte nach einem Moment, als sie auf ihn zutrat und sanft eine Hand auf seine Brust legte.

Er spannte sich sichtlich an, und Stella schoss knurrend unter dem Tisch hervor, während sie ein paar Meter von Marilyn entfernt knurrte.

Ihr vorsichtiges Lächeln geriet ins Wanken, als sie Bos

Beschützerin ansah, doch sie beugte sich vor und küsste ihn trotzdem auf die Wange. „Es tut mir leid." Dann rannte sie aus der Tür und die Treppe hinunter.

Bo schloss die Tür, lehnte sich mit dem Rücken dagegen und ließ den Kopf hängen, während er auf den Boden starrte. Stella rannte zu ihm, ließ sich auf seine Füße fallen und starrte ihn bewundernd an.

„Also, das war was", sagte ich.

Bo lachte humorlos. „Ja, und wie. Was noch Verrückteres als Ida May."

Hey! Das habe ich gehört, beschwerte sich der Geist, zeigte sich jedoch nicht.

Ich ignorierte sie und ging quer durchs Wohnzimmer, um einen Arm um Bos Schultern zu legen. „Gut gemacht, kleiner Bruder. Du bist gut mit der Situation umgegangen."

Sein Kopf schnellte hoch, und er sah mich an, als wäre mir ein zweiter Kopf gewachsen. „Ein Mädchen aus der Wohnung zu werfen und sie zum Weinen zu bringen, ist gut?"

„Sie hat nicht geweint", sagte ich kopfschüttelnd. „Aber sie war ein echtes Biest. Also ja, gut gemacht, dass du sie rausgeworfen hast."

Reagan lachte schnaubend dort, wo sie direkt in Bos Zimmertür lehnte.

Ich lächelte sie an und zwinkerte. Dann richtete ich meine Aufmerksamkeit wieder auf Bo. „War es wahr, was sie gesagt hat, dass du ihr Freund bist, oder hat sie das nur gesagt?"

Seine Wangen wurden rot, und er wandte den Blick ab, als er sich bückte und Stella hochhob. Die Hündin kuschelte sich an seine Brust und schloss die Augen, als wäre sie gerade im Nirwana angekommen.

„Oh-ho, sie *ist* also deine Freundin." Ich grinste und genoss es, ihn ein bisschen zu quälen. „Seit wann seid ihr offiziell? Und was noch wichtiger ist: Warum hast du sie nicht mitgebracht, damit sie die Familie kennenlernt?"

Er drehte sich zu mir um und warf mir einen *„Hast du sie noch alle?"*-Blick zu. „Damit sie die Familie kennenlernt? Welche Familie?"

„Julius und mich, Dumpfbacke." Ich versetzte ihm einen Klaps auf den Hinterkopf. „Wir sind diejenigen, die dir sagen sollen, ob sie gut genug für dich ist."

„Das ist sie nicht", sagte Reagan leise.

Bo und ich drehten uns beide um und starrten sie an. Diesmal waren es ihre Wangen, die rot wurden.

Sie räusperte sich. „Das hätte ich nicht sagen sollen. Meine Güte, ich habe heute schon genug Ärger verursacht. Ich sollte wahrscheinlich einfach losmachen." Die dunkelhaarige Elfe drehte sich um und zog sich in sein Zimmer zurück. Einen Moment später kam sie wieder heraus, ihre Handtasche in der einen und ihre Schuhe in der anderen Hand.

„Du kannst nicht gehen", sagte Bo kopfschüttelnd. „Und du machst überhaupt keinen Ärger."

Ihre Augenbrauen hoben sich. „Meinetwegen hast du dich gerade mit deiner Freundin gestritten. Wenn das kein Ärger ist, dann weiß ich nicht, was."

„Es war nicht deine Schuld", sagte er überzeugt. „Sie ..." Bo ließ Stella los, rieb sich den Nacken und ließ für einen Moment den Kopf hängen. Als er aufblickte, bohrte sich sein Blick in ihren. „Das war vollkommen daneben von ihr, und ich lasse dich heute Abend nirgendwo allein hingehen. Nicht nach dem, was heute passiert ist."

„Ich auch nicht", sagte ich leise.

„Außerdem hast du gesagt, du hast kein Geld für ein Hotel. Hier kannst du kostenlos übernachten, und Julius kocht." Bo lächelte sie an.

Reagans Mund bewegte sich, und als sie keine Worte herausbekam, schüttelte sie den Kopf, wandte sich ab und zog sich zurück in Bos Zimmer, doch ich sah, dass Tränen in ihren Augen glitzerten.

Bo murmelte leise einen Fluch und wollte ihr folgen.

„Warte", sagte ich und hielt ihn zurück. „Lass mich."

Seine normalerweise strahlend blauen Augen waren stürmisch geworden, und er warf einen wütenden Blick zur Haustür. Ich hatte das Gefühl, dass das, was zwischen ihm und Marilyn vorgefallen war, eine lange Vorgeschichte hatte.

Ich legte eine Hand auf seinen Arm. „Gib mir einfach fünf Minuten."

Er schloss die Augen und nickte. „Okay, fünf Minuten."

„Du bist so süß, wenn du den Beschützer spielst." Ich lächelte.

Er antwortete mit einem gespielten finsteren Blick und bedeutete mir, zu Reagan zu gehen.

Ich klopfte an die Tür und schob sie dann auf. Reagan saß auf dem Bett und umklammerte ein Kissen. Das Zimmer war für das eines Teenagers bemerkenswert sauber. Das Bett war gemacht, auf Bos Schreibtisch standen eine Kaffeetasse und ein halb aufgegessenes Gebäckstück, und in der Ecke lag ein kleiner Haufen schmutziger Kleidung. Solange das Gebäck nicht auf dem Schreibtisch Wurzeln schlug, war alles gut.

„Macht es dir was aus, wenn ich mich neben dich setze?", fragte ich.

Sie zuckte mit den Schultern.

Ich interpretierte das als Ja und setzte mich aufs Bett. „Hat Bo dir was über sein Leben, bevor er hier eingezogen ist, erzählt?"

Sie hob den Kopf und sah mich fragend an. „Nein. Nicht wirklich."

Ich nickte. „Das überrascht mich nicht. Es steht mir nicht zu, darüber zu reden, aber ich kann dir sagen, als wir uns gefunden haben, wäre ich am Boden zerstört gewesen, wenn er mich weggestoßen hätte."

„Das würde er nie tun", sagte sie leise. „Du bist die Einzige, der er vertraut."

Mein Herz schwoll an, und dann lachte ich leise. „Jetzt. Aber nein. Er war ein kleiner Arsch, der es allein mit der Welt aufnehmen wollte."

Sie warf mir ein zaghaftes Lächeln zu. „Das kann ich mir vorstellen."

„Aber die Sache ist die", sagte ich und drehte mich zu ihr um. „Er war noch ein Kind. Ist er immer noch. Ein reifes, fähiges Kind, aber trotzdem ein Kind. Konnte er allein überleben? Sicher. Aber wäre es das Beste für ihn gewesen?"

Sie runzelte die Stirn und ich wusste, dass sie verstand, worauf ich hinauswollte. Anstatt auf ihre Antwort zu warten, fügte ich hinzu: „Bei uns lastet nicht das Gewicht der Welt auf seinen Schultern. Er hat Leute, auf die er sich verlassen kann."

Tränen traten ihr in die Augen, und sie wandte den Blick ab. Das arme Mädchen hatte vor weniger als einem Jahr seine Mutter verloren, und meines Wissens hatte sie keine Familie. Zumindest nicht in New Orleans. Sie war siebzehn Jahre alt und hatte niemanden, der sich um sie kümmerte.

Ich senkte meine Stimme und sagte ganz leise: „Wenn du uns lässt, sind wir auch für dich da. Ich meine Julius und Bo und ich."

Sie holte stockend Luft. „Ich kann nicht ewig hier bleiben."

Da ich nur zwei Schlafzimmer hatte und in meiner Wohnung ein Teenager lebte, konnte ich nicht leugnen, dass sie recht hatte. Aber das bedeutete noch lange nicht, dass ich sie irgendwohin gehen ließ. „Das stimmt schon. Aber jetzt wäre es mir wirklich lieb, wenn du ein paar Nächte bleiben würdest. Zumindest, bis wir sicher sind, dass das NOPD mit deiner Wohnung fertig ist."

Tränen liefen ihr über die Wangen, und sie wischte sie schnell weg.

Ich ergriff ihre Hand und drückte sie. „Und selbst, wenn du dich entscheidest, in deine Wohnung zurückzugehen, sind wir immer noch für dich da. *Ich* werde immer noch für dich da sein. Okay?"

„Okay", sagte sie so leise, dass ich sie kaum hören könnte.

„Gut. Jetzt lass uns Bo Bescheid sagen, bevor er ein Loch in meinen Holzboden läuft." Ich hielt immer noch ihre

Hand, zog sie hoch, und wir gingen zurück ins Wohnzimmer.

Tatsächlich ging Bo hinter dem Sofa auf und ab, während Julius von seinem Platz am Esstisch aufblickte. Bo blieb stehen und starrte Reagan an.

„Reagan hat beschlossen, dass sie ein paar Nächte bleiben wird", sagte ich und setzte mich neben Julius.

„Bist du sicher?", fragte Bo sie.

Reagan warf mir einen schnellen Blick zu und nickte dann. „Ich glaube nicht, dass deine Schwester ein Nein als Antwort akzeptiert hätte."

Bos Gesichtsausdruck wurde weicher, als er den Kopf schüttelte. „Nein, sie ist ziemlich stur."

„Genau wie jemand anderes, den ich kenne", sagte sie mit einem sanften Lächeln und hielt seinen Blick fest. Zwischen ihnen herrschte eine Zärtlichkeit, die mich direkt ins Herz traf. Es war so süß, dass mir tatsächlich ein wenig das Herz wehtat. Ich legte meine Hand in die von Julius und schloss meine Finger um seine. Er erwiderte den Druck.

Bo ging zu Reagan, legte seinen Arm um ihre Schultern und sagte: „Pizza?"

Enttäuschung breitete sich auf ihrem Gesicht aus. „Ich hab' kein Geld."

„Mach dir darüber keine Sorgen", mischte ich mich ein. „Bo hat alles im Griff."

Mein Bruder lächelte mich an, und ich wusste, wenn Reagan nicht da gewesen wäre, hätte er mich genervt, bis ich ihm meine Kreditkarte gegeben hätte. Stattdessen kramte er sein Handy und seinen Geldbeutel aus der Tasche und bestellte das Abendessen, wobei er darauf achtete, dass er genug für uns vier bestellte.

KAPITEL FÜNF

„Komm her", sagte Julius und streckte den Arm von der anderen Seite des Betts nach mir aus. Nachdem wir uns an der von Bo bestellten Pizza satt gegessen hatten, hatten Julius und ich Bo und Reagan im Wohnzimmer zurückgelassen. Sie hatten einen Film eingelegt, und ich konnte immer noch die leisen Stimmen hören, die durch unsere Schlafzimmertür drangen.

Ich rutschte hinüber, kuschelte mich an ihn und legte meinen Kopf auf seine nackte Brust. Sein Körper bestand nur aus harten Linien und Wärme, und ich wusste, dass er nicht viel tun müsste, um mein Verlangen zu wecken. Eine Berührung, ein Kuss, ein sexy, aufmunterndes Murmeln.

Julius enttäuschte mich nicht. Er strich mir mit den Fingern durchs Haar und streichelte mit der anderen Hand zärtlich meinen Rücken. Ein Schauer des Verlangens weckte meinen müden Körper. „Du hast gar nicht erzählt, wie das Kleidershopping heute gelaufen ist."

„Doch, habe ich. Erinnerst du dich, dass ich dir von diesem Fabergé-Ei-Kleid erzählt habe?"

Er lachte. „Ja. Aber das war für Kats Hochzeit, oder? Was ist mit dir? Hast du was gefunden, das dir gefallen hat?"

Ich lächelte ihn an. „Vielleicht. Aber du weißt, dass es eine Überraschung sein soll. Ich kann nur sagen, dass es perfekt ist. Du wirst es lieben."

„Ich werde es lieben? Woher weißt du das?" Seine Augen glitzerten im Mondlicht. „Ist es durchsichtig und an den richtigen Stellen figurbetont?"

Ich hob meinen Kopf und schnaubte. „Nein. Wie kommst du darauf?"

„Nun, als du das letzte Mal Kleider gekauft hast, hast du genau diese Art von Kleid ausgesucht. Und ich liebe es immer noch."

Ich lachte. Er meinte das hauchdünne Kleid, das ich für eine Vernissage ausgesucht hatte. An diesem Tag hatte auch unsere Beziehung angefangen. Natürlich war er damals ein Geist gewesen, also hatten wir ein paar Probleme zu lösen gehabt. „Das glaube ich gern. Aber nochmal: Nein. Es ist für den Hochzeitstag angemessen."

Er warf mir mit gespielter Enttäuschung einen Blick zu. „Das ist verdammt schade." Dann grinste er und zog mich hoch, sodass ich auf ihm lag, unsere Lippen nur Zentimeter voneinander entfernt. „Ich denke, ich muss dich einfach bitten, zum Empfang das hauchdünne Kleid zu tragen."

Mein Grinsen wurde breiter. „Vielleicht für die Flitterwochen."

„Wirst du mir plötzlich konservativ, Pyper Rayne?",

fragte er in einem Ton, der andeutete, dass er nur halb scherzte.

Ich warf einen kurzen Blick auf die geschlossene Schlafzimmertür. Ich konnte die Teenager jetzt reden hören, aber ihre Stimmen waren gedämpft, sodass ich nicht verstehen konnte, was sie sagten. „Es ist einfach anders, jetzt, wo ich einen Teenager großziehe."

„Großziehen?", fragte er, Skepsis schlich sich in seinen Ton. „Ich bin mir nicht sicher, ob das das richtige Wort dafür ist. Er ist fast ein erwachsener Mann, Pyper."

„Ich weiß." Ich strich ihm eine Locke seiner welligen Haare aus den Augen. „Aber ich habe immer noch das Gefühl, dass ich ein Vorbild sein muss. Es ist wirklich seltsam, für jemanden verantwortlich zu sein."

„Aber du liebst es." Er ließ seine Hände zärtlich über meinen Rücken gleiten.

Ich seufzte zufrieden. „Du hast recht. Ich liebe es wirklich." Meine Stimme wurde sanfter, als ich hinzufügte: „Wer hätte gedacht, dass ich jemanden so schnell und vollständig lieben könnte?"

„Ich wusste es", sagte er mit vor Emotionen heiserer Stimme. Er drückte mich an sich und strich mit seinen Lippen über meine. Der Kuss war zärtlich und süß, voller Liebe. Doch dann wurde der Kuss heißer, und plötzlich bekamen Lust und Verlangen die Oberhand. Alle Gedanken an Teenager und Kleider verschwanden, als wir uns ineinander verloren.

~

ICH WACHTE FRÜH AUF, etwa eine Stunde vor Sonnenaufgang, wie ich es normalerweise tat. Da ich regelmäßig um sechs Uhr morgens aufstand, um das Café aufzuschließen, war Ausschlafen ein seltenes Phänomen. Selbst wenn ich wollte, spielte meine innere Uhr nicht mit. Ich lag eine Weile da und sah zu, wie Julius tief und fest neben mir schlief. Er hatte einen sexy Stoppelbart auf seinem kantigen, gemeißelten Kiefer, der ihn klassisch attraktiv machte. Aber es war, dass er ein Gentleman mit einer Prise Bad Boy war, was ich wirklich anziehend fand.

Ein starker Wunsch, ihn aufzuwecken und ihn wieder zu lieben, überkam mich. Ich hätte es auch gemacht, wenn ich nicht das leise Winseln von nebenan gehört hätte.

Stella. Ich seufzte. Sie war es genauso gewohnt, im Morgengrauen aufzustehen wie ich. Wenn ich jetzt nicht aufstehen würde, würde ich später einen Unfall vom Parkett aufwischen.

Ich stand widerwillig auf und zog frische Shorts und ein T-Shirt an, wohl wissend, dass es draußen immer noch fast dreißig Grad warm sein würde, auch wenn die Sonne noch nicht aufgegangen war. Nachdem ich in meine Flip-Flops geschlüpft war, verließ ich das Schlafzimmer und nahm Stella an die Leine. Als wir am Sofa vorbeikamen, sah ich Bo dort liegen, seinen Arm um Reagan gelegt, die zusammengerollt neben ihm lag. Beide waren vollständig bekleidet und ganz weit weg im Land der Träume.

Als ich Stella ansah, warf ich ihr einen Blick zu, als wollte ich sagen: „Hättest du Bo nicht für deinen Morgenspaziergang aufwecken können?" Die Hündin sah mich verwirrt an und eilte dann mit erwartungsvollem Schwanzwedeln zur Tür.

Verdammt, sie war süß.

Gut so, denn sonst wäre diese Morgenroutine brutal. Wir waren ungefähr fünfzehn Minuten weg, und als wir zurück in die Wohnung kamen, lachte ich vor mich hin. Bos Sofagefährtin war verschwunden, und seine Schlafzimmertür, die zuvor offengestanden hatte, war geschlossen.

„Zu spät, Reagan", sagte ich leise. „Schon erwischt." Nicht, dass sie irgendwas Skandalöses getan hätten. Es war mir egal, ob sie auf der Couch kuschelten.

„Geh weg", sagte Bo, seine Stimme war benommen und voller Schlaf. „Das ist gruselig."

Ich lachte, hob Stella hoch und setzte sie auf seine Brust.

Er riss die Augen auf. „Was zum …?"

„Ich dachte, du würdest sie weniger vermissen, wenn du eine Kuschelfreundin hättest." Ich grinste.

Er schloss die Augen, schüttelte den Kopf, dann nahm er Stella in seinen Arm, drehte sich um und schlief sofort wieder ein, Stella zufrieden an ihn gekuschelt.

„Meine Arbeit hier ist erledigt", sagte ich und zog mich dann in mein Schlafzimmer zurück.

Julius saß aufrecht und fuhr sich mit der Hand durchs Haar, und als ich die Tür sanft hinter mir schloss, blickte er zu mir herüber. „Arbeitest du heute?"

„Erst später." Ich setzte mich neben ihn aufs Bett. „Du?"

Er warf einen Blick auf die Uhr, die an der Wand hing. „Ich hab' noch ein paar Stunden."

„So? Nun, da du wach bist, hast du dir irgendwas vorgenommen?"

Ein sündiges Lächeln eroberte seine Lippen, als er sagte: „Dich."

„Oh, bitte", kicherte ich und stieß ein erschrockenes Keuchen aus, als er aus dem Bett sprang, mich hochhob und zur Dusche trug.

∿

„SPECK?", fragte ich und bot Bo den Teller an.

„Kackt ein Alligator in den Bayou?", fragte er.

Reagan lachte, und sie tauschten einen Blick, der auf einen Insider-Witz hindeutete.

Ich verdrehte die Augen und hielt immer noch den Teller in der Hand. „Also?"

Julius nahm ein paar Streifen.

Bo deutete auf Reagan. „Nimm dir besser, was du willst, denn wenn ich einmal anfange, ist wahrscheinlich ziemlich schnell nichts mehr da."

Sie senkte den Blick und musterte seinen schlaksigen Körper. „Wirklich? Wo isst du das alles hin?"

Er zuckte mit den Schultern. „Ich weiß es nicht, aber Vorsicht, ich kann den ganzen Teller leerputzen, also …"

Sie streckte die Hand aus und nahm sich schnell ein paar Stücke. Dann sahen wir alle fasziniert zu, wie Bo einen Speckstreifen nach dem anderen vertilgte, während er abwechselnd in die Waffeln biss, die Julius gemacht hatte. Nachdem Julius und ich schließlich aus der Dusche gekommen waren, hatte ich es geschafft, etwa eine Stunde lang wieder einzuschlafen, war dann aber hungrig aufgewacht. Da hatte Julius angeboten, uns allen Frühstück zu machen. Ich hatte mich um den Kaffee gekümmert, während er alles andere zubereitet hatte. Mit vollem Herzen legte ich meine Hand in seine.

Er drückte meine Finger und schenkte mir die Andeutung eines Lächelns.

„Gute Göttin", hauchte Reagan und hielt sich den Bauch, während sie Bo anstarrte, der immer noch Essen in sich hineinschaufelte. „Er ist unglaublich. Vielleicht solltest du ihn zu einem Langustenwettessen anmelden oder ihn als Partyattraktion anbieten."

„Das ist ein Gedanke", sagte ich und biss in meine Waffel. „Dann kann er beim Haushaltsgeld aushelfen."

„Hey, ich habe gestern das Abendessen gekauft", protestierte er. „Und ich habe dir neulich Kaffee mitgebracht."

„Aus meinem Café!", schnaubte ich. „Willst du mir sagen, dass du dafür bezahlt hast?"

„Na ja, nein", sagte er lachend. „Aber ich habe Trinkgeld dagelassen."

„Ich bin mir sicher, dass die Angestellten es zu schätzen wussten."

„Es ist kaum zu glauben, dass ihr beide nicht zusammen aufgewachsen seid", sagte Reagan und grinste über unser Geplänkel. „So wie ihr miteinander redet – das ist typisch für Geschwister."

„Das liegt daran, dass sie so eine Nervensäge ist", sagte Bo.

Ich lachte nur. Wenn diese Worte von jemand anderem

gekommen wären, hätte ich mich verteidigt. Aber Bo war selten so entspannt. Manchmal sahen wir diese Version von ihm, aber das passierte nicht oft, und ich wollte den Moment genießen.

Julius begann etwas zu sagen, zweifellos wollte er Bo entweder aus einer Art männlicher Solidarität zustimmen oder mich verteidigen. Ich entschied mich für Ersteres, da er wieder diesen sündigen Glanz in seinen Augen hatte.

Doch dann ertönte ein lautes, schnelles Klopfen an der Wohnungstür, gefolgt von „NOPD".

Stella rannte zur Tür und bellte so laut, dass der Lärm meine Ohren zu reizen begann.

„Still, Stella", sagte ich. Sie hörte auf zu bellen, starrte aber auf die Tür und knurrte. Das war zumindest etwas.

Da ich kein Risiko eingehen wollte, nahm ich sie auf den Arm und öffnete die Tür. Ein uniformierter Cop stand mit einem säuerlichen Gesichtsausdruck vor meiner Tür.

„Guten Morgen, Officer ..." Ich schielte auf sein Abzeichen. „Officer Meeks."

„Sind Sie Pyper Rayne?", fragte er knapp.

„Ja. Kann ich Ihnen helfen?"

„Wir suchen Reagan Yates. In meinen Unterlagen steht, dass sie hier sein soll."

Die Haare in meinem Nacken stellten sich auf, und ein ungutes Gefühl breitete sich in meiner Magengrube aus. „Warum? Stimmt irgendwas nicht?"

„Nein, Miss Rayne. Wir haben nur ein paar Fragen."

„Ich bin Reagan", sagte sie hinter mir mit zittriger Stimme.

Ich drehte mich um und warf ihr einen kurzen Blick zu,

dann öffnete ich die Tür und ließ den Mann in meine Wohnung.

Was wollen die Copper hier?, schnaubte Ida May und erschien zum ersten Mal den ganzen Morgen. *Korrupte Bastarde. Alle. Na ja, abgesehen von Henry Leneu. Nun, Henry, er war ein Gentleman, aber nur auf der Straße, wenn du weißt, was ich meine.* Sie zog die Augenbrauen hoch, und mir fiel es nicht schwer, ihre Anspielungen zu deuten.

Ich ignorierte sie. Es lohnte sich nicht, den Eindruck zu erwecken, als führte ich Selbstgespräche, während ein Polizist in meiner Wohnung war. Julius trat hinter Reagan und legte ihr sanft eine Hand auf die Schulter. Seine Miene war ausdruckslos, aber er stand mit straffen Schultern und leicht gespreizten Beinen da, als wäre er zu allem bereit. Er hatte auch den einen oder anderen Konflikt mit dem Gesetz gehabt. Und Korruption im NOPD hatte eine lange, lange Geschichte. Nicht viele Menschen vertrauten den Gesetzeshütern in unserer Stadt uneingeschränkt, und schon gar nicht die beiden Seelen, die mehr als hundert Jahre Erfahrung hatten.

Officer Meeks räusperte sich. „Miss Yates, kennen Sie diese Frau?" Er hielt ihm ein körniges Foto hin, das auf normales Druckerpapier gedruckt war.

Reagan warf einen Blick auf das Foto. Ihr Blick blieb dort hängen, und etwas, das beinahe wie Panik aussah, huschte über ihre Gesichtszüge, als sie langsam nickte. „Ja. Das ist Kimmie Welsh. Ich habe einen Sommerkurs an der University of New Orleans mit ihr zusammen. Warum?"

Der Beamte musterte sie genau und sagte: „Wir haben sie als die Person identifiziert, die Mr. Bents Wohnung nur zehn Minuten vor dem geschätzten Todeszeitpunkt betreten hat."

Reagan holte scharf Luft, und das Blut wich ihr aus dem Gesicht.

„Wann haben Sie sie das letzte Mal gesehen?"

„Ich …" Sie schluckte schwer und warf Bo einen Blick zu. Er krallte mit angespannten Schultern seine Finger in die Rückenlehne des Sofas. „Ähm, letzte Woche, denke ich", sagte sie. „Wir haben in meiner Wohnung für einen Test gelernt."

„War das das erste Mal, dass sie in Ihrer Wohnung war?"

Reagan schüttelte den Kopf. „Nein, sie war schon ein paarmal da."

„Aber Sie haben sie gestern nicht gesehen?"

„Nein", brachte sie hervor und klang nervös. „Ich habe gestern den ganzen Tag mit Bo verbracht."

Bo räusperte sich. „Das ist richtig. Wir sind frühstücken gegangen und dann zurück in Reagans Wohnung. Als wir ins Haus gekommen sind, haben wir niemanden gesehen."

„Was haben Sie gemacht, als Sie bei Miss Yates in der Wohnung waren, Mr. …?" Er zog die Augenbrauen hoch und wartete darauf, dass Bo die Lücke ausfüllte.

„Bowman. Bo Bowman. Und Reagan und ich haben uns einen Film angesehen."

Der Beamte lächelte Bo wissend an und lachte leise. „Netflix und Chillen. Verstehe."

Bos Kiefer spannte sich an, und ich legte sanft meine Hand an seinen Rücken, um ihn daran zu erinnern, einen kühlen Kopf zu bewahren. Die Cops zu verärgern brachte einem nur Ärger ein.

Jemand muss diesem Arsch das Grinsen aus dem Gesicht wischen, sagte Ida May. *Schau nur, wie er andeutet, dass Bo lügt. Oder dass zwei Teenager nicht einfach abhängen und einen Film ansehen können. Perverser.*

Ich hätte sie zu gern auf ihre Heuchelei aufmerksam gemacht. War sie nicht diejenige gewesen, die ausgeflippt war, als Bo und Reagan vollkommen bekleidet in seinem Bett geschlafen hatten? Aber ich verzichtete darauf, da ich meine medialen Fähigkeiten für mich behalten wollte.

„Okay. Das war es für den Moment. Wenn Sie wissen, wo Miss Welsh sein könnte, rufen Sie uns bitte an. Wir haben Fragen an sie." Er legte eine Visitenkarte auf den Couchtisch und wandte sich zum Gehen. Als er an mir vorbeikam, streckte er die Hand aus, um Stella zu streicheln, aber sie knurrte und schnappte nach ihm. Er zog seine Hand zurück, kurz, bevor sie ihre Zähne in seine Finger versenken konnte. Er sah mich mit zusammengekniffenen Augen an. „Wenn dieser Köter das nochmal macht, lasse ich ihn konfiszieren."

Niemand bedroht Stella!, kreischte Ida May und stürzte sich auf den Mann. Sie streckte ihre Arme aus, um ihn zu stoßen, aber da sie ein Geist war, rauschte sie direkt durch ihn hindurch. Dennoch war ihre Energie so stark, dass er vorwärts stolperte. Überrascht fiel er über die Schwelle und stürzte hart zu Boden. Das Geräusch reißenden Stoffs und sein schmerzerfülltes Grunzen hallten durch den stillen Flur.

Stella wand sich aus meinem Griff und schoss los.

„Nein!", schrie ich und rannte ihr nach, aus Angst, sie würde den Cop angreifen. Doch Stella rannte an dem Mann vorbei und schnappte sich etwas, das neben ihm lag. Etwas, das einem leblosen Nagetier sehr ähnlich sah. „Oh mein Gott, Stella. Aus! Lass das fallen!"

Der Shih Tzu rannte zurück in die Wohnung und versteckte sich unter dem Tisch.

„Julius, oh Gott. Kannst du versuchen, ihr, was auch immer das ist, wegzunehmen? Ich glaube, sie hat ein totes Tier aufgehoben."

Julius' Gesicht wurde rot, als er versuchte, sein Lachen zu unterdrücken.

Bo war nicht so erfolgreich. Prustend sagte er: „Das ist kein Tier."

„Was?"

Bo zeigte auf den Beamten, der jetzt mit einer Hand seinen kahlen Kopf und mit der anderen seinen Schritt bedeckte.

„Oh, du meine Güte", sagte ich, während ich eine Hand auf meinen Bauch drückte und versuchte, nicht zu lachen. Aber das war nicht leicht, wenn man bedachte, dass der Cop bei dem Sturz irgendwie die Tasche seiner Hose aufgerissen hatte und jetzt mehr als nur einen kleinen Blick auf seinen feuerroten Tanga freigab. „Ähm, was ist passiert?", fragte ich.

Er starrte uns böse an. „Jemand hat mich gestoßen, und ich bin gestürzt."

Wir sahen uns alle an. Während seiner Notlage war niemand gekommen, um ihm zu helfen, und wir waren alle noch genau dort, wo wir waren, als er zur Tür gegangen war. Das änderte jedoch nichts an der Tatsache, dass er recht hatte. Jemand hatte ihn gestoßen. Nur wusste das niemand außer Julius und mir.

„Es tut mir leid, Officer, aber ich glaube, Sie sind über die Türschwelle gestolpert. Können wir Ihnen irgendwie aushelfen? Ähm, mit einer Jogginghose oder sowas?"

„Sie können mir mein Toupet geben", sagte er.

Hinter ihm kicherte Ida May manisch.

„Natürlich", sagte ich und eilte in die Küche, um ein paar Leckerli zu holen. Als ich zurückkam, kniete ich mich neben Stella und überredete sie mit ihrem Lieblings-Jerky mit Speckgeschmack. Ihr Schwanz wedelte, und als sie den Speck roch, ließ sie sofort das Haarteil fallen und verschlang die Köstlichkeit.

Ich hob das vom Sabber feuchte Toupet auf und reichte es dem Beamten. „Das tut mir leid."

Er nahm seine Haare, stopfte sie in die unbeschädigte Tasche seiner Hose und stürmte ohne ein weiteres Wort davon.

Sobald ich die Tür geschlossen hatte, prusteten alle vor Lachen.

Alle außer Reagan.

KAPITEL SECHS

*R*eagan?" Bo sah sie neugierig an. „Was ist los? Warum lachst du nicht? Der Scheiß war verdammt lustig."

Sie schüttelte den Kopf. „Tut mir leid, mir ist gerade bewusst geworden, dass ich heute einen Kurs habe, den ich vergessen habe. Ich muss los, sonst komme ich zu spät."

„Einen Kurs? Heute?" Er warf ihr einen seltsamen Blick zu, als sie zurück in sein Schlafzimmer eilte und einen Moment später mit ihren Schuhen zurückkam. „Ich wusste nicht, dass du dienstags Kurse hast."

„Genau genommen ist es eine Vorlesung. Eine Hausarbeit." Sie schlüpfte in ihre Sandalen, nahm ihre Handtasche und war schon auf dem Weg zur Tür.

„Soll ich dich fahren?", fragte ich sie.

„Nein. Ich komme schon klar. Danke." Dann war sie weg.

„Kommt sie zurück?", fragte ich Bo. Nachdem der Cop eine von Reagans Kommilitoninnen verdächtigt hatte, war ich noch entschlossener, dafür zu sorgen, dass sie eine sichere Bleibe hatte. Bis wir mehr über den Fluch wussten, der auf ihrem Gebäude lastete, wollte ich sie nicht dort haben. Was wäre, wenn der Mörder zurückkäme?

Er starrte einen Moment lang auf die geschlossene Tür und zuckte dann mit den Schultern. „Ich weiß nicht. Ich werde sie fragen." Er holte sein Handy heraus und schickte eine SMS.

Wir kehrten zum Tisch zurück, um das Frühstück zu beenden. Als wir eine halbe Stunde später das Geschirr abräumten, hatte sie immer noch nicht geantwortet.

DER DUFT von frisch gebackenen Keksen und frischem Röstkaffee lag in der Luft und weckte warme, heimelige Gefühle in mir. Es war Nachmittag, und ich saß an einem der Tische in meinem Café, dem *The Grind*, und ging ein paar Unterlagen durch.

Bo und Holly, die stellvertretende Geschäftsführerin, waren hinter der Theke und bedienten die kurze Schlange von Kunden. Man könnte meinen, dass das Geschäft im Juli in New Orleans nicht boomen würde, wenn man das heiße, drückende Wetter bedachte. Die Temperaturen lagen oft über dreißig Grad, und wenn man noch die zehntausendprozentige Luftfeuchtigkeit einkalkulierte, konnte das Leben draußen ziemlich unangenehm sein. Dennoch waren unsere Juli-Einnahmen im Vergleich zum

Vorjahr um fast dreißig Prozent gestiegen, und es gab keine Anzeichen, dass das Geschäft nachließ. Es war eine willkommene Abwechslung nach einem langsamen Start in den Juni.

Ich warf noch einmal einen Blick auf die Zahlen und kam zu dem Schluss, dass ich mehr Aushilfen einstellen musste. Jade, die in den letzten Jahren meine rechte Hand gewesen war, hatte kürzlich beschlossen, sich mehr Zeit zu nehmen, um ihre Schwangerschaft zu genießen. Ich wusste, dass sie einspringen und helfen würde, wenn ich sie brauchte, aber ich wollte mich nicht auf sie verlassen, wenn sie nicht arbeiten wollte oder konnte. Und weil Kane einen Club besaß und nebenbei als Finanzberater tätig war, musste sie ganz sicher nicht arbeiten, wenn sie es nicht wollte.

Ich ließ meinen Laptop auf dem Tisch stehen, ging ins Büro und holte mein „AUSHILFE GESUCHT"-Schild.

Während ich zum Schaufenster ging, packte Bo meinen Arm und hielt mich auf. „Pyper?", sagte er leise und voller Panik.

„Was ist?" Ich sah mich um und entdeckte nichts Ungewöhnliches außer Ida Mays neuester Anspielung an der Tafel. Darauf stand: DER GEHEIME SCHLÜSSEL ZUM GLÜCK IST KUCHEN. Die Zeichnung daneben zeigte eine Frau mit gespreizten Beinen und einem Stück Pfirsichkuchen, das unschuldig zwischen ihren Beinen platziert war.

„Reagan hat angerufen und mir eine Nachricht hinterlassen. Sie hat geweint, nein, geschluchzt und hat was über einen Fluch gesagt."

Ich erstarrte. „Wo ist sie?"

Er zuckte mit den Schultern. „In der Uni, denke ich. Dorthin wollte sie vorhin. Ich habe versucht, sie zurückzurufen, aber sie geht nicht ran. Jetzt mache ich mir Sorgen. Sie sollte nach dem, was gestern passiert ist, nicht allein sein."

„Du hast recht. Hat sie gesagt, ob sie heute in unsere Wohnung zurückkommt?"

„Nein." Seine Stimme war vor Sorge angespannt. „Ich konnte nicht einmal verstehen, was sie sonst noch gesagt hat, bevor sie aufgelegt hat. Ich will sie wirklich nur abholen und nach Hause bringen. Kann ich dein Auto benutzen?"

„Ja, aber warte einen Moment."

Ich sah mich im Café um. Die Schlange war geschrumpft, und Holly war damit beschäftigt, die Auslagen wieder aufzufüllen. Nachmittags war normalerweise nicht allzu viel los, aber ich wollte sie nicht allein lassen, wenn es nicht sein musste. Ich zückte mein Handy und schickte Charlie eine SMS. Sie war die Managerin von Kanes Club nebenan und machte nebenbei ihren Abschluss in Betriebswirtschaft. Das College war teuer, und wenn sie Zeit hatte, war sie immer bereit, ein paar Dollar mehr zu verdienen. Ihre Antwort kam fast sofort. Perfekt. Sie war auf dem Weg.

Ich blickte zu Bo auf. „Ich komme."

Erleichterung zeichnete sich auf seinem Gesicht ab, und wenn ich mir keine Sorgen um Reagan gemacht hätte, hätte ich gelacht. Zweifellos hatte er keine Ahnung, was er tun sollte, wenn er einer weinenden, verzweifelten Frau gegenüberstand.

„Wohin?", fragte ich, als wir zu meinem roten Käfer gingen.

„University of New Orleans. Sie hat gesagt, sie habe eine Vorlesung. Heute ist eine Sonderversammlung im Auditorium. Ich denke, dass sie die gemeint hat."

„Okay."

Der Trip zur Uni war eine Pleite. Bo hatte erfolglos nach Reagan gesucht und war geblieben, bis auch die letzte Person den Saal verlassen hatte. Keine Reagan. Von dort fuhren wir zu ihrer Wohnung. Wieder nichts. Das Haus war immer noch mit Sperrband abgesperrt.

„Nach Hause?", fragte ich Bo, da ich nicht wusste, was ich sonst tun sollte.

Er starrte zum tausendsten Mal auf sein Handy und nickte. „Ich weiß nicht, wo ich sie sonst suchen soll. Sie hat mir nicht zurückgeschrieben."

Ich hasste es, dass es sich anfühlte, als würden wir aufgeben, aber wir hatten wirklich keine Wahl. Es sei denn, wir wollten anfangen, ziellos durch die Straßen zu fahren. Doch wenn ich das vorgeschlagen hätte, war ich mir fast sicher, dass Bo zugestimmt hätte. Nicht zu wissen, ob Reagan in Sicherheit war, würde ihn bei lebendigem Leib auffressen.

„Wir werden sie finden", sagte ich und versuchte, ihn zu beruhigen, während ich den Beetle auf dem Parkplatz hinter dem *The Grind* abstellte.

„Das weißt du nicht", sagte er leise. „Nicht alle kommen zurück."

Die leise ausgesprochene Wahrheit traf mich wie ein Schlag in die Magengrube. Er war erst siebzehn Jahre alt und hatte schon ein Leben voller Leid hinter sich, in dem Menschen, die er geliebt hatte, ihn verlassen hatten.

„Ich weiß", sagte ich und versuchte, die Emotionen zu unterdrücken, die in meiner Kehle aufstiegen. „Manchmal fühlt es sich einfach besser an, zu glauben."

Er richtete sein jetzt ausdrucksloses Gesicht auf mich. „Findest du?"

Heilige Sch... Ich hasste meinen Vater in diesem Moment so sehr. Er hatte Bos Hoffnung gestohlen, seinen Optimismus für die Zukunft. Und ich war mir nicht sicher, ob er ihn jemals zurückbekommen würde. „Ehrlich gesagt", sagte ich und seufzte, „bin ich mir nicht ganz sicher. Aber an dem alten Spruch ‚Durch Schein zum Sein' ist doch was dran, oder?"

Bo warf mir einen Blick zu, der verriet, dass er mich für verrückt hielt. Er hatte wahrscheinlich recht.

„Komm. Lass uns nach oben gehen, und ich finde was zum Abendessen für uns", sagte ich.

„Ich kann nicht", sagte er. „Ich muss mich mit Marilyn auf einen Kaffee treffen, und ich will nicht, dass sie wieder ausflippt."

„Wirst du zum Abendessen zu Hause sein?", fragte ich.

„Auf jeden Fall", sagte er, ohne zu zögern.

Ich nickte ernst. Diese Beziehung war definitiv zum Scheitern verurteilt.

Er wollte gehen, hielt aber inne und sagte über seine

Schulter: „Schickst du mir eine SMS, wenn du Reagan siehst oder hörst?"

„Natürlich."

Er nickte mir kurz zu und verschwand dann im Café.

Als ich die Wohnung betrat, dachte ich darüber nach, wo ich Essen bestellen sollte. Es war still, und ich brauchte einen Moment, um zu begreifen, dass sich etwas nicht richtig anfühlte.

Dann platzte ich heraus: „Wo ist Stella?"

Da drin, sagte Ida May und zeigte auf Bos Zimmer.

Ich ging hinüber und öffnete seine Tür. Tatsächlich lag Stella zusammengerollt auf dem Bett, aber sie war nicht allein. Reagan lag mit tränennassem Gesicht neben ihr. War sie die ganze Zeit hier gewesen, die wir nach ihr gesucht hatten? Wahrscheinlich.

Nachdem ich Bo schnell eine SMS geschrieben hatte, ging ich vorsichtig ins Zimmer und setzte mich neben sie auf das Bett. „Reagan?", sagte ich leise.

Sie bewegte sich, aber ihre Augen öffneten sich nicht.

„Reagan", versuchte ich es noch einmal. „Geht's dir gut, Honey?"

Diesmal holte sie scharf Luft und setzte sich auf, was Stella erschreckte. Der kleine Hund jaulte und sprang direkt auf meinen Schoß.

Geistesabwesend streichelte ich Stella, während ich Reagan anlächelte. „Sieht so aus, als hättest du dringend ein Nickerchen gebraucht."

Sie nickte, aber als sie versuchte, mein Lächeln zu erwidern, liefen wieder Tränen über ihre Wangen.

Ich wischte sie mit dem Daumen weg. „Was ist, Honey? Was ist heute passiert?"

Sie öffnete den Mund, aber es kam nur ein Schluchzen heraus. Da ich nicht wusste, was ich sonst tun sollte, nahm ich sie in die Arme und hielt sie einfach fest. Sie sank gegen mich und legte ihren Kopf auf meine Schulter, während ihr Körper zitterte. Es schien, als hätten wir ewig so dagesessen; sie hielt sich an mir fest, und ich streichelte ihr Haar und ließ sie wissen, dass sie nicht allein war.

Ich wusste genau, wie es sich anfühlte, dieses Mädchen zu sein. Ich *war* sie. Keine Familie zum Anlehnen. Keine Freunde der Familie. Niemand außer mir ... bis Kane. Er war mein bester Freund im College gewesen, und irgendwann war er sowas wie ein Bruder geworden. Die Tage zwischen dem Tod meiner Mutter und der Zeit, als Kane und ich uns gefunden hatten, waren düster gewesen. Einsam. Verdammt unheimlich. Aber ich hatte es überlebt, und in diesem Moment schwor ich, dass Reagan es auch schaffen würde. Ich würde ihre Familie werden, wenn sie mich ließ. Wenn nicht, würde ich trotzdem da sein, bis ich sicher war, dass sie eine Familie gefunden hatte, auf die sie sich verlassen konnte.

Ich drückte sie sanft, umarmte sie mit all meiner Kraft und bemühte mich, zu verhindern, dass mein Herz für sie brach. „Alles wird gut, Reagan. Das verspreche ich dir. Wir – ich – werden nicht zulassen, dass dir irgendwas passiert."

Sie hielt mich fest und atmete tief durch, während ihr Schluchzen langsam nachließ. „Es tut mir leid", schniefte sie, zog sich zurück und wischte sich über das Gesicht.

„Es gibt nichts, was dir leidtun müsste, Honey", sagte ich

sanft, schenkte ihr ein mitfühlendes Lächeln und stand auf. „Ich bin gleich wieder da."

Sie nickte und versuchte immer noch, ihr Gesicht mit dem Handrücken trockenzuwischen. Ich verließ das Zimmer und kehrte mit einer Schachtel Taschentücher zurück.

„Hier", sagte ich.

„Danke." Sie putzte sich die Nase, und nachdem sie noch ein paar Taschentücher verbraucht hatte, sah sie mich voller Kummer an.

„Was ist los, Reagan? Was ist passiert?"

„Ich war auf dem Weg zur Schule, als ich einen Anruf wegen Kimmie bekam." Ihre Stimme stockte beim Namen ihrer Freundin.

„Die, nach der Officer Meeks gefragt hat?"

„Ja", sagte sie, und ihr Atem stockte erneut. Dann nickte sie und flüsterte: „Sie ist tot."

Ich spürte, wie sich meine Augen vor Schock weiteten, als mir innerlich kalt wurde. Meine Gedanken wanderten sofort zu dem magischen Symbol an Clives Haustür. War ihre Freundin Kimmie Opfer desselben Mörders geworden? „Das tut mir so leid. Weißt du, was passiert ist?"

Sie nickte, ihr Kopf bewegte sich kaum. Dann flüsterte sie: „Selbstmord."

„Oh nein!" Mein Herz zog sich zusammen.

„Und es ist alles meine Schuld", schniefte Reagan.

„Unsinn. Natürlich ist es nicht deine Schuld", sagte ich automatisch und versuchte verzweifelt, ihr zu versichern, dass nichts, was sie getan haben könnte, einen verzweifelten Menschen davon hätte abbringen können, sich das Leben zu nehmen. „Es ist einfach eine sinnlose, schreckliche Tragödie."

Die Tränen begannen wieder zu fließen, aber als ich versuchte, sie an mich zu ziehen, um sie zu trösten, versteifte sie sich und stand auf. Ihre Stimme war rau, aber voller Überzeugung, als sie sagte: „Es ist meine Schuld. Ich bin verflucht. Jeder, dem ich nahekomme, stirbt."

KAPITEL SIEBEN

Keine noch so langen Gespräche mit Reagan hatten ausgereicht, sie davon zu überzeugen, dass sie nicht der Grund dafür war, dass den Menschen um sie herum schlimme Dinge zustießen, dass das Leben voller Wunder und Tragödien war. Und dass wir alle früher oder später beides erlebten. Am Ende hatte sie sich in Bos Bett zusammengerollt und die ganze Nacht dort verbracht, zu verstört, um überhaupt zu essen. Schließlich hatte sie zugelassen, dass Bo sie hielt, und sich in den Schlaf geweint.

Heute Morgen war sie aufgestanden, doch sie hatte nicht viel gesagt und in ihren Augen war tiefe Traurigkeit. Es dürfte eine Weile dauern, bis sie den Tod ihrer Freundin verarbeitet haben würde.

„Da ist was, das ich nicht verstehe", sagte Julius. Er saß auf dem Beifahrersitz meines Käfers, als ich uns zum Hexenrat fuhr. Wir waren auf dem Weg zur *Library of the*

Unexplained, einer Bibliothek der unerklärlichen Dinge, um weitere Nachforschungen über das Symbol anzustellen, das wir an Clive Bents Haustür gefunden hatten.

„Was meinst du?", fragte ich, bog nach rechts ab und konnte nur knapp einem riesigen Schlagloch ausweichen, das groß genug war, um eine oder beide Achsen herauszureißen.

„Warum glaubt Reagan, dass sie verflucht ist? Gibt es einen anderen Grund als die Tatsache, dass sie ihre Mutter und jetzt ihre Freundin von der Uni verloren hat?"

„Sie hat es nicht gesagt. Überlebendensyndrom, vermute ich."

„Kann gut sein." Er trommelte mit den Fingern auf seinen Oberschenkel. „Aber du weißt, dass die Möglichkeit besteht, dass sie verflucht ist."

„Sie ist nicht verflucht", schnaubte ich. „Komm schon, Julius. Das ist lächerlich."

„Ist es das?", fragte er mit hochgezogenen Augenbrauen. „Wurden nicht schon einige deiner Freunde verflucht? Lucien stand unter einem Fluch, oder?"

Verdammt, er hatte recht. Lucien war einmal das Opfer schwarzer Magie gewesen. Hatte Julius etwas entdeckt? Ich dachte an den Tod von Reagans Mutter und Kimmie. Ihre Mutter war bei einem Autounfall mit einem betrunkenen Fahrer ums Leben gekommen, nicht durch einen Zauber. Und wie sich herausstellte, hatte Kimmie sich das Leben genommen, als sie von der Crescent City Connection Bridge gesprungen war. Keines dieser Dinge schien mit einem Fluch zu tun gehabt zu haben, geschweige denn demselben Fluch. Ich schüttelte den Kopf. „Ich bin nicht überzeugt, aber es ist was, das man im Hinterkopf behalten sollte."

„Ich sage nur, dass ich es nicht ausschließen würde."

Ich nickte zustimmend, als ich auf den Parkplatz des Hexenrats fuhr. Es könnte was dran sein. Im Umgang mit Magie und Flüchen war so ziemlich alles möglich.

Der Hexenrat hatte verschiedene Gebäude im Stadtpark. Das letzte Mal war ich mit Jade dort gewesen, während die Fernsehserie Witchin' Hills gedreht worden war. Allerdings wurden die Dreharbeiten für den Sommer unterbrochen, und alles war ruhig, als wir unter den üppigen Eichen zur *Library of the Unexplained* gingen.

Das gotische Gebäude war beeindruckend und sah aus wie etwas direkt aus einem Harry-Potter-Roman. Und drinnen war die Luft kühl, eine willkommene Abwechslung von der drückenden Hitze.

„Wie kommt es, dass du nie heiß aussiehst?", fragte ich Julius.

Er warf mir einen Blick zu, als er mich durch einen der Flure führte. „Ich bin nicht heiß?", fragte er mit einem schiefen Lächeln. „Autsch. Das tut weh, Pyper."

Ich verdrehte die Augen. „Ich meinte warm, an Hitzschlag sterbend. Sieh dich an. Du trägst eine Weste über deinem Hemd und scheinst trotzdem nicht zu schwitzen. Bist du eine Art Freak?"

Seine Lippen verzogen sich zu einem amüsierten Lächeln, als er einen Arm um meine Taille legte und mich an seine Seite zog. „Du hast immer noch keine Antwort darauf?"

Ich konnte nicht anders als zu lachen. Julius war vieles,

aber ein Freak war er nicht. Nicht annähernd. Er war ein ehrenhafter Mann mit einem Herzen aus Gold, der keine Angst davor hatte, die eine oder andere Regel zu missachten, wenn es darauf ankam. „Ich versuche nur herauszufinden, wie du es schaffst, diese Hitze zu ertragen."

„Es ist mein cooles Auftreten." Er lachte. Doch schon bald wurde er ernst. „Aber wenn du mich so fragst, bin ich mir nicht wirklich sicher. Seit ich von den Toten auferstanden bin, war Temperatur kein Problem für mich."

„Verdammt. Netter Bonus", sagte ich.

„Das ist die zweite gute Sache, die sich aus meinem frühen Ableben ergeben hat."

„Und was ist das Erste?", fragte ich und sah ihn an.

Er schüttelte den Kopf, blieb direkt vor der Tür mit der Aufschrift ARCHIV stehen und zog mich an sich. Seine Lippen schwebten direkt über meinen, und er flüsterte: „Du, meine Liebe."

Ich schmolz. Innerlich wurde ich wachsweich, und ich drückte meine Lippen auf seine, während ich die Hitze draußen vergaß.

Als Julius sich schließlich von mir löste, atmeten wir beide schwer. Ich sah mich um, wurde mir bewusst, dass wir uns immer noch in der *Library of the Unexplained* befanden, und versuchte, mich zusammenzureißen. „Ich denke, vielleicht sollten wir uns an die Arbeit machen."

Seine Augen waren vor Verlangen mitternachtsblau geworden, und ich lehnte mich erneut an ihn. Aber er küsste mich nur zärtlich, ergriff meine Hand und führte mich in den Archivraum. „Um das andere kümmern wir uns heute Abend", sagte er und zog einen Stuhl für mich an einen langen Tisch heran.

„Darauf kannst du wetten." Ich fächelte mir Luft zu, während ich darauf wartete, dass er Nachschlagewerke aus den Regalen holte. Es dauerte nicht lange, bis wir mehrere Stapel Bücher vor uns hatten. Ich versuchte, mich nicht überfordert zu fühlen, holte tief Luft, nahm mir einen der Wälzer und machte mich an die Arbeit.

MEIN RÜCKEN SCHMERZTE, und meine Augen fühlten sich vor Müdigkeit trocken an. Julius und ich waren mehr als fünf Stunden im Archiv gewesen und hatten nur ein paar Toilettenpausen eingelegt. Und wir hatten noch zwei Dutzend Bücher vor uns.

„Wir werden nie was finden", sagte ich und stand auf, um mich zu strecken. Meine Muskeln protestierten, aber als ich meine Arme in die Höhe streckte und mich von einer Seite zur anderen beugte, ließen die Schmerzen nach.

„Doch, das werden wir." Er nahm ein weiteres Buch und schlug es auf.

„Woher willst du das wissen?"

„Weil ..." Er hielt inne und überflog den Text vor sich. Seine Lippen verzogen sich zu einem selbstzufriedenen Grinsen. „Es genau hier ist." Er schob das Buch vor mich. „Schau."

Ich las die Passage schnell. Nachdem ich sie ein zweites Mal gelesen hatte, blickte ich auf und fragte: „Es bedeutet Rache? Ist es das, was der Text sagt?"

„Ja." Er zog das Buch zu sich zurück. „Es sieht so aus, als ob das Symbol erstmals Anfang des 19. Jahrhunderts aufgetaucht ist. Es hängt mit einer Vielzahl von Vorfällen zusammen, und alle sind Morde *und* ungelöste Fälle."

„Ausnahmslos?", keuchte ich. „Ernsthaft?"

Er nickte. „Es sieht so aus, als ob die meisten Opfer Macht- oder Autoritätspositionen innehatten. Reicher Grundbesitzer, Politiker, Gesetzeshüter, ein Besitzer eines Hauses in der Basin Street."

„Basin Street? War das nicht Storyville?" Storyville war um die Jahrhundertwende das Rotlichtviertel von New Orleans und das Revier von Ida May gewesen.

„Ja. Wir sollten Ida May fragen, ob sie was darüber weiß."

„Definitiv. Steht da sonst noch was?" Ich beugte mich über seine Schulter und überflog die Seiten.

„Nicht viel. Hier heißt es, dass das Symbol speziell für Rache verwendet wird, nachdem einem was gestohlen wurde."

Ich runzelte die Stirn. „Rache für Diebstahl, und all diese Morde blieben unaufgeklärt? Das ist ... irgendwie verrückt."

„Ja, aber zumindest haben wir jetzt etwas, damit wir mit der Suche anfangen können, oder? Wenn wir herausfinden, was Clive gestohlen hat, können wir es vielleicht zu seinem Mörder zurückverfolgen."

„Vielleicht. Aber woher sollen wir wissen, was er genommen hat?"

„Wir werden ein bisschen Hilfe brauchen." Er klappte das Buch zu und legte es zurück auf den Stapel zu den anderen.

„Jade?", riet ich. Sie besaß Fähigkeiten, die in der Stadt ihresgleichen suchten. Wenn es einen Zauber gab, der uns helfen konnte, war sie sicher in der Lage, ihn zu wirken.

„Ja." Er stand auf, streckte mir die Hand entgegen und sagte: „Lass uns gehen. Wenn wir Glück haben, können wir in die Wohnung zurück und beenden, was wir vorhin angefangen haben, bevor die Teenager nach Hause kommen."

„Götter, ich fühle mich, als wären wir ein altes Ehepaar", sagte ich, aber ein Lächeln breitete sich um meine Lippen aus und Wärme in meinem Herzen.

Julius hob meine Hand und küsste meine Handfläche. „Wie viel Glück habe ich, die heißeste Mutter von New Orleans zu heiraten?"

„In der Tat, glücklicher Bastard", stimmte ich zu. „Und vergiss das nicht."

TROTZ JULIUS' Vorschlag, dass wir eine leere Wohnung ausnutzen sollten, machte ich mir zu viele Sorgen um Reagan, um einen gestohlenen Nachmittag zu genießen. Und wie es der Zufall wollte, wurde Julius zur Arbeit gerufen, als wir auf meinen Parkplatz hinter dem Café fuhren. Etwas über einen Fluch, der dazu geführt hatte, dass einer Herde von Pferden Einhornhörner gewachsen waren.

„Du machst Witze", sagte ich.

„Nein."

„Pupsen sie auch Regenbögen?", fragte ich mit einem schnaubenden Lachen.

Er schmunzelte. „Ich schätze, ich werde es herausfinden." Er beugte sich über die Konsole, gab mir einen Kuss auf die Wange, verließ meinen Wagen und stieg in seinen Hexenrats-SUV, der direkt neben meinem Käfer geparkt war.

Ich stand neben meinem Auto und winkte ihm nach, als er losfuhr, und eilte dann in das klimatisierte Gebäude. Anstatt in meine Wohnung hinaufzugehen, ging ich nach links und in den hinteren Teil des Cafés. Das Geplapper der Kunden und das Zischen der Espressomaschinen drangen von der Vorderseite des Hauses herein und zeigten an, dass im *Grind* viel los war. Mehr als sonst. Ich spähte durch das Bullauge, nahm mir eine Schürze, wusch mir die Hände und machte mich an die Arbeit.

Die Schlange war doppelt breit und reichte bis zur Tür. Holly war an der Kasse, Bo am Milchschäumer und Reagan – die keine Angestellte war – verteilte fertige Getränke und sorgte dafür, dass Bos Milchvorrat nicht ausging.

„Hey", sagte ich und trat neben Bo. „Sieht so aus, als hätten wir eine neue Aushilfe."

Er warf Reagan einen Blick zu und lächelte mich schief an. „Sie hat ihre Hilfe angeboten, und bei diesem Andrang wollte ich nicht Nein sagen."

„Gut gemacht." Ich nickte Reagan dankbar zu, schnappte mir ein paar Mixbecher und machte mich an die Arbeit an den Mixgetränken. Eine Stunde später, nachdem sich der Andrang gelegt hatte, ging ich zu Reagan an der Abholstation. „Hey."

Sie lächelte, und mein Herz fühlte sich leichter an, als ich ihren verbesserten Gemütszustand sah. „Hey. Ähm, ich hoffe, es macht dir nichts aus, dass ich wieder hier bin. Der arme Bo hat so hart gearbeitet. Er sah aus, als bräuchte er Hilfe."

„Natürlich macht es mir nichts aus. Das war wahnsinnig nett von dir." Ich warf einen Blick auf die voll bestückten Stationen und die glänzend-saubere Theke. „Du siehst aus, als hättest du sowas schonmal gemacht."

„Irgendwie schon. Ich habe eine Weile in einer Saftbar gearbeitet. Ziemlich ähnlich, nur ein anderes Produkt."

Ich warf einen Blick auf das Schild „AUSHILFE GESUCHT", das ich am Tag zuvor ins Fenster gehängt hatte. „Du bist nicht gerade auf der Suche nach einem Job, oder?"

Ihre Augen leuchteten interessiert auf. Dann folgte ihr Blick meinem, und ihr Lächeln wurde breiter. „Du willst, dass ich mich für die Stelle bewerbe?"

Ich schüttelte den Kopf. „Nein. Ich biete dir die Stelle an."

Ihre Augen glitzerten vor Begeisterung. „Das würde ich gern machen, aber ich kann nur, wenn die Arbeitszeiten in meinen Vorlesungsplan passen."

„Kein Problem. Uns wird schon was einfallen." Ich streckte meine Hand aus, und sie schüttelte sie.

„Sieht so aus, als ob du mich jetzt an der Backe hast, Bowman!", rief Reagan Bo zu.

Er blickte von der Gewürzbar auf. „Was? Ziehst du ein oder so?", fragte er und grinste, als würden sie sich einen Insider-Witz erzählen.

„Fast. Deine Schwester hat mir gerade einen Job angeboten."

Bo richtete sich auf und nickte zufrieden. „Gut. Dann kannst du den Eingang fegen, während ich eine Pause mache."

„Nicht so schnell", sagte ich und hob eine Hand. „Ich brauche Reagan für eine Weile. Du musst mit Holly über deine Pause reden."

Meine Assistentin kicherte, als sie den Teebehälter auffüllte. „Viel Glück, Kumpel. Ich bin seit halb sechs hier und am Verhungern."

Bo brummte etwas, als er wieder zu ihr hinter die Theke zurückkehrte, bedeutete ihr aber mit einer Geste, dass sie eine Pause machen sollte.

Während Holly ins Hinterzimmer ging, drehte ich mich zu Reagan um. „Ich muss dich ein paar Dinge über Clive fragen. Ist das okay?"

Ihr glücklicher Gesichtsausdruck verschwand, und ich hasste es, dass ich ihre gute Stimmung ruiniert hatte. Aber wenn wir dem Fluch auf den Grund gehen wollten, hatte ich keine andere Wahl.

„Ja, okay", sagte sie.

„Hier, oder willst du nach oben gehen?"

Sie sah sich im leeren Laden um. „Hier ist in Ordnung, denke ich. Aber so viel weiß ich nicht."

„Kein Problem. Wir werden einfach sehen, ob was Nützliches dabei ist."

Sie zappelte unruhig, während ich sie zu einem der Tische am Fenster führte. Bo folgte uns mit Getränken in der Hand.

„Mokka", sagte er und reichte mir das Getränk meiner Wahl. Dann wandte er sich an Reagan. „Fettarmer Karamell-Mokka."

Sie strahlte, trank einen Schluck und seufzte glücklich. Offensichtlich hatte er auch ihr Getränk richtig hinbekommen. „Danke", sagte sie zu ihm. „Du hast keine Ahnung, wie sehr ich das gebraucht habe."

Er lächelte und seine Augen funkelten sie an. „Ich habe eine Idee."

Ich beobachtete die beiden fasziniert. Bo flirtete geradezu. Jedenfalls für seine Verhältnisse. Und Reagan schien ... glücklich. Ja, Marilyn war aus dem Rennen. Ich fragte mich nur, ob Bo das wusste.

Bo warf mir einen Blick zu. „Was? Kein Dankeschön?"

„Tut mir leid", sagte ich und prostete ihm mit der Tasse zu. „Vielen Dank, o Mokka-Latte-Meister."

„Schon besser." Zufrieden mit sich selbst grinste er Reagan noch einmal an und schlenderte davon.

„Übermütiger Kerl", murmelte ich leise.

Reagan lachte. Ich lächelte sie an und trank einen Schluck von meinem Getränk.

Das Glöckchen über der Tür bimmelte, und eine gewisse rotblonde Frau kam hereingeweht; ihr Babybauch war unter dem figurbetonten T-Shirt sichtbar.

„Jade? Was gibt's?", fragte ich sie, als sie am Tisch stehen blieb.

„Anscheinend viel los." Sie sah sich im Café um und betrachtete den überquellenden Müll, die fast geplünderte Auslage und den kaffeefleckigen Boden. „Sieht aus, als wäre hier ein Hurricane durchgezogen."

„Wir hatten ein bisschen zu tun", sagte ich achselzuckend. „Wenn Reagan und ich hier fertig sind, werden wir alles in Ordnung bringen."

Sie winkte ab. „Mach dir darüber keine Sorgen. Lass dir Zeit. Bo und ich haben das im Griff." Sie nickte ihm zu und ging ins Hinterzimmer.

„Hast du sie angerufen?", fragte ich Bo und kniff misstrauisch meine Augen zusammen.

„Nein. Sie hat uns angerufen. Meinte, Kane habe ihr gesagt, wir seien überlastet".

Woher wusste Kane, dass wir überlastet waren? War er vorbeigekommen? Er könnte auch von hinten reingekommen und wieder gegangen sein, als er die Schlange gesehen hatte. Da sein Club direkt nebenan lag, teilte sich sein Büro eine Wand mit dem Hinterzimmer.

Jade kehrte mit einer Schürze ins Café zurück und machte sich ohne ein weiteres Wort daran, den Müll rauszubringen.

Ich schüttelte leicht amüsiert den Kopf und rief: „Hey, schwangere Lady!"

Sie drehte sich um und hob eine Augenbraue. „Ja?"

„Danke."

Ihre Lippen verzogen sich zu dem Hauch eines Lächelns. „Jederzeit."

Ich wandte meine Aufmerksamkeit wieder Reagan zu. „Okay, also ich habe ein paar Fragen."

„Was willst du wissen?" Sie beugte sich vor und stützte ihre Ellbogen auf den Tisch.

Ich war beeindruckt. Am Tag zuvor war sie ein emotionales Wrack gewesen, aber vierundzwanzig Stunden später war sie hier, stark und mit beiden Beinen im Leben. „Was weißt du über Clive? War er ein Student? Hatte er einen Job? Hast du je seine Freunde gesehen? Alles, was du über ihn weißt, könnte hilfreich sein."

Sie biss sich auf die Unterlippe. „Er ist kein ... *war* kein Student. Er hat in einer Bar in der Innenstadt gearbeitet. Ich glaube, sie heißt *Underground*."

„Das ist ein Anfang", sagte ich und tippte die Informationen in mein Handy. „Hat er Freunde, von denen du weißt? Irgendwelche Dates?"

Tränen glitzerten in ihren Augen, aber sie blinzelte sie zurück.

Ich streckte die Hand aus und legte sie auf ihre. „Oh, Reagan, du hast ihn nicht gedatet, oder?"

„Nein!" Sie schüttelte den Kopf und warf mir einen *„Das ist verrückt"*-Blick zu. „Aber Kimmie ist mit ihm ausgegangen. Mein Studienpartnerin. Zumindest glaube ich, dass sie es getan hat. Sie hat gesagt, dass sie ihn süß fand, und hat oft in meiner Wohnung gewartet, bis er nach Hause kam, damit sie mit ihm flirten konnte. Sie sagte, sie würde ihn um ein Date bitten. Dann habe ich eine SMS von ihr bekommen, in der stand: ‚Zwei Daumen hoch'. Ich ging davon aus, dass das bedeutete, dass sie ausgehen würden. Aber ich habe nie gehört, wie es gelaufen ist."

Mein Magen zog sich zusammen. Ich hatte keinen Zweifel daran, dass sie miteinander ausgegangen waren. Da beide tot waren, würde ich wetten, dass es da eine Geschichte gab. Aber ich würde sie nicht von Reagan bekommen. Sie kannte sie nicht. „Irgendwas sonst? Irgendwelche anderen Freunde oder Freundinnen?"

Sie schüttelte den Kopf. „Nicht, dass ich mich erinnern könnte. Ich habe ihn manchmal gesehen, wenn er zur Arbeit ging. Dadurch weiß ich, wo er gearbeitet hat. Er hat immer das Logo-T-Shirt getragen. Aber er ist größtenteils für sich geblieben."

„Verstehe. Nun, ich denke, das ist es dann. Danke." Ich wollte aufstehen, aber sie legte ihre Hand auf meinen Arm und hielt mich auf.

„Warum?", fragte sie.

„Wir haben herausgefunden, dass das Symbol Rache bedeutet."

Sie holte scharf Luft, und wieder wurde ihr Gesicht weiß.

„Mach dir keine Sorgen, Reagan", sagte ich und versuchte, sie zu beruhigen. „Wir bemühen uns nur, allen Hinweisen auf jeden nachzugehen, der sich vielleicht rächen wollte. Und wenn du darüber nachdenkst, sind das tatsächlich gute Nachrichten für dich. Wenn es ein persönlicher Rachefeldzug ist, ist es unwahrscheinlich, dass es in deinem Haus zu weiteren Vorfällen kommt."

Ihr Gesichtsausdruck veränderte sich zu etwas, das ich nicht lesen konnte. Es war, als hätte sie plötzlich einen Schalter umgelegt, und sie sah mich mit leerem Blick an.

„Reagan? Bist du okay?"

„Ja. Ich bin ... ich glaube, ich bin einfach nur müde. Soll ich heute noch weiterarbeiten, oder kann ich nach oben gehen und ein Nickerchen machen?"

„Nein, ich denke, wir kommen zurecht. Du geh nach oben. Morgen erledigen wir deinen Papierkram und arbeiten einen Zeitplan aus."

Das Glockenspiel über der Tür ertönte gerade, als sie zu sprechen begann. „Danke. Ich –"

„Miss Yates?"

Wir wandten beide den Kopf in Richtung der Stimme. Trotz meines unguten Gefühls, den Polizisten zu sehen, musste ich ein Lachen unterdrücken, als ich Officer Meeks ansah. Sein Toupet war wieder an Ort und Stelle, und als ich nach unten blickte und nicht anders konnte, als nachzusehen, ob seine Hose in einem Stück war, bewegte er seine Hand vor seinen Schritt, als wollte er sich schützen.

Ich konnte nicht anders. Ein Kichern entkam mir, und ich konnte nichts dagegen tun.

Officer Meeks runzelte die Stirn und drehte sich zu Reagan um, sein Gesicht war rot, und seine Wut war ihm anzusehen.

„Miss Yates", bellte er. „Wir haben noch mehr Fragen."

KAPITEL ACHT

*I*ch schob mich vor Reagan, ein instinktiver Drang, sie zu beschützen. „Sie hat Ihnen schon alles gesagt, was sie weiß."

„Miss Rayne, bitte mischen Sie sich nicht ein. Diese Angelegenheit geht Sie nichts an."

Und ob sie mich was anging. Reagan war eine Siebzehnjährige und hatte außer uns niemanden, der auf sie aufpasste. Ich sollte verdammt sein, wenn ich rumstehen und zulassen würde, dass ein Cop sie schikanierte. „Sie ist meine Angestellte. Ich werde nicht zulassen, dass Sie sie belästigen, während sie bei der Arbeit ist."

Officer Meeks kniff die Augen zusammen. „Ich belästige sie nicht. Aber wenn Sie verlangen, dass wir einen Haftbefehl besorgen, rufe ich den Richter an, und wir bringen sie aufs Revier." Er blickte über meine Schulter zu Reagan. „Verstanden?"

„Ja, Sir", sagte sie und trat hinter mir hervor. „Schon gut, Pyper. Ich kann seine Fragen beantworten."

Ich verschränkte die Arme vor der Brust und trat einen Schritt zurück. Aber ich würde mit Sicherheit nirgendwo hingehen. Nur, wenn ich sicher wusste, dass es ihr gutging.

Meeks ignorierte mich, holte einen kleinen Stapel Bilder aus seiner Tasche und reichte sie Reagan. „Erkennen Sie die?"

Reagan betrachtete die Fotos, und ihr Gesicht verlor erneut die Farbe. „Ähm, nein. Ich habe diese Bilder noch nie gesehen."

„Erkennen Sie die Personen auf den Fotos?", fragte er, sein Ton emotionslos.

Sie nickte. „Ja." Das Wort klang eher wie ein Quietschen, als sie ihm die Fotos zurückgab.

„Und wer sind diese Leute, Miss Yates?"

Reagan schluckte, wandte den Blick ab und sagte leise: „Kimmie und ich."

Kein Wunder, dass es Reagan schwerfiel, die Fotos anzusehen. Darauf waren sie und ihre Freundin, die vor ein paar Tagen Selbstmord begangen hatte. Da ich unbedingt einen Blick auf die Bilder erhaschen wollte, reckte ich den Hals und sah die beiden draußen in einem örtlichen Café sitzen. Es waren alles Fotos vom selben Ort, aber beide Mädchen trugen jeweils unterschiedliche Outfits, was darauf hindeutete, dass die Aufnahmen an verschiedenen Tagen gemacht worden waren.

„Und haben Sie mir gestern nicht gesagt, dass Sie sie kaum kannten? Dass sie eine Bekannte aus der Schule war?"

„Ich denke schon." Reagan fing an, am Saum ihres T-Shirts zu zupfen, und es war offensichtlich, dass es sie nervös machte, mit dem Cop zu sprechen.

Wow. Er hatte recht. Reagan hatte den Polizisten angelogen. Das hatte ich bis jetzt nicht bemerkt. Die Frage war: Warum? Mein Herz schlug schneller, und meine Gedanken überschlugen sich.

„Aber als wir die Sicherheitsvideos des Cafés auf der anderen Straßenseite Ihrer Wohnung überprüft haben, haben wir festgestellt, dass Sie beide seit sechs Wochen Stammkunden sind. Das klingt nach mehr als einer Bekanntschaft. Wollen Sie mir erklären, warum Sie die Beziehung heruntergespielt haben?"

„Ich weiß nicht ... ähm, ich habe nur ...", stammelte sie und sah mich hilfesuchend an. Nur hatte ich keine Ahnung, was ich für sie tun sollte.

Ich zuckte mit den Schultern.

Sie verzog das Gesicht.

„Miss Yates?", sagte Meeks. „Es wäre gut für Sie, wenn Sie einfach die Wahrheit sagen würden."

Ich war mir nicht sicher, ob das so richtig war. Das Letzte, was sie tun sollte, war, sich selbst zu belasten. Aber ohne mehr über die Details zu wissen, war ich im Blindflug. „Braucht Reagan einen Anwalt?"

Meeks zuckte mit den Schultern. „Wahrscheinlich nicht. Wir sammeln nur Informationen."

So fanden sie heraus, wen sie anklagen sollten. „Reagan, ich denke nicht, dass du mehr sagen solltest. Wenn sie dich befragen wollen, hast du Anspruch auf Rechtsbeistand."

Ihre Augen weiteten sich, und sie schluckte. „Aber ich hatte nichts mit dem Mord an Clive zu tun. Ich weiß nichts."

Meeks warf mir einen bösen Blick zu und seufzte dann. „Hören Sie, ich will nur wissen, warum Sie gelogen haben, als Sie gesagt haben, wie gut Sie Ihre Kommilitonin kannten."

Sie legte beide Hände flach auf den Tisch, schloss die Augen und sagte: „Weil ich sie nicht gut kannte. Wir haben zusammen gelernt, also kam sie vorbei, und wir haben normalerweise zu Mittag oder zu Abend gegessen, aber ich …" Sie biss die Zähne zusammen und schüttelte den Kopf. Dann platzte es aus ihr heraus: „Meine Mutter ist letztes Jahr gestorben. Seitdem bin ich niemandem mehr nahegekommen. Auch Kimmie nicht. Wir haben nur zusammen gelernt, weil wir gemeinsam an einem Projekt gearbeitet haben."

Meeks starrte sie an, als würde er darauf warten, dass sie fortfuhr.

Sie wandte sich ab und starrte aus dem Fenster.

Mein Herz schmerzte für das Mädchen, das seine Mutter verloren hatte und nun mitten in einer Mordermittlung steckte.

„Reagan weiß nichts", sagte Bo mit scharfer und frustrierter Stimme. „Ich war den ganzen Morgen bei ihr, an dem Tag, als ihr Nachbar ermordet wurde. Sie hat nicht einmal telefoniert. Es gibt nichts, um sie mit diesem Verbrechen in Verbindung zu bringen, falls Sie darauf aus sind."

Meeks warf Bo einen bösen Blick zu. „Den ganzen Morgen, was? Irgendwelche Beweise dafür?"

„Ja. Sehen Sie sich diese Videos vom Café an. Sie werden sehen, dass wir gegen zehn Uhr morgens reingegangen sind. Sie können sich auch bei der Uni erkundigen, da wir an diesem Morgen beide in unseren Vorlesungen waren."

„Für jemanden, der niemandem nahesteht, scheint es, als hätten Sie viele Freunde, Miss Yates." Meeks kritzelte Notizen in seinen Block.

Während er schrieb, tauchte Ida May direkt hinter ihm auf. Sie grinste mich böse an und griff nach seinem Hintern.

Der Polizist zuckte zusammen und stieß einen Schrei aus, der ihn wie ein zwölfjähriges Mädchen klingen ließ. „Was zum Teufel war das?", keifte er.

Ich legte einen Arm um Reagans Schultern und begegnete seinem gereizten Blick. „Was war was, Officer?"

Seine Wangen wurden rot, und er öffnete den Mund, um etwas zu sagen, schloss ihn dann aber. Offensichtlich wollte er nicht zugeben, dass ihn jemand oder etwas am Arsch gepackt hatte. Da niemand hinter ihm stand, hatte er niemanden, den er beschuldigen konnte. Geschah ihm recht.

Ida May hob ihre Hand und deutete damit an, dass sie sich sein Toupet vornehmen wollte, doch als ihr Blick meinem begegnete, schüttelte ich kaum merklich den Kopf. Das war nach dem Vorfall mit Stella zu viel. Es bestand kein Grund, die Situation zu eskalieren. Ida May verschränkte die Arme vor der Brust und schmollte. Sie murmelte etwas davon, dass ich eine Spaßbremse sei, zog sich hinter die Theke zurück und begann, etwas an die Tafel zu schreiben.

Toll. Was hatte sie jetzt wieder vor? Die Kreide flog durch die Luft und begann, sich dann ganz von selbst über die Tafel zu bewegen. Ida May war heute in Topform. Normalerweise war ein ordentlicher Arschgriff genug, und ihre Energie war aufgebraucht. Sie gab sich wirklich große Mühe, Meeks zu ärgern.

Wenn ich mir nicht solche Sorgen um Reagan gemacht hätte, hätte ich die ganze Sache vielleicht urkomisch gefunden. Plötzlich fiel die Kreide zu Boden und erregte die Aufmerksamkeit aller.

Es dauerte einen Moment, bis Meeks die Tafel bemerkte. Aber als er es tat, knurrte er und drehte sich zu mir um. „Einen Polizisten zu verunglimpfen ist ein Verbrechen, Miss Rayne."

„Ich weiß nicht, wovon Sie reden, Officer", sagte ich mit ernstem Gesicht, obwohl ich genau wusste, dass, was er sagte, eine dreiste Lüge war. Sich über einen Polizisten lustig zu machen war definitiv nicht gegen das Gesetz. Aber ich musste innerlich kichern. Auf Ida May war Verlass, wenn es darum ging, respektlos zu sein. Auf der Tafel stand jetzt „OFFICER KNACKARSCH KREISCHT WIE EIN MÄDCHEN".

Er knurrte und zeigte auf die Tafel. „Wer hat das da hingeschrieben?"

„Sie haben es nicht gesehen, als Sie reingekommen sind?", fragte ich unschuldig. „Es ist für einen Junggesellenabschied heute Abend", log ich.

Ich hörte Jade husten, um ein Lachen zu unterdrücken, und lächelte den Beamten süß an.

Er starrte uns alle finster an. „Sie spielen mit dem Feuer", sagte er und steckte das Notizbuch in seine Hosentasche. „Das werde ich nicht vergessen."

„Das wirst du sicher nicht", sagte Ida May. Dann blies sie ihm ins Ohr.

Meeks schlug in die Luft neben seinem Kopf und sah sich hektisch um wie jemand, der den Verstand verlor. Dann stürmte er aus dem Café.

Wir alle blieben vollkommen still, während wir ihm nachblickten, als er die Bourbon Street hinuntereilte. Sobald er außer Sicht war, prusteten Jade, Bo und ich los.

Und Reagan begann zu weinen.

Bo wurde sofort ernst und zog sie hoch, um sie in seine Arme zu nehmen. „Alles ist gut. Das verspreche ich. Das war nur Ida May, der Geist meiner Schwester. An einem guten Tag ist sie ungezogen, an einem schlechten unverschämt. Das war nicht deine Schuld."

„Wirklich nicht", sagte ich. „Es gibt nichts, was Ida May in die Schranken weisen könnte. Sie tut, was sie will."

Oh verdammt ja, das tue ich, bestätigte der Geist. *Und mir hat wirklich nicht gefallen, wie er mit Reagan umgegangen ist. Er kann sich das in den Hintern schie–*

„Danke, Ida May", sagte ich lächelnd. „Ich bin sicher, Reagan weiß deine Loyalität zu schätzen."

Das sollte sie. Dieser Mist ist anstrengend, weißt du? Sie strich ihr Nachthemd glatt, straffte die Schultern und schwebte direkt durch die Decke, zweifellos nach oben in meine Wohnung.

„Sieht aus, als hättest du eine neue Freundin", sagte ich zu Reagan.

„Ida May?", schniefte sie.

„Ja", sagte Bo nickend. „Sie ist ein cooles Gespenst. Wenn sie dich mag, hast du einen Freund fürs Leben ... und den Tod, denke ich", fügte er hinzu.

„Danke, aber es ist nicht –" Sie schüttelte den Kopf. „Vergiss es. Mir geht's bald wieder gut."

Jade musterte sie, und ich wusste, ohne zu fragen, dass sie ihren emotionalen Zustand las.

„Ich bin müde. Macht es dir was aus, wenn ich nach oben gehe?", fragte Reagan mich.

„Gar nicht. Den Papierkram erledigen wir morgen."

„Papierkram?", fragte sie offensichtlich verwirrt.

„Papierkram für neue Mitarbeiter. Damit du offiziell im Café angestellt bist." Ich stand auf und nahm das Schild aus dem Fenster.

„Ach ja." Sie schenkte mir ein dankbares Lächeln und flüchtete dann durch die Hintertür.

Bo atmete auf, als er zurück zur Theke ging. Er nahm einen Schokoladenmuffin und sagte: „Ich gehe nach ihr sehen."

„Bitte." Ich ging zu Jade. Als Bo weg war, fragte ich: „Hast du irgendwas gespürt?"

Jade nickte. „Sie hat Angst und ist unglaublich traurig. Aber da war keine Schuld. Wenn sie also nicht gerade eine Soziopathin ist, hat sie unmöglich was mit dem Mord an ihrem Nachbarn zu tun."

Ich hatte nicht gedacht, dass sie was damit zu tun hatte, aber dennoch erleichterte mich Jades Einschätzung. Ich fing an, Reagan wirklich zu mögen. Ich fühlte eine seltsame Verbundenheit mit dem Mädchen und sorgte mich mehr um sie, als ich wahrscheinlich hätte tun sollen. Aber verdammt, jemand musste sich um sie kümmern. Und ich wollte nicht zusehen, wie dieser Cop sie belästigte, nur weil das NOPD zu inkompetent, zu faul oder zu korrupt war, um mit dem Hexenrat zusammenzuarbeiten.

KAPITEL NEUN

*I*ch beobachtete Jade, während sie den Milchschäumer schrubbte. Die dunklen Ringe unter ihren Augen, die sie in den letzten Monaten gehabt hatte, waren verschwunden, und sie strahlte von innen heraus. „Du siehst aus, als wäre die Morgenübelkeit vorbei."

Sie seufzte glücklich und legte die Hände auf ihren kleinen Babybauch. „Ja. Der Göttin sei Dank!"

„Bist du deshalb hier und nicht zu Hause vor dem Fernseher?", fragte ich und konnte nicht anders, als sie aufzuziehen.

Sie lachte. „So in der Art."

„Gut. Ich freue mich, dass du wieder da bist. Ohne dich ist es hier nicht dasselbe."

Ihr Lächeln wuchs. „Wirst du sentimental, Pyper?"

„Ja", sagte ich und erkannte es. „Sieht so aus, als wäre ich von einem Alien übernommen worden."

Kichernd schüttelte sie den Kopf. „Nein, bist du nicht.

Du warst schon immer so. Du hast es einfach besser versteckt."

Sie hatte wahrscheinlich recht, aber es schien, als hätte ich in letzter Zeit viele Gefühle, die ich nicht unterdrücken konnte. Von Julius, Jade und Kane und ihrem ungeborenen kleinen Mädchen bis hin zu Bo und Reagan und sogar Ida May war mein Herz voll. Voller als je zuvor, und es machte mir ein wenig Angst. Ich war es nicht gewohnt, so viel für irgendjemanden außer Kane zu empfinden. Nicht seit dem Tod meiner Mutter vor mehr als zehn Jahren.

Jade, die offenbar meine Gefühle spürte, sagte nichts weiter. Stattdessen streckte sie einfach ihre Hand aus und drückte meine. Ich blinzelte die plötzlichen Tränen zurück, hervorgerufen durch die aufwallende Liebe zu ihnen allen. Ich war nicht nah am Wasser gebaut. Zumindest nicht in der Öffentlichkeit.

Ich räusperte mich und sagte: „Was hältst du davon, dass sich das NOPD auf Reagan konzentriert?"

Ihre Miene wurde düster. „Sie stochern herum und suchen nach jemandem, dem sie das anhängen können."

Jade und ich hatten in der Vergangenheit beide eine Menge Probleme mit dem NOPD gehabt. Keiner von uns hatte großes Vertrauen in diesen Verein. Jedenfalls nicht, wenn es um paranormale Verbrechen ging. „Sie werden sie anklagen, wenn sie auch nur den geringsten Hinweis haben, nicht wahr?"

„So wie ich sie kenne? Wahrscheinlich." Sie presste ihre Lippen zu einer dünnen Linie zusammen, starrte einen Moment geradeaus und drehte sich dann mit Überzeugung in ihrem Ton zu mir um. „Wir müssen ihnen einfach zuvorkommen. Bist du dabei?"

„Wenn du vorschlägst, dass wir die Ermittlungen intensivieren, dann auf jeden Fall."

„Gut. Ich habe Kane schon gesagt, dass ich daran arbeiten werde."

„Jade, du –"

Sie hob eine Hand und fiel mir ins Wort. „Nicht. Mir geht's gut, und ich brauche was zu tun." Schmunzelnd fügte sie hinzu: „Hast du nicht gesehen, dass ich freiwillig hierhergekommen bin, um zu arbeiten?"

„Ha! Doch. Das habe ich."

„Also gut. Es ist erst etwa ein Monat vergangen, seit ich gesagt habe, ich wollte langsamer machen, und ich verliere schon den Verstand. Ich muss was Sinnvolles tun, und im Moment ist das, dafür zu sorgen, dass das NOPD keinen Grund hat, das arme Mädchen aufs Revier zu zerren."

„Kane ist damit einverstanden?" Ich fragte mehr aus Neugier als aus irgendeinem anderen Grund. Jade war ein großes Mädchen. Sie konnte tun und lassen, was sie wollte, mit oder ohne Kanes Segen. Aber es wäre schön zu wissen, wo er stand, bevor er meine Tür eintrat, weil ich seine Frau in einen Fluch reingezogen hatte.

„Ja, er ist nicht begeistert, aber er versteht es." Sie lehnte sich an die Theke und verschränkte die Arme vor der Brust. „Du weißt, wie ausgeprägt sein Beschützerinstinkt ist."

„Das ist einer der Gründe, warum wir beide ihn lieben." Ich wollte die Ladentür abschließen. Es war später Nachmittag und Zeit zu schließen. Als ich zur Theke zurückkam, fragte ich: „Okay, wo fangen wir mit dem Fall an? Ich habe Informationen darüber, wo Clive gearbeitet hat, aber das war's auch schon."

Jade zog ihr Handy aus der Tasche. „Lass uns zunächst einen Backgroundcheck von Clive und Kimmie durchführen. Nachsehen, was ihre Geschichte ist."

Das schien vernünftig. „Ich nehme an, dass du jemanden dafür hast?"

„Ich nicht, aber Lucien schon." Sie tippte eine Nachricht und schickte sie an ihren Stellvertreter im Hexenzirkel. „Du wirst überrascht sein, wie oft Informationen, die aus ganz langweiligen Quellen stammen, den entscheidenden Unterschied machen."

„So überraschend ist das nicht", sagte ich.

Jades Handy summte, und sie schrieb noch ein paar weitere SMS. Als sie vom Telefon aufsah, warf sie mir einen neugierigen Blick zu. „Bist du gerade beschäftigt?"

„Nein. Nicht, dass ich wüsste." Ich musterte sie und fragte mich, was sie gerade erfahren hatte.

„Gut. Wir werden einen Beschwörungszauber wirken." Sie steckte ihr Handy in die Tasche und bedeutete mir, ihr zu folgen.

„Was beschwören wir?"

„Nicht was." Sie warf einen Blick über die Schulter, und ihre Augen glitzerten vor Entschlossenheit. „Wen. Die Frage ist, wen wir herbeirufen."

Mir ging ein Licht auf, und ich wusste sofort, wen sie meinte. „Kimmie."

„Ja. Ich würde auch Clive rufen, aber wir haben nichts von ihm, das wir als Katalysator nutzen könnten."

„Wir haben auch nichts von Kimmie", sagte ich und folgte Jade nach oben in meine Wohnung.

„Wir nicht. Aber Reagan könnte was haben." Sie blieb vor meiner Tür stehen und drehte sich zu mir um. „Bist du bereit dafür? Vorausgesetzt, das funktioniert, bist du diejenige, die mit ihr reden muss."

„Ja, ja, schon gut", sagte ich und fürchtete mich schon vor der Begegnung. Es machte mir nichts aus, mit Geistern zu sprechen, aber die jungen waren normalerweise desorientiert und wollten sich nicht eingestehen, dass sie tot waren. Es würde keinen Spaß machen, einen Geist zu rufen, der sich nicht mit der Tatsache abgefunden hatte, dass er tot war. Aber in dem Moment, als Jade meine Tür öffnete und ich Reagan und Bo auf dem Sofa sitzen sah, Stella zwischen sie gekuschelt, während sie redeten, wusste ich, dass es keine Rolle spielte. Meine Beschützerinstinkte übernahmen die Führung. Ich würde alles tun, um die beiden zu beschützen.

JADE VERLIEß ZUERST die Bäume und ging auf den Zirkelkreis zu. Er war in der Nähe des Mississippi, und in der drückenden Sommernacht hing der Geruch von Schlamm und Sumpf in der Luft.

„Gute Göttin", jammerte ich. „Wenn die Luft noch feuchter wäre, würden wir über diese Wiese schwimmen."

Julius grunzte zustimmend. Die Sonne war schon untergegangen, aber draußen war es immer noch unerträglich. Es war eine Nacht, in der sich die Luft nicht bewegte und die Mücken in voller Stärke unterwegs waren.

„Nicht einmal Kat hatte Interesse daran, mitzukommen", sagte Lucien und wischte sich mit einem Taschentuch den Schweiß von der Stirn. „Sie sagte, sie werde zu Hause bleiben und die Klimaanlage genießen."

„Das ist das erste Mal", sagte Jade.

„Das kannst du laut sagen", sagte Lucien. Kat, Jades älteste und beste Freundin, hasste es normalerweise, wenn sie von irgendetwas ausgeschlossen wurde, was mit dem Zirkel zu tun hatte. Sie besaß keine Magie, aber praktisch jeder, den sie liebte, hatte welche, und wenn wir zusammenkamen, um gegen irgendetwas zu kämpfen, bestand sie darauf, dass sie nicht außen vor gelassen wurde. Ich konnte es ihr nicht wirklich verdenken. Mir gefiel es auch nicht, am Spielfeldrand zu sitzen. Aber manchmal hatte ich keine Wahl. Heute Abend wünschte ich jedoch, ich wäre in dem Schrotflintenhaus, in dem sie mit Lucien wohnte, um mit ihr vor einem Ventilator sitzend Margaritas zu schlürfen.

Jade blieb am Rand des Kreises stehen und holte Kerzen und Salz aus ihrer Tasche. Wir brauchten nur ein paar Minuten, um die Kerzensäulen zu löschen, während Lucien den Kreis neu salzte. Das Salz diente unserem Schutz. Die Kerzen waren für die Beschwörung.

„Brauchen wir nicht eine vierte Person?", fragte ich Jade.

Sie schüttelte den Kopf. „Du bist die Vierte."

„Ich ... ich ... was?"

„Erinnerst du dich, was vor ein paar Monaten im Bayou passiert ist? Avrilla hat dir diesen Dolch gegeben, und wir haben herausgefunden, dass du eine Spur von Magie besitzt?"

„Ja, aber ..." Ich verstummte und dachte an den Dolch, der jetzt in meinem Safe eingeschlossen war. „Ich habe ihn nicht bei mir."

„Ist egal", sagte Julius, legte seinen Arm um meine Schultern und drückte mir einen Kuss auf den Kopf. „Dafür braucht Jade nur diese Spur von Magie."

„Oh." Ich stand da und war mir nicht sicher, was ich davon halten sollte. So lange war ich diejenige am Rande gewesen, präsent und bereit, für und mit meinen Freunden zu kämpfen, aber eigentlich kein Teil des Hexenzirkels. Es fühlte sich ... seltsam an. Und es war auch schön zu wissen, dass ich jetzt nützlicher war. Nicht, dass meine medialen Fähigkeiten nichts waren. Wenn es um Magie ging, war ich einfach nicht in meinem Element.

„Mach dir keine Sorgen. Das ist nur eine einfache Beschwörung. Es gibt keinen Grund zur Panik", sagte Jade. Dann lachte sie. „Normalerweise jedenfalls."

Ich zog eine Augenbraue hoch. „Ja. Das ist genau das, worüber ich mir Sorgen mache."

Sie wedelte mit der Hand. „Stell dich einfach auf den östlichen Punkt gegenüber von Julius auf. Wenn Kimmie Welsh in ihrer geistigen Form überhaupt ansprechbar ist, werden wir sie finden."

„Okay." Ich nahm meinen Platz ein, während Julius mir gegenüberstand. Jade nahm den nördlichen Punkt ein und Lucien den südlichen.

Alles war still, während Jade mit geschlossenen Augen dastand und nur atmete. Ich wusste, dass sie einen Moment brauchte, um sich zu konzentrieren. Aber ich konnte meine Augen nicht von ihr lassen. Während der Mond auf sie schien und ihr rotblondes Haar und ihre blasse Haut beleuchtete, sah sie ätherisch aus, wie eine Göttin. Und als sie ihre Arme hob und ihre Magie rief, war die schiere, rohe Kraft, die sie besaß, offensichtlich. Sie war eindringlich, schön und furchteinflößend zugleich.

Ich hatte unzählige Male gesehen, wie Jade ihre Magie eingesetzt hatte. Aber seit ich erfahren hatte, dass ich eine von ihnen war, war ich umso beeindruckter von dem, was sie leisten konnte. Es war wirklich unglaublich; eine große Verantwortung und manchmal auch eine Belastung. Eines der Dinge, die ich an ihr bewunderte, war ihre Anmut unter Druck. Immer wenn in New Orleans etwas nicht stimmte, das magisches Eingreifen erforderte, war Jade zur Stelle. Ein Fels in der Brandung. Das galt auch für Kane und Julius.

Mein Herz schwoll an, als mir klar wurde, dass ich durch einen seltsamen Zufall Teil ihres magischen Teams war.

Magie entzündete sich an Jades Fingerspitzen und schoss dann von ihr zu jedem von uns, wobei sie uns als Kanal nutzte und den Kreis schloss.

„Persephone, Göttin der Unterwelt", rief Jade mit kräftiger und klarer Stimme, „hör meinen Ruf!" Magie knisterte in der Luft. „Nimm unser Angebot an, eine Gabe für das Rufen von Kimmie Welsh in den Kreis."

Die Kerzen entzündeten sich, scheinbar von selbst, und Jade warf ein Notizbuch, das Kimmie Reagan geliehen hatte, in den Kreis. Magie hüllte das Buch sofort ein, ließ es schweben und es um seine eigene Achse rotieren.

„Göttin der Unterwelt, bitte bring uns Kimmie Welsh!", rief Jade.

Eine Wand aus Magie erhob sich an den Rändern des Kreises, gerade als das Notizbuch verschwand und ein Knall durch die stille Nacht hallte. Dann wurde alles still und die Magie erlosch.

Niemand rührte sich, und wir warteten. Als nichts zu passieren schien, seufzte Jade und ließ enttäuscht die Schultern hängen.

„Sollten wir es nochmal versuchen?", fragte Lucien.

„Nein", sagte ich und starrte auf die junge Frau, die in der Mitte des Kreises schwebte. Sie war durchscheinend, und ich wusste instinktiv, dass niemand außer mir sie sehen konnte. „Sie ist hier."

Jade richtete sich auf, ein zufriedenes Lächeln umspielte ihre Lippen. Dann flüsterte sie: „Zeig dich."

Magie knisterte erneut im Kreis, kroch in die Mitte, hüllte Kimmie ein und machte den Geist für uns alle sichtbar.

„Beeindruckend", hörte ich Lucien murmeln. Damit hatte er recht. Ich sah Jade an und fragte mich, ob ihre Magie stärker wurde.

Ich wollte gerade fragen, doch dann öffnete der im Kreis schwebende Geist den Mund und schrie.

KAPITEL ZEHN

„Scheiße!", jammerte ich und hielt mir die Ohren zu. Kimmies markerschütternder Schrei war so heftig, dass ich ernsthaft befürchtete, mein Trommelfell könnte platzen.

Jade, Lucien und Julius sangen alle etwas, das ich nicht verstand. Lateinisch vielleicht. Es musste eine Art Beruhigungszauber sein, denn während sie weiter sangen, ließ das Schreien nach, abgelöst durch einen leicht gelangweilten Gesichtsausdruck, als Kimmie sich im Kreis umsah.

„Wo bin ich?", fragte sie und runzelte verwirrt die Stirn.

„Der Kreis des Hexenzirkels von New Orleans. Meine Freundin Jade hat dich gerufen", sagte ich.

Kimmie drehte sich langsam um und betrachtete die Lichtung und die Bäume um uns herum. „Ich verstehe nicht." Sie rieb sich die Stirn, als versuche sie, einen klaren Kopf zu bekommen.

„Wir müssen nur reden und dir ein paar Fragen stellen." Ich versuchte es noch einmal, da mir klar war, dass sie keine Ahnung hatte, dass sie tot war. Sollte ich es ihr sagen? Was würde sie tun, wenn sie die Wahrheit erfuhr? Verdammt. Sie war so jung. Ich schätze, sie war kaum achtzehn und hatte ihr ganzes Leben noch vor sich gehabt. Jetzt lag es hinter ihr.

„Worüber?", fragte sie und starrte plötzlich auf ihre Füße. „Hey, ich fliege." Sie grinste, und ihr Lächeln strahlte durch den Kreis.

Jade, Lucien und Julius erwiderten ihr Grinsen jeweils mit ihrem eigenen Lächeln.

„Du musst uns sagen, was du über Clive Bent weißt", sagte ich.

Der Geist zuckte sichtlich zusammen, als ich Clive erwähnte. Ihre Augen weiteten sich, und sie schüttelte heftig den Kopf. „Nein. Nein, nein, nein."

„Kimmie?", fragte ich, als ich Jade ansah.

Meine Freundin begegnete meinem Blick und schüttelte sanft den Kopf, was andeutete, dass auch sie keine Ahnung hatte, was los war.

Kimmie hielt plötzlich inne, starrte mir in die Augen und sagte: „Das pure Böse."

„Clive ist das pure Böse?", fragte ich.

„Vergewaltigung." Tränen liefen ihr über die Wangen, aber zumindest hatte sie jetzt die Kontrolle. „Das pure Böse."

Mein Atem blieb mir im Hals stecken, und mein ganzer Körper spannte sich vor Wut an. „Hat Clive dich vergewaltigt?"

Sie kniff ihre dunklen Augen zusammen, Hass strömte aus ihnen hervor. „Er hat mir meine Tugend genommen. Er hat sie einfach genommen. Das pure Böse. Er hat verdient, was er bekommen hat." Sie hob die Arme, und dabei schwebte ihr Körper höher. Sie legte den Kopf in den Nacken, als würde sie sich im Mondlicht sonnen. „Rache. Sie hat mich gerufen. Ich habe getan, was ich tun musste."

O Göttin! Clive hatte sie vergewaltigt, und sie hatte sich gerächt, indem sie ihn getötet hatte. „Woher weißt du von dem Symbol?", fragte ich und hoffte, dass ich ihr folgen konnte.

Ihr Kopf drehte sich hin und her. „Rache hat gerufen. Er hat bekommen, was er verdient hat."

Okay, das war nicht hilfreich. „Kimmie, erinnerst du dich an den Tag, als Clive gestorben ist?"

Sie fing an, sich hin und her zu bewegen, wobei sich ihr Kopf zu einem Rhythmus bewegte, den nur sie hören konnte. Ich war mir sicher, dass wir aus diesem Geist keine zusammenhängenden Informationen herausbekommen würden. Es war zu früh. Das Trauma ihres Todes war noch zu groß.

Ich wollte Jade gerade sagen, sie solle sie gehen lassen, als Kimmie plötzlich erstarrte. Ihr Mund bewegte sich, sie brachte die Worte nicht heraus, doch dann wurde sie klar und sagte: „Ich mochte ihn. Ich habe Reagan gesagt, dass er süß ist. Ich wollte mit ihm ausgehen. Am Anfang hat es Spaß gemacht. Wir haben im French Quarter zu Abend gegessen, dann hat er mich nach Hause begleitet. Aber anstatt zu gehen, nachdem wir uns an der Tür verabschiedet hatten, ist er gewaltsam in meine Wohnung eingedrungen.

Und dann ... hat er mir wehgetan. Hat sich genommen, was ich nicht geben wollte."

Ihr Blick bohrte sich in meinen, intensiv und voller Hass.

„Er hat mich vergewaltigt", sagte sie kalt. „Er hat den Tod verdient."

Als ich ihrem Blick begegnete, hielt ich mich nicht zurück. „Hast du ihn getötet?"

Es folgte eine lange, bedeutungsschwangere Pause. Und schließlich flüsterte sie: „Ja."

Die Magie, die den Kreis umgab, erwachte plötzlich wieder zum Leben, und der Geist sang: „Rache. Rache. Rache. Musste Rache nehmen."

Magie knisterte um den Kreis und Kimmie herum und erleuchtete sie wie ein Blitzableiter. Ihr Gesicht sah wahnsinnig aus, mit großen Augen und einem gequälten Blick, als sie wieder anfing, sich hin und her zu bewegen, fast so, als würde sie versuchen, aus ihrer Haut herauszukommen. Etwas schien sie bei lebendigem Leibe aufzufressen, und in diesem Moment wusste ich, dass sie verflucht war. Der Fluch kontrollierte sie immer noch. Clive und sich selbst zu töten hatte ihre Qual nicht gelindert.

Ein kalter Schauer packte mich. Wir konnten nicht zulassen, dass sie ihr gesamtes Leben nach dem Tod so gequält verbrachte. „Jade!", rief ich. „Sie ist verflucht. Hilf ihr!"

Jades besorgter Blick hielt meinen für eine Sekunde fest. Ich wollte sie anschreien, sie dazu bringen, etwas zu tun, doch plötzlich hob sie ihre Arme zur Seite und zwang in jeden von uns Magie hinein. Sie war stark, erfüllte mich und gab mir das Gefühl, als gäbe es keinen Platz für etwas anderes als die Magie. Ich hatte das Gefühl, ich könnte explodieren.

Ich keuchte, als mir Schweißperlen über die Haut liefen. Die Magie war zu viel. Zu mächtig. Wenn sie nicht aufhörte, hatte ich Angst, dass sie mich zerreißen würde.

Gerade, als sich meine Knie anfühlten, als würden sie nachgeben, schrie sie: „Lass sie los!"

Magie strömte von uns allen vier direkt auf Kimmie zu, legte sich um sie, drang in sie ein und hielt sie vollkommen still, bis sie unter der Wucht zu vibrieren begann. Ich starrte voller Ehrfurcht und konnte die Kraft der Magie, die wir in den Geist gossen, nicht fassen. Und ich wusste instinktiv, dass Jade vorhatte, sie zu zerstören, um sie zu retten.

Ich öffnete den Mund, um zu protestieren, aber es war zu spät. Die Magie, die Kimmie festhielt, explodierte und riss den Geist mit sich. In einem Moment war sie da, und im nächsten war sie eine Million winzig kleiner Lichtfragmente. Und das Einzige, was übrig blieb, war ein dunkler Schatten, der in die Luft schoss, sich zu etwas verfestigte, das einer steinernen Statue ähnelte, und dann zu Sand zerfiel. Der Wind hob ihre Überreste auf und keiner von uns sagte ein Wort, als der Sand in die Nacht geweht wurde.

„Heilige Scheiße", hauchte ich. „Du hast sie vernichtet?"

Jade zitterte, als sie den Kreis betrat. „Das glaube ich nicht."

„Nur den Fluch. Du hast diesen schwarzen Schatten gesehen, oder?", fragte Lucien.

„Ja."

„Das war der Fluch." Er fuhr sich mit der Hand durch sein kurzes blondes Haar, er sah genauso erschüttert aus wie Jade. „Woher auch immer er gekommen ist, er ist weg, und Kimmies Geist sollte jetzt frei sein."

Julius trat an meine Seite und nahm wortlos meine Hand in seinen. Er wusste, ohne zu fragen, was ich brauchte. Ich schenkte ihm ein kleines, dankbares Lächeln, bevor ich mich wieder Jade zuwandte.

„Wir haben nicht wirklich viel erfahren, oder?"

„Wir wissen, dass sie Clive getötet hat und warum", sagte Julius, in dessen Stimme kaum kontrollierte Wut zitterte. Ich hatte keinen Zweifel daran, dass seine Wut auf das gerichtet war, was Clive ihr angetan hatte, und nicht darauf, dass sie ihn getötet hatte.

„Wir wissen nur zum Teil, warum", sagte ich. „Offensichtlich war es Rache für den Angriff. Wir wissen jedoch nicht, wie sie zu dem Fluch kam oder wo sie von dem Symbol erfahren hat. Wir wissen nicht einmal, ob sie ihn töten wollte oder ob sie dazu gezwungen wurde."

Jade nickte. „Du hast recht. Das wissen wir nicht."

Wir alle wandten uns Lucien zu und warteten darauf, dass er auf magische Weise eine Antwort herbeizauberte. Er hob hilflos die Hände. „Ich weiß es nicht, Leute. Ich schätze, ich mache mich wieder an die Recherche."

Ich seufzte.

„Hey, wir sind schon einen Schritt näher, oder?", sagte Jade, als wir uns auf den Weg zurück durch die Bäume machten. „Jede Information, die wir bekommen haben, bringt uns unserem Ziel näher."

„Du hast recht."

Wir schwiegen, nur unsere Schritte waren zu hören, als wir über die freiliegenden Wurzeln der dichten Bäume schlurften.

„Bei der Sache ist noch was Gutes rausgekommen", sagte ich schließlich.

„Und zwar?", fragte Jade. „Weichere Haut durch das saunaähnliche Klima?"

Ich kicherte und schüttelte den Kopf. „Nein. Dank dir ist Kimmie frei."

ZWEI TAGE später saß ich Kane in seinem Büro gegenüber, und wir gingen die Finanzen des *Grind* durch, als mein Handy zu klingeln begann. Ich warf einen Blick darauf, erkannte die Nummer aber nicht. Ich schaltete es stumm und wandte meine Aufmerksamkeit wieder Kane zu.

Er hob neugierig eine Augenbraue. „Du willst nicht rangehen?"

„Wir sind in einer Besprechung", sagte ich.

„Im Ernst? Das Einzige, was hier passiert, ist, dass ich dir sage, dass alles in Ordnung ist." Er kniff die Augen zusammen und musterte mich. „Irgendwas stimmt nicht."

„Unsinn." Ich hob das Handy auf und nahm den Anruf an. „Hallo?"

„Pyper", sagte eine vage vertraute Stimme.

„Ja?"

„Ich bin's, Esme von Nola Bridal. Ich denke, wir waren per du. Du warst vor etwa einer Woche hier."

„Oh ja, richtig!" Sie hatten mein Kleid zurückgelegt. Ich richtete mich im Stuhl auf und betete, dass sie es noch hatten. „Tut mir leid. Ich wollte mich früher melden, aber diese Woche war hektisch. Ich habe immer noch vor, vorbeizukommen, um mein Kleid abzuholen. Du hast es doch noch, oder?"

„Genau deshalb rufe ich an. Nachdem wir uns entschieden haben, die Vintage-Kleider zu verkaufen, sind wir auf überraschend großes Interesse gestoßen. Es gibt noch jemanden, der sich für das Kleid interessiert, das du ausgewählt hast, aber wir wollen es ihr nicht verkaufen, wenn du immer noch vorhast, es zu nehmen."

„Ich komme heute Nachmittag vorbei", sagte ich. „Und ja, ich will es immer noch."

Esme atmete auf. „Oh gut. Ich wollte es dir nicht unter der Nase weg verkaufen, aber Bräute ändern so schnell ihre Meinung."

Ich lachte. „Keine Sorge. Ich verstehe es. Danke für den Anruf." Ich beendete das Telefonat und steckte das Handy in meine Tasche. „Muss mein Kleid kaufen gehen", sagte ich zu Kane und stand auf.

Er stand ebenfalls auf und überragte mich. „Du gehst jetzt?"

„Ja."

Er warf einen Blick auf die Uhr an seiner Wand. „Perfekt. Ich komme mit."

„Wirklich?" Ich blieb mitten im Schritt stehen und starrte ihn an.

Er lächelte amüsiert. „Sicher. Warum nicht?"

„Ähm, weil du ein Mann bist und ich gesagt habe, ich gehe mein Kleid kaufen."

Er lachte. „Aber du gehst wirklich dein Kleid kaufen, oder? Du weißt schon, welches du willst."

„Ja. Okay. Wenn du wirklich mitkommen willst, werde ich mich nicht beschweren." Ich hielt inne und kniff die Augen zusammen, während ich mit dem Finger auf ihn zeigte. „Aber kein Gejammer, wenn ich mir Zeit nehme, mir Accessoires anzuschauen, verstanden?"

„Accessoires?" Er stöhnte und verbarg ein Lächeln hinter seiner Grimasse. „Das ist Folter."

„Oh, sei still." Ich packte ihn am Arm und zerrte ihn aus dem Büro ins *Wicked*, den Club, der ihm gehörte. Es war früher Nachmittag und noch war niemand da. Nicht einmal Charlie, die Managerin des Clubs. Ich sah mich um und betrachtete den blauen Samt an den Wänden, die leere Bühne und die Treppe, die zum VIP-Raum im Obergeschoss führte. „Kane, kann ich dich was fragen?"

„Sicher." Er steckte seine Hand in die Tasche seiner Jeans und kramte seine Schlüssel heraus.

„Willst du den Club jemals verkaufen?" Die Worte kamen wie aus der Pistole geschossen heraus, und ich klang selbst in meinen eigenen Ohren nervös.

Er sah mich an und runzelte die Stirn. „Nein. Warum? Hast du überlegt, ihn zu kaufen oder so?"

„Ich? Nein", sagte ich lachend. „Ich bin fertig damit." Ich gestikulierte um mich herum.

„Okay, warum willst du dann, dass ich ihn verkaufe?" Er sah verwirrt aus.

„Das tue ich nicht", sagte ich erleichtert. „Ich denke immer, dass du dieses Gebäude nur meinetwegen gekauft hast. Und du brauchst wirklich nicht den Aufwand, ausgerechnet einen Stripclub zu besitzen, schon gar nicht mit deinen Finanzdienstleistungskunden und der Arbeit für die Bruderschaft." Kane war Dämonenjäger, und obwohl er den Job nicht für Geld ausübte, wurde er dennoch bezahlt. „Und jetzt ist ein Baby auf dem Weg. Das ist eine Menge, oder nicht?"

Er zuckte mit den Schultern. „Das schon. Ja. Es ist viel. Aber du weißt ja, dass Charlie den Laden so ziemlich leitet, oder? Sobald sie mit der Schule fertig ist, mache ich sie zur Geschäftsführerin, und dann muss ich nicht mehr viel machen."

Ein Lächeln umspielte meine Lippen. „Wirklich? Weiß sie das?"

Er nickte. „Wir haben ein paarmal darüber gesprochen."

„Also, das ist … ähm, großartig." Meine Stimme stockte beim Wort „großartig", und ich wandte den Blick ab, verlegen angesichts meiner Reaktion.

Kane blieb abrupt an der Tür stehen. „Es reicht. Was ist los? Und seit wann redest du um den heißen Brei herum? Soweit ich weiß, hat meine beste Freundin noch nie zurückgehalten, was sie denkt."

Das brachte mich zum Lachen. „Stimmt. Gedanken sind eine Sache …" Alles in mir war durcheinander, und wieder hatte ich das Gefühl, dass ich gleich weinen würde. Dass meine Gefühle sich auftun und mich im Ganzen verschlingen würden. „Verdammt", schnaubte ich, sah ihm in die Augen und zwang mich, zu sagen, was ich wirklich meinte. „Wie schon gesagt, sind Gedanken eine Sache,

Gefühle und andere wachsweiche Emotionen eine ganz andere."

Sorge blitzte in seinem Gesicht auf, und er öffnete den Mund, um etwas zu sagen, aber ich unterbrach ihn.

„Ich bin im Moment einfach seltsam sentimental. Ich weiß nicht, was es ist, aber als ich mir vorgestellt habe, dass du nicht täglich nebenan in deinem Büro bist, wurde ich traurig. Ich weiß immer, dass du da bist, wenn ich vorbeikommen und deine hässliche Visage sehen und dich zum Mittagessen einladen will."

„Oh", sagte er mit einem dummen Grinsen im Gesicht. „Du meinst also, dass du nicht ohne mich leben kannst?"

Ich verdrehte die Augen. „Nein. Ich sage, ich würde meinen Freund vermissen, du großer Trottel."

„Trottel? Hast du mich gerade einen Trottel genannt? Denn ich muss dir sagen, Pypes, das kannst du besser. Sowas wie Pappnase oder Arschkrampe. Trottel ist so langweilig."

Lachend schlug ich ihm auf den Arm. „Halt die Klappe, Knallcharge!"

Er grinste. „Schon besser."

„Lass uns gehen. Ich muss ein Kleid kaufen."

Er schüttelte den Kopf. „Nein. Ich mach' das."

„Was?" Ich starrte zu ihm auf und warf ihm einen fassungslosen Blick zu.

Er zuckte mit den Schultern. „Ich bin die einzige Familie, die du hast. Es scheint angemessen, dass ich das übernehme."

Ich starrte ihn mit offenem Mund an. „Das kannst du nicht machen. Noch wichtiger ist, dass du das nicht tun musst. Uns geht's gut. Julius und ich kommen zurecht."

„Natürlich. Das weiß ich", sagte er und klang leicht genervt. „Aber ich möchte das machen. Also lass mich, okay? Lass mich in diesem Fall dein großer Bruder sein."

Mein Herz schmolz, und anstatt zu antworten, trat ich auf ihn zu, schlang meine Arme um seine Taille und umarmte ihn mit allem, was ich in mir hatte. „Du bist der beste Wahlbruder, den sich ein Mädchen jemals wünschen kann. Das weißt du, oder?"

„Ja, ich weiß", sagte er leise und erwiderte meine Umarmung. Wir schwiegen einen Moment, dann sagte er: „Denk daran, wenn wir in letzter Minute einen Babysitter brauchen, okay?"

Ich lachte und wusste schon, dass ich Jades Kind von vorn bis hinten verwöhnen würde. „Geht klar."

KAPITEL ELF

„Willst du es nicht anprobieren?", fragte mich Kane und deutete auf das Kleid, das Esme in der Hand hielt. Sie hatte es uns sofort gebracht, als wir den Laden betreten hatten. Es war genau so, wie ich es in Erinnerung hatte. Elegant, romantisch und zeitlos.

„Das habe ich schon."

„Ich meinte für mich", sagte er und schüttelte mit gespielter Verärgerung den Kopf.

„Soll ich ein Kleid anprobieren?", fragte ich ungläubig. „Was ist mit meinem Freund Kane passiert? Wann bist du zur Fashionista geworden?"

Seine Lippen verzogen sich zu einem Grinsen. „Seit Jade mir gesagt hat, ich solle dafür sorgen, dass du es anprobierst, damit ich ein Foto für sie machen kann."

„Oh. Warte, sie hat mich schon darin gesehen. Warum will sie ein Foto?"

Er zuckte mit den Schultern. „Ich weiß nicht. Ich habe nicht gefragt."

„Alles klar." Ich wandte mich Esme zu. „Sieht so aus, als würde ich eine Umkleidekabine brauchen."

„Ich habe schon eine für dich reserviert", sagte sie und ging voran. „Ich dachte, du würdest vielleicht Schleier und Accessoires anprobieren wollen."

„Accessoires." Kane nickte feierlich. „Ja, will sie. Aber ich darf sie auswählen."

„Das sollte interessant werden." Ich lächelte Kane an und freute mich über unseren spontanen Ausflug. Es war lange her, dass wir irgendwo hingegangen waren, nur wir beide, ohne unsere Lebensgefährten oder Bo. Zeit mit ihm zu verbringen half mir, den Stress der vergangenen Woche abzubauen. „Nichts Auffälliges!", rief ich, als er sich umsah.

„Das kann ich nicht versprechen!", rief er zurück.

„Ist das dein Verlobter?", fragte Esme mit großen Augen.

„Kane? O Gott, nein. Er ist mit Jade verheiratet, der schwangeren Hexe, mit der ich das letzte Mal hier war. Er ist sowas wie ein Bruder für mich."

„Oh. Nun, ist sie nicht eine Glückliche?" Sie starrte ihm nach, und ich fragte mich, ob sie eine Serviette brauchte, um ihren Sabber abzuwischen.

Ich wedelte mit der Hand vor ihrem Gesicht. „Erde an Esme. Hallo?"

Sie riss ihren Blick von Kanes Po los und sah mich verlegen an. „Tut mir leid. Er ist einfach so …"

„Nervig?", schlug ich vor.

„Oh nein. Eher lecker." Sie wurde rot. „O Gott, sorry. Ich

weiß, dass er mit deiner Freundin verheiratet ist." Sie lachte. „Sieh mich einer an! Ich höre mich an wie Teenager."

Ich konnte nicht anders, als zu lachen. Sie hatte recht. Kane war ein unglaublich gutaussehender Mann. Groß, dunkel und gutaussehend war eine Untertreibung, aber ich sah ihn nicht in diesem Licht, und das schon seit Jahren nicht. Allerdings konnte ich den Teenagerteil nachvollziehen. Was war mit all diesen Gefühlen los, die ich in letzter Zeit hatte? Die ganze Hochzeitsplanung schien nicht spurlos an mir vorbeizugehen.

Esme half mir, mein perfektes Kleid anzuziehen. Es war genauso atemberaubend, wie ich es in Erinnerung hatte. Und als ich aus der Umkleide kam, wusste ich, dass ich ein breites, fettes, dämliches Grinsen auf meinem Gesicht hatte, als ich mich für Kane im Kreis drehte.

„Und?", fragte ich ihn.

Er stand da und betrachtete mich mit seinen ernsten dunklen Augen.

Als er nichts sagte, begann mein Selbstvertrauen zu schwinden. „Was ist? Zu zart? Zu Märchenprinzessin? Nicht modern genug?"

„Nichts davon. Im Gegenteil. Ich würde sagen, es ist fast perfekt", sagte er, als er zu mir kam und mich umdrehte, sodass ich vor einem Ganzkörperspiegel stand.

Ich warf ihm einen Blick über die Schulter zu. „Fast perfekt? Was meinst du?"

Er grinste und legte mir eine Kette um den Hals. „Esme sagt, sie passt perfekt zu deinem Kleid."

Ich keuchte. Ein wunderschöner, mit Diamanten und Saphiren besetzter Tropfenanhänger war das Herzstück einer Kette, die, wie ich vermutete, aus Platin und Diamanten bestand. Die wunderschönen Steine glitzerten und glänzten im Licht.

„Die muss wirklich teuer sein", sagte ich, als Kane sie mir um den Hals legte.

„So schlimm ist es nicht", sagte er.

Ich zog skeptisch eine Augenbraue hoch. „Was bedeutet ‚nicht so schlimm' in Dollar ausgedrückt?"

Er lächelte mich schief an und drehte meinen Kopf, damit ich mich selbst in meinem Kleid und der perfekt passenden Halskette ansehen konnte. Esme hatte recht. Der Tropfenanhänger lag genau auf der richtigen Stelle, und der Saphir betonte die Farbe meiner Augen.

„Sieht gut aus, Rayne", sagte Kane.

Ich seufzte glücklich.

„Sieht so aus, als ob unsere Arbeit hier bereits erledigt ist", sagte er mit einem Augenzwinkern und holte sein Handy heraus. „Jetzt dreh dich um, damit ich das Foto machen kann, das Jade wollte."

Ich gehorchte und nahm sogar den falschen Blumenstrauß, den Esme mir anbot. Vor zwei Jahren hätte ich vor mir selbst die Augen verdreht. Aber jetzt bekam ich alles, was ich mir jemals gewünscht hatte, und ich war fest entschlossen, jede Sekunde davon zu genießen.

„IRGENDWELCHE NEUIGKEITEN von Lucien über die Backgroundchecks von Kimmie oder Clive Bent?", fragte ich Jade.

Wir waren immer noch keinen Schritt näher dran, herauszufinden, wer Kimmie verflucht hatte. Es war später Nachmittag, und ich war wieder im Café und schloss den Laden ab, während Jade an einem der Tische saß, die Füße auf einen Stuhl hochgelegt.

„Nein." Jade schüttelte den Kopf und biss in einen Schokoladen-Frischkäse-Cupcake. „Sein Mann arbeitet immer noch daran."

„Verdammt", murmelte ich. „Ich habe das Gefühl, dass wir null Fortschritte machen. Bis wir mehr über Kimmie wissen, ist es schwierig, weitere Nachforschungen über sie anzustellen." Reagan hatte gesagt, Kimmie sei zum Studium nach New Orleans gezogen. Und sie hatte nicht gelogen, als sie der Polizei gesagt hatte, sie kenne sie nicht gut. Sie war noch nicht einmal in Kimmies Wohnung gewesen. Sie hatten immer bei Reagan gelernt. „Vielleicht sollten wir in die Bar gehen, in der Clive gearbeitet hat, und nachsehen, ob dort jemand irgendwas weiß."

„Sicher." Jade schob sich den Rest des Cupcakes in den Mund und stöhnte genüsslich.

Ich wette, ihr Mann ist zufrieden, hörte ich Ida May sagen. *Bei diesen Geräuschen hat sie sicherlich ein bisschen Übung darin, sich zu amüsieren, wenn du weißt, was ich meine.*

Ich verdrehte die Augen und ignorierte den sexbesessenen Geist. Ich wusste, was als Nächstes kommen würde. Sie betonte immer wieder, wie prüde ich sei. Was nicht weiter von der Wahrheit entfernt sein könnte. Ich zog es einfach vor, die Details meines Sexuallebens mit Julius für mich zu behalten.

Jemand kicherte.

Ich sah mich im Café um und suchte nach der Quelle des Kicherns. Nichts. Ich musterte Ida May und fragte mich, ob das Kichern von ihr gekommen war. Es hatte nicht nach ihr geklungen, aber es war meine einzige Erklärung. Alle Gäste waren schon gegangen, und nur Jade und Ida May und ich waren noch im Laden.

Siehst du die Dunkelhaarige? Sie ist die Besitzerin dieses Cafés und eine ehemalige Stripperin, sagte Ida May gerade zu jemandem.

Wieder sah ich mich um und fragte mich, mit wem zum Teufel sie da redete. Noch ein Geist? Wenn einer hier war, zeigte er sich nicht.

Aber denk nicht, dass sie nicht prüde ist, nur weil sie früher an einer Stange rumgeturnt hat. Ich mache ihr ständig Vorschläge, wie sie die Situation im Schlafzimmer aufpeppen kann, aber sie hört nicht auf mich. Ich wette, sie und Julius machen Missionarstellung zweimal pro Woche nach Termin.

Ich lachte laut über ihre Einschätzung von Julius und mir. Es stimmte, ich ignorierte Ida May oft, wenn sie versuchte, mir mit ihren ungeheuerlichen Geschichten aus Storyville auf die Nerven zu gehen. Aber das bedeutete nicht, dass ich nicht zuhörte. Julius konnte das bestätigen.

Das ist nicht lustig, Pyper, sagte Ida May. *Es ist tragisch.*

„Vielleicht", überlegte ich und überflog das wöchentliche Bestellformular.

Armer Julius. Ida Mays Ton war voller Mitleid, als sie auf die Theke sprang und anfing, ihre Beine zu schwingen. *Weißt du, was ich mit so einem Mann machen könnte?*

Ihn reiten wie Seabiscuit? Eine zweite, unbekannte Stimme mischte sich ein.

Mein Kopf schnellte hoch, mein Blick suchte nach dem Geist, mit dem Ida May sprach. Es bestand kein Zweifel mehr. Jemand war da, und nur Ida May konnte den weiblichen Geist sehen.

Ja, genau. Oder vielleicht wie ein Einhorn. Ida May zog die Augenbrauen hoch, als würde sie mit jemandem sprechen, der direkt neben ihr auf der Theke saß.

Klingendes Gelächter erfüllte das Café.

„Ida May, wer ist deine Freundin?", fragte ich.

Dharma. Sie ist neu in der Stadt. Irgendwie. Sie lebte bis zu ihrem Tod in New Orleans und ist kürzlich zurückgekehrt.

„Ich verstehe. Und, ähm, wann war das? Ihr Tod, meine ich?"

Neunzehnhundertvierundvierzig. Autounfall, sagte der andere Geist.

„Ich verstehe, schön, dich kennenzulernen, Dharma", sagte ich zu der Stelle direkt neben Ida May.

Wo schaust du hin?, fragte Ida May mit gerunzelter Stirn. *Dharma ist jetzt hinter dir.*

Ich drehte mich um und suchte nach dem anderen Geist, war aber enttäuscht, als ich wieder nichts sah. Ich seufzte. „Nichts. Ich kann Dharma hören, aber ich kann sie nicht sehen."

„Ich auch", sagte Jade und trank einen Schluck Kräutertee.

„Wirklich?" Jade konnte manchmal Geister sehen und mit ihnen sprechen, aber das war eher selten. An den meisten Tagen konnte sie Ida May nicht einmal hören.

„Ich kann sie auch spüren."

Was bedeutet das?, fragte Dharma. *Mich spüren?*

„Ich bin eine Empathin. Ich kann deine Gefühle spüren. Im Moment bist du zufrieden. Ich nehme an, es liegt daran, dass du Ida May magst."

Das klingelnde Lachen war zurück. *Ja, ich denke, das tue ich.*

„Also, es ist nett, dich kennenzulernen, Dharma", sagte Jade.

Dich auch, Empathin.

Vor dem Café war das laute Grollen einer Harley zu hören. Ich spähte hinaus und erkannte den Geist. Sterling Charles, Ida Mays Freund.

Ich muss los!, erklärte Ida May. *Komm, Dharma, Sterling und ich werden mit dir ausgehen und einen Mann für dich finden. Du sitzt schon viel zu lange auf dem Trockenen.*

Oh, ich denke nicht. Geh du nur. Ich bin hier glücklich, sagte Dharma.

Was ist aus dem Wunsch geworden, die Spinnweben wegzuwischen? Ida May machte ts. *Weißt du, ich höre, dass es austrocknet, wenn es nicht regelmäßig gewartet wird.*

Ich lachte. Ich konnte nicht anders. Ida May war einfach zum Schießen.

Vielleicht nächstes Mal, sagte Dharma abwesend, dann begann sie zu summen, und noch bevor Ida May ging, war Dharmas Stimme im Äther versunken.

Ida May schüttelte den Kopf, sodass ihre dunklen Locken um ihr Gesicht hüpften. Sie schwebte von der Theke direkt vor mich. *Versprich mir, dass du, wenn du stirbst,* begann sie mit in die Hüften gestemmten Fäusten, *dein Sexualleben nicht aufgibst.*

„Ähm, ok. Ich verspreche es", sagte ich und fragte mich,

wie genau das funktionieren würde. Die Vorstellung von Ida May und Sterling, die durch einander hindurch schwebten, während sie versuchten, in Geisterform Liebe zu machen, war eine unglaublich lustige Vorstellung. Ich musste das Lachen unterdrücken, das in meiner Kehle aufstieg.

Sicher, lach darüber, Sterbliche. Eines Tages wirst du es verstehen. Dann rauschte sie aus dem Café und stieg auf Sterlings Motorrad. Und obwohl es ein Geistermotorrad war, ließ das Geräusch des brüllenden Motors die Fenster klirren, als sie die Bourbon Street entlangschossen.

KAPITEL ZWÖLF

*M*eine Zehen waren gequetscht und meine Fußgewölbe schmerzten. Was zum Teufel hatte ich mir nur dabei gedacht, als ich meine Füße in zehn Zentimeter hohe Stilettos geschnallt habe? Ich ließ meinen Blick auf den unebenen Bürgersteig gerichtet, während Jade und ich die zwei Blocks zur *Underground* Bar in der Innenstadt liefen.

Wir waren hier, um möglichst viel über den ehemaligen Barkeeper herauszufinden. Und da es eine Studentenbar war, hatten wir uns entsprechend gekleidet. Ich hatte meine schwarze Lederhose und ein figurbetontes Neckholder-Top hervorgeholt. Es war ein Outfit, das ich seit gut fünf Jahren nicht mehr getragen hatte, und ehrlich gesagt war ich stolz, dass es immer noch passte.

Jade dagegen konnte das nicht sagen. „Ich sehe lächerlich aus." Sie starrte auf ihren Bauch. Das Einzige, was eines Clubs würdig war und ihr aus ihrem Kleiderschrank passte, war ein kurzes Strickkleid, das alle ihre Kurven, einschließlich ihres Babybauchs, betonte. „Wer geht schon um zehn Uhr abends in eine Kneipe, wenn er schwanger ist?"

Ich schnaubte. „Du offenbar."

„Sehr witzig."

„Hör auf, dir Sorgen zu machen. Du siehst toll aus." Es war keine Lüge. Tatsächlich sah sie fabelhaft aus. Strahlend, gesund, glücklich, wie eine Göttin.

Sie stieß einen langen Seufzer aus. „Ich komme mir einfach lächerlich vor. Ich werde bald Mutter. Sollte ich nicht zu Hause auf dem Sofa sitzen und mich ausruhen, bevor unser kleines Wunder kommt?"

Ich schnaubte. „Du bist nur schwanger, nicht Amish oder so. Du kannst ausgehen und Spaß haben, während das Baby in dir wächst."

„Du hast recht." Sie richtete sich auf, straffte die Schultern und trug den Kopf hocherhoben. Doch dann machte sie einen Schritt und stolperte. Ich packte sie und stützte sie, kurz bevor sie zu Boden gehen konnte.

„Wow. Vorsicht!", sagte ich und zweifelte wieder an meiner Schuhwahl. Jade trug schwarze Stilettos, die so hoch waren wie meine roten. „Wir hätten auf die Schuhe verzichten sollen."

„Es ist noch nicht zu spät", sagte sie. „Wir können einfach barfuß gehen."

„In die Bar? In New Orleans? Du hast den Verstand verloren."

„Nur Wunschdenken."

Ich blieb vor der Bar stehen. „Sieht aus, als wären wir da."

Jade sah mich im Licht an. Sorge huschte über ihr hübsches Gesicht. „Geht's dir gut? Du siehst blass aus."

„Mir geht's gut", sagte ich. „Nur müde. Halb fünf ist eine gottlose Zeit, aufzustehen."

Sie nickte. „Da hast du recht. Aber du ... ich weiß nicht. Du siehst aus, als wäre dir die Energie ausgesaugt worden. Es erinnert mich daran, wie ich ausgesehen habe, als ich herausgefunden habe, dass ich schwanger bin." Sie kicherte. „Das wäre was, oder? Wir beide gleichzeitig schwanger?"

„Oh ja. Das wäre was", sagte ich, und Panik stieg in mir auf.

Jades Augen weiteten sich, und sie schüttelte schnell den Kopf. „Nein. Das war nur ein Scherz. Ich bin sicher, du bist nicht ... ich meine, das bist du doch nicht, oder?"

„O Götter! Sag sowas nicht!" Ich grub verzweifelt in meinem müden Gehirn und zählte die Tage seit meiner letzten Periode. War sie vor drei oder vier Wochen gewesen? Oder fünf? Meine Güte! Ich wusste es nicht. Ich war nie sehr regelmäßig, also schenkte ich der Sache nicht so viel Aufmerksamkeit. Und Julius und ich waren immer vorsichtig. Es gab keinen Grund zu der Annahme, dass ich ... schwanger war.

Jade schob ihren Arm durch meinen. „Tut mir leid. Das war eine gedankenlose Bemerkung. Ich wollte dich nicht aus der Fassung bringen."

„Das hast du nicht." Ich schenkte ihr ein kleines Lächeln.

„Doch, das habe ich", sagte sie lachend. „Empathie, schon vergessen? Du kannst dich nicht vor mir verstecken."

Ich atmete tief durch. „Du hast recht. Der Gedanke hat mir Angst gemacht, aber nur, weil ich Bo gerade gefunden habe und im Moment zwei Teenager in meiner Wohnung leben. Ein Baby wäre … eine Menge."

Sie beugte sich vor und legte ihren Kopf für einen Moment auf meine Schulter. „Am Anfang wäre es überwältigend, aber wenn – und das ist ein großes Wenn – du tatsächlich ein Kind bekommen würdest, würdest du schon einen Weg finden. Du bist stark, und eure Beziehung ist stark. Hier gibt es wirklich keinen Grund zur Sorge."

Ich nickte und wünschte mir, mein Magen würde mit dem Flattern aufhören. Ich war mir nicht sicher, ob es Nervosität oder Hoffnung war. Vielleicht ein bisschen von beidem. „Komm. Lass uns ein paar Informationen von ein paar Studenten erflirten."

Das *Underground* war eine interessante Bar. Von außen sah es nicht nach viel aus. Es war nur ein quadratisches, einstöckiges Gebäude mit Fensterläden und Hartfaserplattenverkleidung. Die Farbe begann abzublättern, und das Wort „Underground" war anstelle eines Schildes auf die Seite des Gebäudes gesprüht worden.

Aber das Innere war was ganz Anderes, und ich war neidisch, dass ich im College keinen so coolen Ort zum Abhängen gehabt hatte. Der Laden hatte alles: ein Spielzimmer mit Airhockey, Billardtischen und Vintage-Arcade-Spielen; eine ruhigere Sitzecke mit bequemen Sofas und Clubsesseln; zwei Live-Musikbühnen; und sogar einen Bereich auf der Rückseite mit einem Swimmingpool und Holzschaukeln, die an der großen Eiche hingen. Junge Leute schlenderten von Abschnitt zu Abschnitt, einige von ihnen für den Pool gekleidet, andere, um einen Eindruck zu hinterlassen.

„Verdammt, das ist wie in einem verdammten Resort", staunte Jade. „Wer hätte jemals gedacht, dass hinter dieser ramponierten Haustür ein Laden wie dieser existiert?"

Ich zuckte mit den Schultern. Ich war bereit zu wetten, dass diejenigen, die diesen Ort erschaffen hatten, die Fassade bewusst heruntergekommen gelassen hatten. Kontraste wie dieser trugen dazu bei, die Mundpropaganda für die angesagtesten Clubs in der Stadt anzuheizen. Je schlechter die Adresse oder die Attraktivität der Fassade, desto eher waren die Leute bereit, hinzugehen, und sei es nur, um zu sagen, dass sie da waren.

„Hier entlang", sagte ich und führte sie zu einer der beiden Bars. Sie war am anderen Ende, näher an den Sofas und Sesseln, und es schien hier ein bisschen ruhiger zu sein. „Willst du was trinken?", fragte ich Jade, als wir uns auf zwei Barhocker setzten.

„Ähm, ich sterbe für eine Margarita …" Jade hielt abrupt inne, als die junge Frau neben ihr keuchte und demonstrativ auf ihren Bauch starrte. Jade unterdrückte ein Lachen und fügte hinzu: „Aber ich vermute, das würde dem Baby nicht gefallen."

Ich legte instinktiv eine Hand auf meinen eigenen Bauch und bestellte: „Zwei Cola, bitte."

„Seid ihr in New Orleans zu Besuch?", fragte die Barkeeperin neugierig, während sie Limettenstücke in zwei Gläser drehte.

„Nein, wir leben hier", sagte Jade. „Sehen wir so fehl am Platz aus?"

Die Barkeeperin verzog das Gesicht. „Tut mir leid, es ist nur so … nun ja, wir haben im Allgemeinen ein etwas jüngeres Publikum."

An jedem anderen Tag hätte ich wahrscheinlich gelacht. Jade und ich waren noch nicht *so* alt. Um Himmels willen, wir waren beide seit knapp zehn Jahren mit dem College fertig. Wir brauchten weder Windeln noch Gehhilfen für Erwachsene. Jedenfalls noch nicht. Aber anstatt zu lachen, verspürte ich den Drang, ihr einen finsteren Blick zuzuwerfen und meinen Frust an der kecken Brünetten hinter der Theke auszulassen. Ich wusste nicht, ob es an meiner Müdigkeit oder der plötzlichen Angst vor einer Schwangerschaft lag, oder ob mein Ego wirklich so zerbrechlich war, aber mir gefiel es nicht, wenn man mir sagte, ich sei alt.

Jade musste gespürt haben, dass ich nicht gerade begeistert war, denn sie stieß mich mit dem Ellbogen an, lächelte die Barkeeperin an und lachte. Zweifellos eine Show, um das Mädchen zu bezaubern. „Kein Ding. Aber wir fragen uns, ob du vielleicht Clive Bent kanntest. Mir wurde gesagt, dass er hier gearbeitet hat."

„Oh, Clive", sagte sie mit einer Grimasse. „Ja, er arbeitet hier. Allerdings ist er heute nicht aufgekreuzt, daher weiß ich nicht, wie lange das so bleiben wird. Val kann es nicht leiden, wenn ihre Angestellten sie sitzenlassen."

Jade und ich sahen einander an. Ich räusperte mich. „Ähm, ich sage das nur ungern, aber Clive ist vor ein paar Tagen gestorben."

Die Barkeeperin stand reglos da und blinzelte mich an,

als könne sie nicht verstehen, was ich gesagt hatte. „Clive ist was?"

„Das NOPD hat sich nicht einmal die Mühe gemacht, herzukommen", flüsterte ich Jade zu. „Sie versuchen nicht einmal, irgendwas herauszufinden."

Sie nickte. Jede gute Ermittlung würde sicherlich einen Ausflug zum Arbeitsplatz des Opfers einschließen, und sei es nur, um seine Kollegen zu befragen.

Jade legte sanft die Hand auf den Arm der anderen Frau. Nach einem Moment sagte sie: „Mein Beileid."

„W-was ist passiert?", zwang sie heraus.

„Er wurde ermordet", sagte ich im sachlichsten Ton, den ich zustande bringen konnte. „Erstochen."

Das Gesicht der Frau wurde kalkweiß, und ich fragte mich, ob wir jetzt denselben gespenstischen Teint hatten.

„Ich kann es nicht fassen", sagte sie. „Clive war einfach so nett. Er ist ständig für uns alle eingesprungen, hat uns bei Umzügen geholfen und uns nachts nach Hause gebracht, damit uns nichts passiert."

Jade und ich warfen uns Blicke zu. Diese Beschreibung klang nicht nach dem Verhalten eines Vergewaltigers. Aber nicht alle Monster waren auf den ersten Blick erkennbar.

Die Frau rief zwei ihrer Kolleginnen und erzählte ihnen die Neuigkeit. Eine fing an zu weinen, die andere war geschockt, dass sie kein Wort herausbrachte. Es wurde ziemlich schnell klar, dass Clive hier in der Bar keine Feinde hatte.

„Du hast Clive also gut gekannt? Wie lange wart ihr befreundet?", fragte ich und versuchte, etwas aus dem Besuch herauszuholen.

Die Barkeeperin wischte sich die Augen, schniefte und schüttelte den Kopf. „Nein, das würde ich nicht sagen. Er hat erst vor ein paar Monaten hier angefangen zu arbeiten. Wir waren freundlich miteinander, und er war ein netter Kerl, aber wir kannten uns nicht so gut."

Die beiden anderen Barkeeperinnen nickten zustimmend.

Die mit dem langen blonden Pferdeschwanz sagte: „Ja, er war ein bodenständiger Typ, aber ich hatte das Gefühl, dass er immer noch dabei war, sich hier in New Orleans einzuleben."

„Also wusste keine von euch viel über ihn? Mit wem er zusammen war? Woher er gekommen ist?", fragte ich.

Pferdeschwanz schüttelte den Kopf. „Ich glaube nicht, dass er eine Freundin hatte. Er hatte ein paar Dates, aber nie Wiederholungsdates, wenn du weißt, was ich meine."

„Hm. Seltsam", sagte ich und fragte mich, ob er auch seine anderen Dates angegriffen hatte. „Hast du eins seiner Dates gekannt?"

Blondie schüttelte den Kopf. „Nein, es waren zufällige Mädchen, die in die Bar gekommen sind. Wie gesagt, nichts Ernstes."

Jade lehnte sich an mich und flüsterte: „Sie sind aufrichtig. Ich bin mir ziemlich sicher, dass das Zeitverschwendung ist."

Ich musste ihr zustimmen. Sie wussten nichts Wesentliches über Clive. Ich trank den Rest meiner Cola aus und rutschte vom Hocker. Ich streckte Jade meine Hand entgegen. „Komm, alte Frau, lass uns gehen, bevor wir uns in Kürbisse verwandeln."

Jade sprang von ihrem Hocker, stolperte und musste sich an der Bar festhalten, um nicht umzukippen.

„Wow, schöne Frau." Ein großer Typ im College-Alter legte seinen Arm um sie. „Brauchst du eine starke Schulter zum Anlehnen?"

Jade warf ihm ein knappes Lächeln zu. „Danke für die Hilfe, aber ich komm' schon klar."

„Bist du sicher? Ich habe sehr starke Hände. Ich könnte deinen hübschen Po auf jeden Fall beschützen." Er strich mit einer Hand über ihren Arm und ließ seine Fingerspitzen bis zu ihrer Schulter gleiten. Die andere ging ihren Rücken nach Süden hinunter, und obwohl ich nicht sehen konnte, wo sie landete, war ich ihrem geschockten Gesichtsausdruck nach bereit zu wetten, dass ich die Antwort erraten konnte.

„Hey, Arschloch", sagte ich und machte einen Schritt auf ihn zu, bereit, die Ehre meiner Freundin zu verteidigen.

Aber sie war mir zuvorgekommen. Sie hatte seine Hand gepackt, ließ einen Funken ihrer Magie fliegen und versetzte ihm einen Schlag. Er schrie auf und sprang zurück, als eine sexy Platinblondine auftauchte, die in einem so engen Outfit steckte, dass sie aussah, als müsste sie herausgeschnitten werden.

„Ty, was ist los?", fragte sie. „Wer ist diese ... *Frau*?"

„Sie ist k–", begann er.

„Ich habe Ty gerade von meinem Arzttermin erzählt", sagte Jade und berührte sanft seinen Arm. Ihre Augen glitzerten verschmitzt, als sie fortfuhr: „Ich hatte heute einen Ultraschall. Und sobald ich Tys Kleines in mir gesehen habe, bin ich dahingeschmolzen. Ich meine, ich habe mich neu verliebt." Sie starrte den Typen mit großen Kulleraugen an. „Wäre es nicht großartig, wenn er genauso aussehen würde wie Ty? Dann hätte er eine Kleinausgabe von sich."

Die Blondine starrte. „Du … er …" Ihr Gesicht verzog sich zu einer wütenden Grimasse, und ohne Vorwarnung schlug sie Ty.

Er grunzte, krümmte sich und presste die Hände auf seinen Bauch.

Ich sah mit offenem Mund zu und war sowohl beeindruckt von Jades epischem Schauspieltalent als auch vom rechten Haken der Blondine.

Die Blondine drehte sich zu Jade um, ihre Augen blitzten. „Wie lange genau schläfst du schon mit meinem Verlobten?"

„Das habe ich nicht", sagte Jade ruhig. „Tatsächlich habe ich ihn vor heute Abend noch nie gesehen. Aber genau in dem Moment, als er mich am Arsch befummelt hat, habe ich beschlossen, dass er eine kleine Lektion braucht. Danke übrigens für deine Hilfe. Wenn er immer noch dein Verlobter ist, solltest du deine Entscheidung wahrscheinlich nochmal überdenken." Sie warf ihr Haar über eine Schulter, ergriff dann meine Hand und begann, mich zur Tür zu ziehen. „Arschloch. Für diese Nummer hätte er einen Tritt in die Eier verdient."

Schmunzelnd sagte ich: „Das kann ich immer noch machen."

„Versprochen?", fragte sie, als wir die Bar verließen. Kaum waren wir wieder auf der Straße, zog Jade ihre Stilettos aus und seufzte erleichtert. „Erinnere mich daran, meine Füße nie wieder mit diesen Mordinstrumenten zu quälen."

Ich legte meine Hand auf mein Herz und hob meine linke Hand. „Ich schwöre."

„Danke."

„Entschuldigung", sagte eine Frau hinter uns.

Ich drehte mich um und entdeckte eine schlanke Rockerin in zerrissenen Röhrenjeans und einem ausgeblichenen Underground-T-Shirt. „Ja?"

„Diese Barkeeperin, der ihr Fragen über Clive gestellt habt", sagte sie, und Hass strömte aus ihrem dunklen Blick.

„Ja?", sagte Jade und musterte sie.

„Er war nicht, wofür die anderen ihn gehalten haben."

„Wirklich?", fragte ich und warf Jade einen Blick zu. Ich streckte meine Hand aus. „Ich bin Pyper, und das ist Jade."

„Penny", sagte sie und schüttelte meine Hand. Aber als Jade ihr ihre anbot, steckte Penny einfach ihre Hände in die Taschen. Ich war mir nicht sicher, ob sie Jade absichtlich ignoriert hatte, oder ob sie die Hand nicht bemerkt hatte. „Clive war durch und durch böse. Diese Mädchen konnten es nicht sehen, aber ich schon."

„Warum? Was hat er getan?", fragte Jade. Ihre Haut strahlte, als ob Magie direkt unter der Oberfläche vibrieren würde.

Ich fing ihren Blick auf und hob meine Augenbrauen, als wollte ich sagen: „Was zum …?"

Sie schüttelte kurz den Kopf und richtete ihre Aufmerksamkeit auf Penny. „Was hat er dir getan?"

„Nichts", sagte sie knapp. „Das hat er anderen angetan. Und ich dachte, ihr solltet es wissen, falls ihr nach dem

Täter sucht. Denn wenn ich ihr wäre, würde ich die Sache auf sich beruhen lassen. Er hat verdient, was er bekommen hat."

Ich öffnete den Mund, um zu antworten, aber sie drehte sich auf dem Absatz um und verschwand wieder in der Bar. Jade und ich starrten ihr nach, wir waren beide sprachlos.

Dann folgten wir ihr wortlos hinein. In den drei Minuten, die wir draußen waren, schien sich die Bar gefüllt zu haben. Ich stellte mich auf die Zehenspitzen und versuchte, einen Blick über die Menge zu werfen. Penny war in diesem Irrenhaus nicht zu finden. Nicht jetzt.

„Warte hier", sagte ich zu Jade, mir bewusst, dass sie ihre Schuhe nicht wieder angezogen hatte. Es dauerte eine Minute, bis ich wieder an der Bar war, doch als ich dort ankam, erkannte mich eine der Barkeeperinnen sofort.

„Noch eine Cola? Oder diesmal was Stärkeres?"

Ich schüttelte den Kopf. „Ich suche nur Penny. Irgendeine Idee, wo ich sie finden kann?"

„Oh, ähm." Ihr Blick glitt schnell über die Menge. Erst fing sie an, den Kopf zu schütteln, doch dann entdeckte sie sie. „Oh, da ist sie." Die Barkeeperin zeigte auf die Hintertür. „Sieht so aus, als wäre ihre Schicht zu Ende. Schau, sie geht."

Ich machte mich auf den Weg zur Hintertür und drängte mich durch die Menge. Wie konnte sie eine „Clive war böse"-Bombe platzen lassen und dann verschwinden? Als ich endlich die Hintertür erreichte, steckte ich meinen Kopf in eine leere Gasse. Penny war weg.

„Sie war eine Hexe", sagte Jade, als ich zu ihr zurückkehrte.

„Du machst Witze." Ich folgte ihr zurück auf den Bürgersteig.

Sie schüttelte den Kopf. „Deshalb habe ich geradezu gestrahlt. Mein ganzer Körper war in Habachtstellung. Wir müssen später zurückkommen, um mehr aus ihr herauszuholen."

„Ja, das sollten wir."

„Denn jetzt haben wir eine Verdächtige."

„Willst du damit sagen, du glaubst, dass Penny Kimmie dazu gebracht hat, Clive zu töten?", fragte ich.

„Könnte sein. Sie hat ihn offensichtlich gehasst, und sie besitzt Magie."

Ich seufzte. „Glaubst du, dass sie es getan hat?"

„Ich weiß es nicht", sagte Jade. „Ihre Wut und Befriedigung waren intensiv. Viel zu intensiv, wenn du mich fragst, aber sie könnte eines seiner Opfer sein oder eines seiner Opfer kennen. Glaubst du, der Barmanager ist bereit, uns zu sagen, wann Penny wieder arbeiten wird?"

„Warte hier. Ich werde es herausfinden", sagte ich und machte mich wieder auf den Weg zurück zur Bar. Ein paar Minuten später kehrte ich wieder zu Jade zurück, ein zufriedenes Lächeln auf den Lippen. „Samstagabend. Sie arbeitet übermorgen wieder."

KAPITEL DREIZEHN

*G*eduld war nicht wirklich meine Stärke. Und nicht eine von Jade. Daher war es unglaublich frustrierend, zwei Tage warten zu müssen, um mit Penny sprechen zu können.

„Wir brauchen einen Plan B", sagte ich und ging voran in meine Wohnung.

„Wir brauchen *irgendeinen* Plan", korrigierte Jade.

„Wo du recht hast ..." Wir machten keinerlei Fortschritte. Wir hatten eine äußerst unsichere Spur und keine Hilfe von den Strafverfolgungsbehörden. Der Hexenrat hatte Julius Spielraum gegeben, sich mit dem Fluch zu befassen, aber sie hatten keine Ressourcen bereitgestellt. Und Julius musste immer noch seine anderen Pflichten erfüllen. Das bedeutete, dass wir auf uns allein gestellt waren und herausfinden mussten, wer letztendlich für den Fluch und Clives Tod verantwortlich war.

Jade, immer noch barfuß, hakte sich bei mir unter. „Versuch, dir keine Sorgen zu machen. Wir werden das herausfinden. Ich werde auf keinen Fall zulassen, dass Bo oder Reagan für Clives Sünden büßen oder zusehen müssen, wie eine Hexe herumläuft und Unschuldige verflucht."

„Ja, okay", sagte ich und wusste, dass sie meinte, was sie sagte. Jades Wort war Gold wert. Ich hatte noch nie erlebt, dass sie einen Rückzieher gemacht hatte, wenn es darum ging, irgendjemandem zu helfen, der ein Opfer der magischen Gemeinschaft war.

Wir fanden Bo und Reagan zusammengekuschelt auf dem Sofa. Er hatte seinen Arm um sie gelegt, und sie lehnte ihren Kopf an seine Brust. Als sie uns hörten, sprangen sie auseinander. Ich zog fragend die Augenbrauen hoch, schwieg aber. Jetzt war nicht die Zeit, Bo nach seinen Beziehungen zu fragen.

„Was hast du da an?", fragte Bo entsetzt und musterte mich von oben bis unten.

Ich warf einen Blick auf mein Barhopper-Outfit. „Ziemlich offensichtlich, oder?"

„Ich weiß. Ich meine nur …" Er presste die Lippen zusammen und schüttelte den Kopf.

„Du meintest, sie sieht heiß aus, oder?", sagte Julius von der Tür unseres Schlafzimmers aus. Mein Verlobter zwinkerte mir zu und nickte dann Jade zu. „Schwangerschaft steht dir, Jade. Ich glaube nicht, dass ich jemals eine sexyere werdende Mutter gesehen habe."

Sie lachte. „Ich glaube, ich bin vorerst mit der Barszene fertig."

„Ich auch", sagte ich und warf mich in meinen Sessel. „Vor allem, weil mein kleiner Bruder anscheinend von der Wahl meiner Garderobe peinlich berührt ist."

„Sie ist mir nicht peinlich", sagte er schnell. „Ich bin nur – Mist. Du bist meine Schwester."

Ich kicherte.

Julius trat hinter meinen Sessel, legte seine Hände auf meine Schultern und rieb sie sanft. „Habt ihr in der Bar was herausgefunden?"

Ich schloss die Augen, während ich seine Berührung genoss, und nickte. „Clive war böse."

„Was?", fragte Reagan. „Wie?"

Jade übernahm, erklärte, was wir erfahren hatten, und endete mit den Worten: „Im Moment wissen wir also nur, dass Penny jemand ist, der den Fluch gewirkt haben könnte. Alle anderen hatten nur Gutes über ihn zu sagen."

„Das ist ziemlich weit hergeholt", sagte Julius skeptisch. „Nur, weil jemand ihn nicht mochte, heißt das nicht, dass sie sich die Mühe machen würde, jemanden zu verfluchen, um ihn zu töten."

„Vielleicht", sagte Jade. „Aber du hast Pennys Hass auf ihn nicht gespürt. Er war dunkel, Julius. Wirklich dunkel. Wenn auch nicht böse. Ihr Hass kam von Ekel und Entsetzen. Entweder hat Clive Penny etwas Schreckliches angetan, oder Penny weiß von etwas, das er jemand anderem angetan hat."

„Okay", sagte er und seufzte. „Lass mich einen Anruf tätigen und sehen, ob sie im Hexenregister des Rates eingetragen ist."

Ich seufzte enttäuscht, als seine magischen Finger meine

angespannten Schultern verließen. „Du hast nicht einmal ihren Nachnamen."

„Aber ich weiß, wo sie arbeitet." Er zuckte mit den Schultern und holte sein Handy heraus. „Einen Versuch ist es wert."

Wenn man bedachte, wie spät es war, war ich überrascht, dass er jemanden ans Telefon bekam. Es dauerte nicht lange, bis er den Kopf schüttelte, und es wurde schnell klar, dass sie keine Aufzeichnungen über eine Penny hatten, die im *Underground* arbeitete.

„Nichts. Tut mir leid", sagte er, als er das Gespräch beendet hatte.

„Trotzdem danke, Julius", sagte Jade und stand auf. „Ich sollte wahrscheinlich nach Hause gehen."

Ich stand auf und umarmte sie. „Brauchst du jemanden, der dich begleitet?" Wir lebten alle im French Quarter, das ziemlich sicher war; dennoch war es spät, und es war mir unangenehm, sie allein gehen zu lassen.

Sie schüttelte den Kopf. „Kane trifft mich unten." Sie winkte Bo und Reagan zu. „Bis morgen." Dann war sie weg.

„Will jemand was zu trinken?", fragte ich und ging in Richtung Küche.

Doch bevor Bo oder Reagan antworten konnten, klopfte es heftig an der Tür. Ich drehte mich schnell um und ging zur Tür. Es musste Jade sein.

„Was hast du vergessen?", fragte ich, als ich die Tür öffnete. Erst als ich die zierliche Blondine sah, klappte ich den Mund zu. Nicht Jade. „Marilyn. Es ist schon ein bisschen spät für einen Besuch, findest du nicht?"

Sie presste ihre Lippen zu einer flachen Linie zusammen und starrte an mir vorbei auf Bo und Reagan auf dem Sofa. „Es ist noch nicht zu spät, dass die beiden es sich gemütlich machen", spie sie und rauschte mit fliegenden goldenen Locken an mir vorbei. „Weißt du, wenn du auf sie stehst, kannst du es mir einfach sagen."

Bo und Reagan sprangen sofort wieder auseinander, als hätten sie sich leidenschaftlich umarmt, anstatt nur dicht beieinanderzusitzen. Sie wechselten einen Blick, und während Reagan weiter auf die andere Seite des Sofas rutschte, saß Bo still da, seine Wangen leuchtend rot. Stella nutzte die Gelegenheit, um zwischen ihnen hochzuspringen, und zu meiner Überraschung rollte sie sich anstatt bei Bo neben Reagan zusammen und legte ihren Kopf zufrieden auf Reagans Oberschenkel.

Ich schloss die Tür, unsicher, wie ich mit der Situation umgehen sollte. Einerseits war es wirklich spät und unangemessen, dass Marilyn einfach hereinplatzte. Andererseits war das vielleicht der schnelle Tritt in die Hose, den Bo brauchte, um seine Beziehung mit diesem Gör zu beenden. Es war offensichtlich, dass ihm Reagan mehr am Herzen lag als diese Marilyn. Wenn dem so war, wäre es dann nicht besser, die Sache mit Marilyn zu beenden?

„Du hättest mich vorhin anrufen sollen", klagte Marilyn.

Bo räusperte sich. „Ich war beschäftigt. Komm schon, Marilyn, es ist nicht so, dass wir was vorhatten."

Ihre Hände ballten sich zu Fäusten. „Nein, das hatten wir sicher nicht. Aber wir *sollten* Pläne für dieses Wochenende machen. Ich sehe jetzt, dass du einfach zu sehr mit … anderen Dingen beschäftigt bist, als dir Sorgen zu machen, Tickets für das Musikfestival zu besorgen."

„Verdammt", sagte er leise, stand auf und fuhr sich mit der Hand durchs Haar. Er schnappte sich sein Handy und sagte: „Ich kümmere mich sofort darum."

„Zu spät", sagte Marilyn mit ausdrucksloser Stimme. „Schon ausverkauft." Ihre Lippen verzogen sich, als sie Reagan geradezu höhnisch ansah. „Sieht so aus, als hätte ich es dir zu verdanken, dass ich meine Lieblingsband verpasse."

„Mir?" Reagan blinzelte sie an. „Ich habe nichts damit zu tun."

„Von wegen. Seit du aufgekreuzt bist, hängt ihr zwei wie Kletten aneinander, und Bo war zu abgelenkt, um irgendwas anderes zu machen, als dich zu begrapschen."

„Jetzt warte mal einen Moment", sagte Bo, seine Stimme war jetzt wütend. Ich konnte das Gefühl sehr gut nachvollziehen. Wer war dieses Gör, einem anderen Mädchen die Schuld dafür zu geben, dass der Mann, der ihr gefiel, nicht ihren Erwartungen entsprach? „Reagan ist eine Freundin, und meine Schwester und ich haben ihr geholfen. Deshalb hängen wir, wie du es nennst, ‚wie Kletten aneinander'. Tut mir leid, dass du das Festival verpassen wirst, aber ganz ehrlich, Marilyn? Das ist New Orleans. Dann gehen wir eben zum nächsten."

Reagan räusperte sich und hob kapitulierend die Hände. „Ich habe nichts damit zu tun. Was auch immer du glaubst, das zwischen uns läuft, da ist nichts. Ich schwöre es."

Marilyn lachte. „Ist das wichtig? Das ist das zweite Mal in einer Woche, dass er mich versetzt hat, weil er bei dir war. Sieht so aus, als liefe da eine Menge." Tränen stiegen in Marilyns große blaue Augen, und sie wandte sich wütend ab und wischte sich über das Gesicht, bevor sie sich umdrehte und Bo ansah. „Du wirst dich entscheiden müssen." Sie zeigte auf Reagan. „Sie oder ich."

Ein Sturm zog durch Bos Augen und ließ sie stahlhart werden. „Ich treffe keine Entscheidungen, Marilyn. Reagan ist meine Freundin, und wenn du damit nicht klarkommst, dann ist das zwischen uns vorbei. Ich werde sie nicht im Stich lassen, nur weil du eifersüchtig bist."

Marilyn starrte ihn mit offenem Mund an, und ich konnte sehen, dass sie nicht in Erwägung gezogen hatte, wie wütend ihre Worte Bo machen könnten. Hatte sie wirklich erwartet, dass er sich einfach so vor eine Wahl stellen lassen würde? So jung und naiv. Marilyn stieß einen erstickten Schluchzer aus, sah sich um, als wäre sie ein gefangenes Tier, und rannte dann in mein Schlafzimmer. Stella sprang vom Sofa, und rannte bellend hinter ihr her.

Verdammt!

Bo verschränkte die Arme vor der Brust und blickte wütend in ihre Richtung. Reagan saß erstarrt da und sah aus, als würde sie am liebsten einfach verschwinden.

Julius schüttelte nur den Kopf und sagte: „Ich denke, einer von uns sollte ihr nachgehen."

Alle drei drehten sich um und starrten mich an.

„Ernsthaft? Wie ist das zu meinem Problem geworden?"

„Sie ist in deinem Schlafzimmer?", sagte Bo mit einer Grimasse.

Ich starrte ihn ausdruckslos an. „Sehr witzig." Dennoch hatte er recht. Es war kurz vor Mitternacht, und wenn ich jemals ins Bett wollte, musste ich den Teenager aus meiner Wohnung bekommen. Seufzend ging ich durch das Wohnzimmer und verschwand leise in meinem Schlafzimmer. Stella stand knurrend an der geschlossenen Badezimmertür.

„Hey Süße", sagte ich und hob sie hoch. „Das ist nur Marilyn da drin. Nichts, worüber du dir Sorgen machen musst."

Stella drehte ihren kleinen Kopf und sah mich skeptisch an. Ich hätte fast gelacht. Sie könnte recht haben.

Ich klopfte an die Badezimmertür. „Marilyn, geht's dir gut?"

Ihre Stimme war gedämpft, aber sie brachte ein „Ich bin okay" zustande.

Das Wasser wurde aufgedreht, und ich zog mich zurück und setzte mich auf das Bett, um zu warten. Stella rollte sich auf meinem Schoß zusammen, und während ich ihre Ohren streichelte, entspannte sie sich und begann leise zu schnarchen. Wenigstens eine von uns bekam ein bisschen Schlaf.

Schließlich öffnete sich die Tür, und Marilyn steckte ihren Kopf heraus. Ihre Augen waren geschwollen, und ihre Nase war vom Weinen rot.

„Hey", sagte ich, unsicher, was ich sonst sagen sollte.

„Ich, ähm, denkst du, jemand kann mich nach Hause fahren?"

„Sicher." Ich hob Stella hoch und legte sie auf das Bett.

„Tut mir leid, dass ich eine Szene gemacht habe. Das war nicht mein bester Moment."

Ich winkte ab, um zu zeigen, dass es keine große Sache war. „Beziehungen sind manchmal kompliziert."

Wieder traten ihr Tränen in die Augen, aber sie bemühte sich, sie zurückzublinzeln. „Ich mag ihn einfach so sehr. Es ist schwer, zu sehen, dass er so auf jemand anderen steht."

Ich wusste nicht, was ich dazu sagen sollte. Es war für mich offensichtlich, dass Bo Reagan sehr am Herzen lag. Natürlich hatte dieses Mädchen es auch gesehen. Also schenkte ich ihr stattdessen ein mitfühlendes Lächeln und sagte: „Jungs sind manchmal einfach scheiße."

Zu meiner Überraschung lachte sie. „Das kannst du laut sagen."

Aus Mitleid mit ihr legte ich einen Arm um ihre Schultern und sagte: „Eines Tages wirst du jemanden finden, der perfekt zu dir passt, und all das Daten wird sich gelohnt haben."

Sie stieß einen leidgeprüften Seufzer aus. Dann wurden ihre Augen weich, und sie starrte ins Leere, während sie ihre Hände auf ihr Herz drückte. „Bo war der perfekte Partner für mich. Alles, was ich jemals wollte. Groß, dunkel und nachdenklich. Geheimnisvoll. Verletzt. Der Typ mit Geheimnissen und versteckten Narben, die man einfach erkunden will."

Heilige Scheiße. Ich wäre fast von ihr zurückgezuckt. Sie hatte Bos Schmerz romantisiert und einen Fetisch daraus gemacht. Ich biss die Zähne zusammen, um sie nicht anzublaffen, und führte sie zur Tür. „Wir bringen dich besser nach Hause."

Als wir zurück ins Wohnzimmer kamen, waren sowohl Bo

als auch Reagan verschwunden, und ich war dankbar dafür. Ich hatte das ungute Gefühl, dass es gleich die nächste Szene gegeben hätte, wenn sie noch auf dem Sofa gelegen hätten.

„Julius, denkst du, du kannst Marilyn nach Hause fahren? Ich möchte nicht, dass sie so spät alleine draußen ist."

Er nickte. „Sicher." Aber mir entging nicht die Grimasse, als er sich umdrehte und nach seinen Schlüsseln in der Schüssel auf der Theke griff.

Ich trat hinter ihn und legte meine Arme um seine Taille. „Tut mir leid", flüsterte ich ihm ins Ohr. „Ich mache es wieder gut, wenn du zurückkommst."

Er legte eine Hand auf meine und drückte meine Finger. „Nicht nötig, aber ich werde dich auch nicht abweisen."

Ich kicherte und ließ ihn gehen.

„Danke", sagte Marilyn, als er ihr die Tür öffnete. Dann drehte sie sich um und blickte mit zusammengekniffenen Augen auf Bos geschlossene Schlafzimmertür. „Und du kannst in der Hölle verrotten, Bo Bowman!"

Sie sagte es laut genug, dass Bo sie sicher gehört hatte. Und wenn es nicht mitten in der Nacht gewesen wäre, hätte ich sie aus der Wohnung geworfen und sie sich selbst überlassen. Bo hatte nicht vorgehabt, sie zu verletzen. Er war nur ein Kind, das versuchte herauszufinden, was ihm wichtig war.

Stattdessen stemmte ich meine Hände in die Hüften und sagte mit leiser, kontrollierter Stimme: „Das reicht, Marilyn. Es tut mir leid, dass es zwischen euch beiden nicht geklappt hat, aber bei uns zu Hause wirst du nicht so mit oder über meinen Bruder reden."

Marilyns Mund blieb einen Moment lang offen stehen, dann klappte sie ihn zu, und ihre Augen brannten vor Wut. Ich war mir sicher, dass sie ihren Zorn auf mich richten würde, aber stattdessen drehte sie sich um und stapfte auf den Flur hinaus, ohne sich umzusehen.

Julius warf mir einen gequälten Blick zu.

„Tut mir leid", sagte ich und verzog das Gesicht. Der arme Kerl würde mit ihr im Auto eingesperrt sein, wie lange es auch immer dauerte, sie nach Hause zu bringen. „Vielleicht ist sie zu wütend, um zu reden?"

„Das kann ich nur hoffen." Er beugte sich vor, gab mir einen Kuss auf die Wange und folgte dem Teenager dann aus der Wohnung.

In dem Moment, in dem die Wohnungstür ins Schloss fiel, öffnete sich Bos Schlafzimmertür, und er kam zurück ins Wohnzimmer. „Das tut mir leid."

Ich hob hilflos meine Hände. „Willkommen in der komplizierten Welt der Beziehungen."

„Du meinst, das ist normal?", fragte er entsetzt.

Ich lachte und schüttelte den Kopf. „Nein, nicht ganz so dramatisch. Dem Himmel sei Dank."

Erleichtert atmete er auf. „Gut." Er starrte auf seine Füße, und als er wieder aufblickte, war sein Gesichtsausdruck offen, voller Verwirrung und etwas, das vielleicht nach Bedauern aussah. Ich dachte einen Moment lang, er wollte mich etwas fragen und sich vielleicht öffnen, aber stattdessen fing er an, das Sofa auszuziehen, und die Decke und die Kissen auf einem der Sessel zu stapeln. „Ich sollte schlafen. Es war ein langer Tag."

Ich ging zu ihm, drückte seine Schulter und sagte: „Du

hast nichts falsch gemacht, Bo. Ihr zwei passt einfach nicht zusammen."

Er schenkte mir die Andeutung eines Lächelns und nickte.

„Gute Nacht", sagte ich leise.

„Nacht."

KAPITEL VIERZEHN

*G*ähnend goss ich mir eine große Tasse Kaffee ein, stand einfach in meiner Küche und rieb mir den Schlaf aus den Augen. Nachdem ich mit Stella im Morgengrauen Gassi gegangen war, war ich zurück ins Bett gekrochen und hatte noch vier Stunden geschlafen, dankbar, dass Holly und Jade das Café im Griff hatten.

Ich nahm den Becher und wollte gerade einen Schluck trinken, als ich Schritte hinter mir hörte.

„Du hast lange geschlafen", sagte Bo und griff nach der Kaffeekanne.

Ich nickte nur und trank einen Schluck der süßen schwarzen Flüssigkeit.

„Verdammt, Pyper, du siehst scheiße aus. Wirst du krank oder sowas?", fragte er besorgt. „Du bist so blass, dass deine Geister denken könnten, du wärst eine von ihnen."

Seine Worte trafen mich wie ein Schlag, und ohne

nachzudenken spuckte ich den Kaffee aus und prustete ihn über die Spüle.

„Whoa." Er trat zurück, immer noch die Kaffeekanne in der Hand. „Was war das denn?"

Ich schüttelte nur den Kopf, und meine Hand wanderte zu meinem Bauch.

Er bemerkte die Bewegung, und seine Augen weiteten sich entsetzt. „Bist du … Heilige Scheiße. Weiß Julius …?"

Ich schüttelte den Kopf und verzog das Gesicht. „Ich weiß es nicht einmal."

„Du hast noch keinen Test gemacht?"

Ich schüttelte erneut den Kopf. „Es ist wahrscheinlich Fehlalarm. Wir sind nicht … ich meine, wir planen im Moment nichts." Ich verstummte und kniff die Augen zusammen. Ich wollte dieses Gespräch nicht mit meinem kleinen Bruder führen. Es war nicht so, dass ich ihm nicht vertraute. Das tat ich. Ich hatte einfach keine Zeit, mich damit zu befassen, was ich von der Möglichkeit hielt, in acht Monaten Mutter zu werden.

Sein Gesichtsausdruck änderte sich von schockierten großen Augen zu etwas Sanfterem, etwas Fröhlichem und Begeisterten. „Du wärst eine tolle Mutter."

Tränen brannten in meinen Augen, und ich ergriff seine Hand, um ihm zu zeigen, wie sehr ich diese Bemerkung zu schätzen wusste.

„Oh nein. Nicht du auch noch. Ich hatte in den letzten 24 Stunden genug weinende Frauen um mich." Auch wenn er nach Panik klang, lachte er dabei, streckte seine Hand aus und zog mich in eine Umarmung.

Ich schlang meine Arme um meinen Bruder und sah zu

ihm auf, während ich unter Tränen lächelte. „Tut mir leid. Ich weiß nicht, was in mich gefahren ist."

„Wenn du wirklich schwanger bist, sage ich es Julius." Sein Grinsen wurde breiter, und er lachte lauter, als ich ihm auf den Arm schlug. „Petze."

Dann lachte ich, legte meinen Kopf auf seine Schulter und erwiderte die Umarmung. „Sag Julius noch nichts, okay? Ich möchte ihm nichts sagen, bevor ich es genau weiß."

„Verstanden. Du schaffst das, Schwesterherz", sagte er leise.

Ich holte tief Luft, ließ ihn dann los und lächelte ihn schief an. „Du bist gar nicht so schlecht darin."

„Was? Meine Schwester zu nerven?"

„Nein, derjenige zu sein, auf den man sich stützten kann, wenn man ihn braucht."

„Das stimmt", sagte Reagan von der Tür aus.

Ich wirbelte herum, mein Herz klopfte. Hatte sie gehört, worüber wir gerade gesprochen hatten? War sie jetzt die Dritte, die wusste, dass ich schwanger sein könnte, während Julius keine Ahnung hatte? „Hast du … ähm, stehst du schon lange da?"

„Nein. Ich habe nicht gelauscht, wenn du das meinst", sagte sie mit einem kleinen Lächeln. „Deshalb habe ich was gesagt. Ihr solltet wissen, dass ich hier bin."

„Oh, okay", sagte ich erleichtert. Dann sah ich sie mir genau an. Sie hatte geduscht und sah in einem hübschen Sommerkleid frisch aus. Ihr Haar war zu einem Pferdeschwanz zusammengebunden, und ihre Handtasche hing schon über ihrer Schulter.

„Gehst du irgendwohin?", fragte Bo.

Sie nickte und schenkte uns ein bittersüßes Lächeln. „Nach Hause. Zurück in meine Wohnung."

„Was?", sagte Bo und ging schon auf sie zu. „Aber ich dachte, die Polizei hat gesagt, dass du nicht in das Gebäude kannst."

„Ich habe gerade einen Anruf von meinem Vermieter bekommen. Sie sind fertig." Sie versuchte, uns anzulächeln, aber ich sah die Traurigkeit in ihren Augen.

„Du musst nicht gehen", sagte ich, ging zu ihr und nahm ihre beiden Hände in meine. „Tatsächlich wäre es mir lieber, wenn du bleiben würdest, bis wir herausgefunden haben, wer für den Fluch verantwortlich war."

Sie schüttelte den Kopf und warf einen Blick auf Bo, der immer noch an der Theke lehnte und uns beobachtete. „Ich glaube wirklich nicht, dass das eine gute Idee ist. Ich habe schon genug Ärger gemacht."

„Das stimmt nicht", sagte Bo sanft. „Du hast überhaupt keinen Ärger gemacht."

Sie löste ihre Hände aus meinen und verschränkte die Arme vor der Brust. „Bo, komm. Meinetwegen hast du letzte Nacht mit deiner Freundin Schluss gemacht. Wenn ich weg bin, könnt ihr beide vielleicht reparieren, was auch immer zwischen euch ist."

„Oh, bitte, nein", sagte ich, bevor ich mich zurückhalten konnte. Mit einer Grimasse schlug ich mir die Hand vor den Mund und murmelte: „Tut mir leid, Bo."

Er lachte kurz und schüttelte den Kopf, als Belustigung in seinen Augen glitzerte. „Das muss es nicht. Diese Beziehung war von Anfang an ein Fehler." Er richtete seine

Aufmerksamkeit auf Reagan. „Im Ernst, wenn es deswegen ist, kannst du aufhören, dir Sorgen zu machen. Das wäre nie von Dauer gewesen. Es hat das Unvermeidliche nur beschleunigt."

„Vielleicht", sagte sie und schien nicht überzeugt zu sein. „Aber so oder so ist es Zeit, dass ich gehe." Sie ging zu Bo hinüber, legte sanft eine Hand an seine Wange und starrte zu ihm auf. Sie schienen sich ineinander zu verlieren, und plötzlich hatte ich das Gefühl, etwas sehr Privates zu beobachten.

„Ich bin nebenan, falls mich jemand braucht", sagte ich und verschwand im Wohnzimmer. Stella hob ihren Kopf und sah mich von ihrem Platz auf dem Sofa an. „Hi, Süße."

Ihr kleiner Schwanz klopfte auf das Kissen. Ich setzte mich neben sie und schoss sofort wieder hoch, als Ida May kreischte.

„Hey! Runter von mir."

„Meine Güte, Ida May, wenn du dich zeigen würdest, würde ich mich nicht auf dich fallen lassen."

Der Geist wurde sichtbar und saß direkt neben Stella. Kein Wunder, dass der Hund so entspannt gewesen war. Ihr Lieblingsgeist hatte ihr Liebe geschenkt. Die beiden hatten eine interessante Beziehung. Ida May, die zu hundert Prozent ein Geist war, war für Stella aus irgendeinem Grund sichtbar und solide. Anscheinend war Ida May eine Art Hundeflüstererin. Es war praktisch, wenn wir einen Hundesitter brauchten.

„Ich habe gerade etwas Zeit mit meinem Lieblingshundi verbracht", sagte Ida May und beugte sich vor, um Stellas Kopf zu küssen.

Ich nickte, setzte mich in den Sessel und schloss die Augen. Dann schreckte ich aus dem Schlaf, als Stella auf meinen Schoß sprang. Für einen Moment war ich vollkommen desorientiert.

„Wach auf, Dornröschen", sagte Bo. „Reagan geht jetzt."

Ich warf einen Blick auf die junge Frau, die an der Tür stand, ihren Rucksack über einer Schulter und ihre Handtasche über der anderen.

Sie winkte und lächelte mich dankbar an. „Vielen Dank für alles, Pyper. Du warst ... na ja, unglaublich. Ich weiß nicht, wie ich das wiedergutmachen kann."

Ich stand auf und ging zu ihr, um sie zu umarmen. „Du musst nichts wiedergutmachen. Pass einfach auf dich auf, okay?" Ich zog mich zurück und sah ihr in die Augen. „Versprich mir, dass du sofort anrufst, wenn irgendwas Ungewöhnliches passiert. Geh kein Risiko ein."

„Ich bin sicher, dass alles gut wird", sagte sie und lächelte mich zögernd an.

„Nein, Reagan, da kannst du nicht sicher sein." Ich ergriff ihre Arme und sprach ernst auf sie ein. „Das ist der Punkt. Wir wissen immer noch nicht, woher dieser Fluch gekommen ist, und er hat zwei Leute getroffen, die du gekannt hast. Ich sage nicht, dass du ein Ziel bist. Aber ich sage, wir wissen nicht, was wir nicht wissen. Flüche sind unvorhersehbar."

„Ich weiß nicht, was ich damit anfangen soll. Ich kann nicht wieder aufhören zu leben. Nachdem meine Mutter ... habe ich ..." Sie verstummte und holte tief Luft. „Ich fange endlich an, wieder alles auf die Reihe zu bekommen. Mich vor der Welt zu verstecken, wird mich nur wieder in dieses Loch ziehen."

Ich war beeindruckt von der Stärke und Weisheit dieses siebzehnjährigen Mädchens. Sie hatte schon zu viel gesehen und erlebt. Ich wollte sie unter meine Fittiche nehmen, sie beschützen, die Erwachsene sein, auf die sie sich stützen konnte. Aber sie bat offensichtlich nicht darum, und ich konnte nur da sein, wenn sie mich brauchte. „Sei bitte einfach wachsam und versuch nicht, irgendwas herauszufordern. Julius, Jade, Kane, Lucien, wir sind alle hier und werden alles tun, was nötig ist, um dafür zu sorgen, dass weder du noch sonst jemand durch diese Sache verletzt wird."

„Ich auch", sagte Bo leise. „Ich bin auch hier."

Reagans dunkler Blick flackerte zu ihm. „Ich weiß", sagte sie. Etwas stürmte zwischen ihnen hindurch, und Bo kam schnell näher und nahm sie in seine Arme. Sie hielten einander lange fest, Bo schob ihren Kopf unter sein Kinn und hielt sie fest. Wieder einmal fühlte ich mich wie ein Eindringling in ihren privaten Moment.

Gerade, als ich mich in die Küche zurückziehen wollte, löste sich Reagan aus seiner Umarmung, drehte sich schnell um und öffnete die Haustür. Sie ging hinaus in den Flur, warf mir einen Blick zu und sagte: „Ich verspreche, vorsichtig zu sein, und rufe an, wenn ich irgendwas brauche."

„Gut."

Dann holte sie tief Luft und ging zur Treppe.

Bo stieß einen langen, frustrierten Seufzer aus, seine

Miene war wesentlich aufgeregter als noch vor wenigen Augenblicken.

„Was ist?", fragte ich ihn.

„Was denkst du? Reagan. Sie sollte nicht allein in dieser Wohnung sein. Nicht jetzt, nicht nach dem, was in der Wohnung gegenüber passiert ist."

Neugierig über die plötzliche Veränderung in seinem Verhalten neigte ich meinen Kopf zur Seite. „Wenn du der Meinung bist, warum hast du dann nicht härter dafür gekämpft, dass sie bleibt? Ich meine, wirklich, Bo, nachdem ihr aus der Küche gekommen seid, schien es, als wärst du an Bord mit ihrem Wunsch."

Er stieß ein humorloses Schnauben aus. „Ja, weil sie mir erzählt hat, dass sie aus einer langen Reihe starker Frauen stammt und ich ihr nicht genug zutraue." Er seufzte und fuhr sich mit der Hand durch sein dunkles Haar. „Was zum Teufel hätte ich darauf sagen sollen?"

„Genau das, was du gesagt hast, denke ich." Ich hasste es auch, wenn die Männer in meinem Leben versuchten, mich in einen goldenen Käfig zu stecken. Wenn Reagan gehen wollte, hatten wir keine andere Wahl, als sie zu lassen. Ich legte beruhigend eine Hand auf seinen Arm. „Sie weiß, dass du da bist, wenn sie dich braucht. Und jetzt weiß sie, dass du ihre Entscheidungen respektierst. Sei einfach weiter für sie da, und alles wird gut."

„Ich mache mir immer noch Sorgen", sagte er.

Ich lachte. „Ich auch, Kumpel."

Doch Bo fand die Situation überhaupt nicht witzig. Er ließ sich auf das Sofa fallen, stützte die Ellbogen auf seine Knie und fuhr sich mit den Händen durchs Haar.

„Okay, raus damit", sagte ich und setzte mich ihm gegenüber auf den Tisch. „Ich weiß, dass du dir Sorgen machst, aber da ist noch was anderes, nicht wahr?"

Bo ließ seine Hände aus den Haaren sinken und sah zu mir auf. „Ihr geht's nicht gut, Pyper. Überhaupt nicht gut."

Ich wollte seine Hände nehmen und ihn irgendwie trösten, aber seine Muskeln waren angespannt, und er sah aus, als bräuchte er einen Boxsack. „Natürlich geht's ihr nicht gut. Sie hat vor Kurzem ihre Mutter verloren, und ihre Kommilitonin ist gerade gestorben."

„Ich weiß", schnaubte er. „Die Sache ist: Bevor Kimmie gestorben ist, ging es ihr gut. Oder so gut, wie es jemandem gehen kann, nachdem man einen solchen Schlag erlitten hat." Sein Blick begegnete meinem, und ich sah den Schmerz des Verlustes, mit dem ich seit dem Tag, an dem meine eigene Mutter vor mehr als zehn Jahren gestorben war, gelebt hatte. Bos Verlust seiner Halbschwester und seiner Mutter war noch nicht lange her und spiegelte sich in seinem Blick, dem Schmerz und dem Kummer wider, als er mich in sein Inneres blicken ließ. „Sie hatte damit zu kämpfen. Sicher, sie hatte gute und schlechte Tage – das ist was, das wir gemeinsam haben. Aber in der letzten Woche war sie aufgewühlt, unruhig und hatte Alpträume."

Diesmal streckte ich die Hand aus und ergriff seine. „Wir haben das beide durchgemacht", sagte ich leise. „Es braucht Zeit, damit klarzukommen, um es zu akzeptieren und zu einer Art von Normalität zu finden. Richtig?"

„Ja." Er schloss wieder seine Augen und legte den Kopf in den Nacken, fast so, als würde er ein stilles Gebet sprechen.

„Was hat dir geholfen, nachdem Mia verschwunden ist?"

Ein Muskel zuckte in seinem Hals, als er seinen Kiefer anspannte. „Nichts."

Ich hob eine Augenbraue. „Nichts? Gar nichts? Wie hast du es überlebt? Drogen? Alkohol?" Meine Lippen zuckten, als ich hinzufügte: „Frauen?"

„Himmel, Pyper. Ich war erst zwölf!", sagte er und schüttelte ungläubig den Kopf, bis er mein Grinsen bemerkte. „Oh, du bist lustig. Ha-ha. Echt süß." Er verdrehte die Augen. „Nicht viel hat geholfen. Nichts, außer, Zeit mit Anthony Wixlere zu verbringen."

„Was war das Besondere an Anthony?" Ich war erleichtert, dass wir endlich weiterkamen.

„Nichts. Er hat mich einfach in Ruhe gelassen. Wir haben nie darüber gesprochen. Er hat mich behandelt, als wäre ich normal."

„Genau", sagte ich. „Nachdem meine Mutter gestorben war, musste ich allen, die ich kannte, entkommen. Das Mitleid war zu viel für mich. Ich hatte das Gefühl, darunter zu ersticken. Als ich also aufs College gegangen bin und Kane getroffen habe, war er der erste Mensch, der mich wie einen normalen Studienanfänger behandelt hat. Er hat mich nie nach meinen Eltern gefragt, nicht einmal nach den Ferien. Er wollte auch nicht über seine reden. Ich glaube nicht, dass er das weiß, aber er ist der Grund, warum ich dieses Jahr überlebt habe. Meine Insel des Normalen im Sturm. Und das ist, was du meiner Meinung nach für Reagan tun solltest. Sei ihre Insel in diesem Sturm."

„Wie kann ich das, wenn sie mich wegstößt?", fragte er.

„Sei einfach immer wieder da, kleiner Bruder. Zeig ihr,

dass du nirgendwohin gehst, dass du ihr Fels in der Brandung bist, wenn sie einen braucht."

Er nickte, stand auf und ging in sein Zimmer. Ich hörte das Rascheln seiner Kommode und das Knarren seiner Schranktür. Ein paar Minuten später kam er mit einer Reisetasche in der Hand wieder heraus.

Ich hob meine Augenbrauen. „Gehst du irgendwo hin?"

„Zu Reagan. Ich denke, dass sie jetzt nicht allein sein sollte."

„Ich auch nicht, aber glaubst du, dass das die beste Idee ist? Du hast sie noch nicht einmal gefragt, ob sie damit einverstanden ist."

„Nein." Er runzelte die Stirn. „Wahrscheinlich nicht. Aber wir wissen beide, was sie sagen wird, wenn ich sie anrufe. Wie du schon gesagt hast, werde ich einfach da sein und ihr Fels in der Brandung sein. Wenn sie mich rausschmeißt, dann soll das so sein. Aber wenn nicht, werde ich da sein, für den Fall, dass sie mich braucht."

Mein Herz schwoll an, und ich war stolz auf meinen kleinen Bruder. Das bedeutete jedoch nicht, dass ich verrückt war. „Warte einen Moment."

Ich ging schnell in mein Schlafzimmer, zog die Schublade meines Nachttischs auf und nahm eine fast volle Schachtel Kondome heraus.

Als ich wieder ins Wohnzimmer kam, drückte ich ihm die Schachtel in die freie Hand. „Nimm die mit, nur für den Fall."

Er starrte mit offenem Mund auf die Packung. „Pyper, was …?"

Er weiß doch sicher, was Gummis sind?, kreischte Ida May und klang ungläubig. *Keine Liebe ohne Gummi, Bo-boy!*

Ich kicherte über Ida May, die hinter ihm schwebte.

„Du bist krank, weißt du das?", sagte Bo zu mir und ließ die Schachtel auf den Beistelltisch fallen. „Ich gehe nicht rüber, um ihr an die Wäsche zu gehen."

„Ich bin nicht krank, ich bin nur praktisch. Komm, Bo. Ihr seid beide wandelnde Hormonbomben. Und glaube nicht, dass ich die Verbindung, die du zu ihr hast, nicht gesehen habe. Da waren so viele Funken, dass ich mir sicher war, dass ihr ein Loch in meinen Holzboden brennen würdet."

„Und wenn schon? Sie leidet. Ich werde sicherlich nicht –"

Ich hob eine Hand und unterbrach ihn. „Das habe ich nie behauptet. Ich will nur, dass ihr vorbereitet seid, falls irgendwas passieren sollte."

Sie werden sich sowas von bespringen, schnaubte Ida May. *Ich habe es eine Million Mal gesehen, wenn Menschen trauern. Alles, damit man vergessen und sich auch nur für einen Moment verlieren kann. Verdammt, ich wette, sie ist diejenige, die den ersten Schritt machen wird.*

Ich hob die Kondome auf und drückte sie meinem Bruder in die Hand. „Nimm sie einfach. Sie sind da, falls ihr sie braucht, und wenn nicht, auch gut." Als er sie nicht nahm, zog ich die Folienpäckchen aus der Schachtel und steckte sie in die Seitentasche seiner Reisetasche. „Hier. Wenn sie sie sieht, kannst du sagen, dass ich sie da reingesteckt habe."

„Oh, das werde ich." Er ging zur Tür, blieb stehen, warf

einen Blick über die Schulter und sagte: „Wir sehen uns morgen früh bei der Arbeit."

„Wenn sie dich nicht rauswirft", sagte ich mit einem Lächeln.

„Richtig." Er öffnete die Tür und ging und ließ mich, Stella und Ida May allein zurück.

Wie viele dieser Kondome hast du ihm gegeben?, fragte Ida May. *Ich hoffe wirklich, dass du welche dabehalten hast, sonst wirst du am Ende noch schwanger.*

Ihre Warnung erinnerte mich an meine früheren Bedenken, und ich drückte eine Hand auf meinen Bauch.

Oh, bei aller Liebe zu den pausbackigen Babys, jammerte Ida May. *Bitte sag mir, dass du nicht schon schwanger bist.*

Als ich nichts sagte, hielt sie sich die Hand vor den Mund und lachte. Sie lachte so sehr, dass ihr die Tränen kamen. Dann wurde sie ernst. Ihre Augen wurden weich, und ihr Gesicht bekam einen lächerlich süßen Ausdruck.

Wir bekommen ein Baby hier. Ihre Worte waren voller Hoffnung und Bedauern. Und zum ersten Mal fragte ich mich, ob Ida May sich selbst Kinder gewünscht hatte.

KAPITEL FÜNFZEHN

*D*a ich einen meiner seltenen freien Tage hatte und mich nicht mit Hochzeitskram beschäftigen musste, beschloss ich, etwas Besonderes für Julius zu kochen. Bo war nicht nach Hause gekommen, also konnte ich nur annehmen, dass Reagan ihn nicht rausgeschmissen hatte. Ehrlich gesagt war ich erleichtert, dass er bei ihr war. Reagan hatte es verdient, dass sich jemand um sie kümmerte, und Bo war so loyal, wie man nur sein kann. Da Bo über Nacht weg war, bedeutete das, dass Julius und ich die Wohnung für uns allein hatten.

Ich war in der Küche beschäftigt und kochte eines von Julius' Lieblingsgerichten: Filet Mignon, medium-rare, Artischockensalat und Knoblauchkartoffelpüree. Ich hatte sogar einen frischen Laib Kräuter-Focaccia besorgt. Als er endlich nach Hause kam, hatte ich den Tisch gedeckt, Kerzen angezündet und das Abendessen wartete darauf, serviert zu werden.

„Wow, was ist das alles?", fragte er und hielt inne, während sein Blick auf den Tisch gerichtet war.

Ich verzog meine Lippen zu einem langsamen Lächeln, als ich auf ihn zuging und meine Hände auf die harten Flächen seiner Brust legte. „Nur eine Kleinigkeit für meinen fleißigen Verlobten."

Er schlang seine Arme um meine Taille und zog mich näher an sich heran, bis ich an ihn gepresst war. Er neigte den Kopf und schmiegte sein Gesicht in meine Halsbeuge. „Du riechst köstlich."

Ich lachte. „Das ist wahrscheinlich das Knoblauchkartoffelpüree, das du da riechst." Beim Rühren hatte ich den Elektromixer zu hoch gestellt und hatte vielleicht was davon in meine Haare bekommen.

„Es ist das verdammt beste Parfum, das ich je riechen durfte." Seine Lippen strichen über meinen Hals, gefolgt von seiner Zunge, die meine Haut erkundete. „Mmm-hmm. Ja, du schmeckst definitiv himmlisch."

„Gibt es im Himmel Knoblauchkartoffelpüree?", fragte ich ihn lachend.

„In meinem auf jeden Fall." Er hob den Kopf und drückte seine Lippen auf meinen Mund, erst sanft, dann vergrub er seine Hand in meinem Haar und küsste mich leidenschaftlich, um mir zu zeigen, wie dankbar er für ein hausgemachtes Essen war. Als er sich von mir löste, musterte er mich und fragte: „Rieche ich Steak?"

„Filet", sagte ich und führte ihn zum Tisch.

Er setzte sich und goss uns sofort jeweils ein Glas Wein ein. Verdammt, ich musste meinen Verdacht gestehen. Es gab keine andere Entschuldigung dafür, dass ich auf meinen Lieblingswein verzichten wollte. Ganz zu schweigen davon, dass Rotwein zu Filet Mignon gehörte. Es war der Nektar der Götter. Ich würde es ihm nach dem Abendessen sagen. Wenn ihn der Gedanke an ein Kind wirklich nervös machte, konnte er so essen, bevor ich die mögliche Bombe platzen ließ. Ich kehrte in die Küche zurück und holte unsere Teller.

Als ich seinen vor ihn stellte, sabberte er geradezu.

„Was habe ich getan, um das zu verdienen?", fragte er.

Ich saß am Kopfende des Tisches, direkt neben ihm, legte eine Hand an seine Wange und zwang ihn, mir in die Augen zu sehen. Als er es tat, sagte ich: „Du gibst mir das Gefühl, geliebt und sicher zu sein."

Seine Miene wurde zärtlich, als er sich vorbeugte. „Du brauchst sicherlich niemanden, der dich beschützt, meine Liebe. Du bist Feuer, Unabhängigkeit und Stärke personifiziert. Aber verdammt, wenn ich nicht dankbar bin, dass du mich den Mann sein lässt, auf den du dich stützen kannst."

„Du verkörperst Stabilität, Ehrgefühl und Herz. Und ich danke den Göttern täglich dafür, dass sie mir meine mediale Fähigkeit geschenkt haben und wir irgendwie einen Weg gefunden haben, gemeinsam in dieser Welt zusammen zu sein."

Julius beugte sich vor, nahm sein Weinglas und hob es hoch, um anzustoßen. Ich nahm meines und stieß mit ihm an. Er schenkte mir ein sündiges Lächeln. „Auf uns und eine leere Wohnung. Wie lange dauert es, bis Bo aufs College geht und ich dich wieder ganz für mich habe?"

Sein Ton war verspielt und voller Anspielungen, aber seine Worte nahmen mir den Wind aus den Segeln, und ich war plötzlich nervös und unsicher, ob wir beide dieselbe Zukunft wollten. Unsicher, ob wir beide eine Familie wollten. Bo war erst ein paar Monate bei uns, und Julius zählte schon die Tage, bis er auszog.

„Hey, Pyper?", sagte Julius sanft und strich mir eine Haarsträhne aus den Augen. „Was ist?"

Ich stellte mein Weinglas ab und schüttelte den Kopf. „Nichts."

„Das sieht nicht nach nichts aus. Ist es irgendwas, das ich gesagt habe? Über Bo vielleicht?"

„Es ist nur so, dass Bo gerade erst hier angekommen ist. Ich bin noch nicht bereit dafür, dass er wieder geht."

Julius nahm mein Gesicht in seine Hände. „Du weißt, dass ich deinen Bruder liebe, oder?"

Ich schüttelte den Kopf. „Ich weiß, dass du ihn magst. Ich weiß, dass du alles für ihn tun würdest. Aber nein, ich weiß nicht, ob du ihn liebst. Und ganz ehrlich: Das musst du auch nicht. Es ist nicht so, dass er dein Bruder ist."

„Und ob er das ist." Julius lehnte sich zurück und starrte mich ungläubig an. Als er fortfuhr, schimmerte Ärger in seinen Worten. „Hast du immer noch nicht begriffen, dass deine Familie meine Familie ist, Pyper?"

Ich verschränkte die Arme vor meiner Brust. „Ich weiß nicht, warum du jetzt sauer auf mich bist. Du bist derjenige, der es nicht erwarten kann, Bo wieder loszuwerden."

Julius atmete scharf ein, atmete wieder aus und beugte sich ein wenig vor. „Es tut mir leid, dass ich das gesagt habe.

Es war ein schlechter Scherz, und ich meinte nur, dass ich mich darauf freue, ein bisschen Zeit allein mit dir zu verbringen."

Mein Innerstes fühlte sich wund an, und ich wusste, dass ich Julius gegenüber nicht fair war. Ich war mir fast sicher, dass ich im Begriff war, aus einer Mücke einen Elefanten zu machen. Aber die Emotionen, die in mir tobten, waren außer Kontrolle. Götter! Ich *musste* schwanger sein. Warum sollte ich sonst so sein? Ich überlegte, ihm von meinem Verdacht zu erzählen. Aber nach dem Hin und Her gerade fühlte es sich falsch an. Er sollte sich nicht irgendwann einmal daran erinnern, erfahren zu haben, dass er vielleicht Vater werden würde, nachdem wir uns gestritten hatten. Es war sowieso besser, erst sicher zu sein.

„Tut mir leid", sagte ich nur, denn was gab es sonst noch zu sagen? „Ich glaube, ich muss einfach ein bisschen Schlaf nachholen. Dann werde ich wieder ein normaler Mensch sein."

Er warf einen Blick auf das Abendessen vor sich. „Wollen wir zuerst essen? Und dann früh schlafen gehen?"

„Sicher." Es herrschte Stille zwischen uns, als wir das Essen aßen, das ich gekocht hatte. Man musste ihm zugutehalten, dass Julius versuchte, ein Gespräch am Laufen zu halten, aber ich reagierte nicht sehr schnell und antwortete nur mit Nicken und einsilbigen Antworten. Schließlich gab er es auf, und ich konnte es ihm nicht verdenken. Der Abend hatte so vielversprechend begonnen, und dann hatte ich ihn ruiniert, indem ich zickig geworden war.

Als ich etwa die Hälfte von meinem Essen gegessen hatte, schob ich den Teller weg und trank ein halbes Glas Wasser. Julius aß seinen Teller leer und lächelte und war sehr höflich, als er fertig war.

„Das war wunderbar", sagte er und wischte sich den Mund mit einer Stoffserviette ab, mit der ich den Tisch eingedeckt hatte. „Danke, Liebes."

„Gern geschehen." Ich stand auf und fing an, das Geschirr abzuräumen, aber Julius kam mir zuvor und sagte mir, ich solle mich ausruhen. Nachdem ich zugesehen hatte, wie er schnell den Tisch abgeräumt hatte und dann in die Küche verschwunden war, um dort fertig aufzuräumen, kam ich zu dem Schluss, dass es keinen Grund gab, ihn zu beaufsichtigen. Julius wusste, was er tat. Ich musste ihm nicht erklären, wie man die Spülmaschine bediente. Er war durchaus fähig und hatte es oft genug bewiesen.

Ich lächelte vor mich hin. Hier war ich, verlobt mit einem Mann, der vor einem Jahrhundert zum ersten Mal auf dieser Erde gelebt hatte, und sich doch nie an überholte Geschlechterrollen geklammert und sich problemlos an das moderne Leben angepasst hatte. Dieser Mann war ein verdammtes Wunder.

Was hatte ich mir dabei gedacht, als ich beim Abendessen wütend auf ihn geworden war? War das, was er gesagt hatte, wirklich so schrecklich gewesen? Er wollte einfach nur Zeit mit mir allein verbringen. Ich holte tief Luft und atmete wieder aus, eine Art Reinigung, dann ging ich in die Küche.

Julius stand mit dem Rücken zu mir am Waschbecken. Wortlos ging ich auf ihn zu, schlang meine Arme um ihn und drückte mein Gesicht an seine Schulter. „Es tut mir leid. Ich wollte nicht, dass der Abend so endet."

Er legte seine Hände auf meine und hielt sie sanft. „Schon gut, Pyper. Ich weiß, dass du dir Sorgen um Bo und Reagan machst. Ich hätte nicht andeuten sollen, dass ich es kaum erwarten kann, bis er auszieht. Das habe ich nicht so gemeint."

„Ich weiß", sagte ich leise.

Er drehte sich in meinen Armen um. Mit zwei Fingern hob er meinen Kopf, damit wir einander in die Augen sehen konnten. „Mir tut es auch leid."

Ich spürte, wie die ganze Anspannung von meinen Schultern abfiel, als sich meine Lippen zu einem kleinen Lächeln verzogen. „Das weiß ich auch."

Er lachte leise, strich mit seinen Lippen über meine und zog sich dann zurück. „Wie wäre es, wenn du dich fürs Bett fertigmachst? Ich räume das hier nur schnell weg und komme gleich nach."

Ich sah mich in der Küche um und bemerkte, dass er nur noch das Geschirr einräumen musste, und nickte. Nachdem ich mich auf Zehenspitzen gestellt und ihm einen langsamen, bedeutungsvollen Kuss gegeben hatte, flüsterte ich: „Lass mich nicht zu lange warten."

Wieder blitzte Hitze in seinen dunkelgrünen Augen auf, und mit kehliger Stimme sagte er: „Auf keinen Fall."

„Gut." Ich schlüpfte an ihm vorbei, ging mit Stella nach draußen, und nachdem ich ihr ein Leckerli gegeben hatte, verschwand ich ins Schlafzimmer. Fünf Minuten später kletterte ich nur mit einem Spitzen-Tanktop bekleidet ins Bett.

Als Julius endlich in unser Zimmer kam, warf er einen Blick auf mich, zog sein Hemd über den Kopf und die Jeans herunter. Dann war er über mir und drückte seinen langen, schlanken Körper an meinen. Alle Gedanken lösten sich in Wohlgefallen auf, und dann waren es nur noch er und ich.

KAPITEL SECHZEHN

*I*n dem Moment, als ich durch den Torbogen ging, wusste ich, dass dies der richtige Ort war. Das Restaurant Baraquin's auf der Dauphine Street, nur einen Block von der Bourbon Street entfernt, war perfekt. Es gab einen wunderschönen Innenhof, in dem die Zeremonie abgehalten werden konnte, und eine Reihe privater Räume, die sich perfekt für ein Buffet oder ein Abendessen mit Tischservice eigneten, während sie den Innenhof in einen Empfangsbereich verwandelten. Es war authentisch und intim, genau das, was ich gesucht hatte.

„Das ist es", sagte ich.

„Sie hat recht", stimmte Jade zu und lächelte zu Kane auf, der neben ihr stand und ihre Hand hielt.

Ich hatte heute im Café früher Schluss gemacht und wir drei waren auf der Suche nach Hochzeitslocations. Julius und Kat arbeiteten beide. Und obwohl ich Julius gern dabeigehabt hätte, machte es mir nichts aus, dass Kat nicht mitkommen konnte. Wenn sie mitgekommen wäre, hätte sie geplant, zehn verschiedene Veranstaltungsorte zu besichtigen – neun mehr, als ich sehen musste.

Die Hochzeitskoordinatorin lächelte. „Perfekt. Wenn Sie bereit sind zu buchen, müssen wir nur das Menü durchgehen, dann können wir die Anzahlung festlegen."

„Sicher", sagte ich und ließ den Blick noch einmal über den Hof schweifen. Er war ganz mit Ziegeln gepflastert, und der Bereich war durch die Mauern des Restaurants von der Straße abgeschottet. Es fühlte sich an wie eine friedliche Oase mitten im French Quarter.

„Hier entlang, Miss Rayne." Die lebhafte, rundliche Brünette schenkte mir ein warmes Lächeln, hielt die Tür auf und führte uns aus der drückenden Hitze zurück ins Restaurant.

Wir setzten uns an einen Tisch am Fenster, und ich seufzte zufrieden, als der Kellner uns Eistee und ein Tablett mit Shortbread-Keksen brachte.

„Danke", sagte ich zu ihm und schickte Julius eine SMS, um ihn wissen zu lassen, dass ich eine Entscheidung getroffen hatte.

Er schrieb zurück: *Das Baraquin's ist großartig. Solange du und die Krabbenkroketten auf der Speisekarte stehen, bin ich dabei.*

Ich unterdrückte ein Lachen, und dann stellten wir mit Jades Hilfe das Menü zusammen. Als wir fertig waren, blickte ich auf und sah, wie Kane einen Scheck ausstellte. „Was machst du?"

„Ihnen eine Anzahlung geben." Er reichte der Koordinatorin den Scheck und zeigte auf seine Adresse in der oberen Ecke. „Die Rechnung für den Rest schicken Sie bitte dorthin."

„Nein." Ich stand auf, meine Hände in die Hüften gestemmt. „Ich habe dir doch schon gesagt, Julius und ich machen das."

Kane schüttelte den Kopf. „Zu spät."

Ich starrte Jade mit hochgezogenen Augenbrauen an. „Könntest du mir vielleicht helfen?"

Ihre Lippen verzogen sich zu einem amüsierten Lächeln. „Du solltest ihn wahrscheinlich einfach den Vater der Braut spielen lassen. Ich glaube nicht, dass ihn jemand daran hindern kann."

„Er ist nicht mein verdammter Vater", murmelte ich.

„Nein", sagte sie mit plötzlich ernster Miene, als sie meine Hand berührte. „Aber er liebt dich." Mit sanfterer Stimme fügte sie hinzu: „Er ist deine Familie, Pyper." Jade blickte zu ihrem Mann auf, der einfach dastand, die Arme vor der Brust verschränkt. Sein sturer Gesichtsausdruck ließ keinen Raum für Verhandlungen.

Wie konnte ich dem widersprechen? Das war er. Neben Bo waren Kane und Jade meine einzige Familie. Und wenn ich ehrlich war, berührte es mich zutiefst, dass Kane so entschlossen war, bei der Finanzierung meiner Hochzeit mitzuhelfen. Um mir zu zeigen, wie wichtig ich ihm war.

Ich nickte und sah Kane in die Augen. „Okay. Aber ich muss mit Julius reden, und wenn er ein Problem damit hat, müsst ihr das ausdiskutieren."

„Gut", sagte er und öffnete seine Arme, um mich in eine Umarmung einzuladen.

Ich trat in seine Arme, legte meinen Kopf an seine Schulter und sagte: „Danke."

„Gern geschehen, Pypes. Alles für meine kleine Schwester."

Damit hatte er recht. Der einzige Grund, warum sich sowohl mein Café als auch meine Wohnung auf der Bourbon Street befanden, war, dass Kane das Gebäude vor Jahren gekauft hatte, als ich den Stripclub geleitet hatte. Der Besitzer hatte die Tänzerinnen und mich schlecht behandelt. Kane war eingesprungen und hatte dafür gesorgt, dass alle Probleme beseitigt wurden, und später hatte er mir angeboten, den Raum nebenan zu einem günstigen Preis zu mieten, damit ich das Café eröffnen konnte, während er den Club übernahm. Ohne ihn hätte ich keine Ahnung, was ich heute tun würde.

„Ich liebe dich, großer Bruder", flüsterte ich und brachte kaum die Worte heraus. Wir waren eigentlich in keiner Weise verwandt, aber er war und blieb ein Familienmitglied.

„Okay, können wir weitermachen?", fragte Jade mit einem neckenden Unterton in ihrer Stimme. „Ich werde hungrig."

„Dagegen können wir etwas unternehmen, Mrs. Rouquette", sagte die Hochzeitskoordinatorin. „Möchten Sie zu Mittag essen?"

„Ja", sagte sie, ohne uns zu fragen.

Ich kicherte, als Kane und ich ihnen folgten. Doch bevor wir unsere Plätze zum Mittagessen einnehmen konnten, summte mein Handy, und Bos Bild erschien auf dem Display. „Was gibt's?"

„Du musst sofort nach Hause kommen. Jemand ist in die Wohnung eingebrochen", sagte er und klang vollkommen aufgelöst.

„Was? Wie?", fragte ich und winkte Jade und Kane bereits zu.

„Ich weiß nicht. Ich war im Café, als der Alarm losgegangen ist. Die Wohnung ist verwüstet, und Stella ist vollkommen ausgeflippt. Die Polizei ist schon da. Wo bist du?"

„Ein paar Blocks entfernt. Wir sind gleich da."

Jade, die wahrscheinlich schon spürte, wie meine Angst durch die Decke schoss, war schon aufgestanden und hakte sich bei mir unter. „Was ist?"

Ich erklärte schnell, was passiert war. Kane teilte der Hochzeitskoordinatorin mit, dass wir uns später mit ihr in Verbindung setzen würden, um weitere Einzelheiten zu besprechen, und dann machten wir uns zu dritt auf den Weg.

„HEILIGE SCHEIßE!", keuchte ich, als ich das leuchtende Symbol an der Eingangstür meiner Wohnung sah.

Jade atmete scharf ein, als sie mit der Hand über das Rachezeichen strich, dasselbe, das an Clives Tür gewesen war. „War die Tür verschlossen?", fragte sie Bo.

„Nein. Sie war weit offen." Bo stand hinter uns, Stella in seinen Armen. Der Hund hechelte und war aufgeregt und wand sich, damit er ihn hinunterließ.

Ich ging zu ihm und nahm sie in meine Arme. „Was hast

du gesehen, Süße?", flüsterte ich ihr ins Ohr, während ich ihren Rücken streichelte. Stella stieß ein leises Wimmern aus und lehnte sich dann als Antwort an mich. Schade, dass sie nicht sprechen konnte, da sie offenbar die einzige Zeugin war.

Officer Gandy, derselbe, den wir am Tag des Mordes vor Reagans Wohnung getroffen hatten, kam aus der Tür, das Klemmbrett in der Hand.

„Gedenken Sie, jetzt den Hexenrat dazuzurufen?", fragte ich und zeigte auf das leuchtende Symbol.

Er tippte mit dem Stift auf sein Klemmbrett. „Wir werden sie darauf aufmerksam machen, aber da es nur ein Einbruch ist, bezweifle ich, dass sie sich sehr dafür interessieren werden."

Diesmal informierten sie zumindest die magische Gemeinschaft. Ich spähte in die Wohnung und bemerkte, dass die Sofakissen und die Zierkissen am Boden lagen. Genauso wie eine Tischlampe, die aber offenbar nicht kaputt war. Der Fernseher war noch an Ort und Stelle, genauso Bos Xbox. Was hatte der Einbrecher gesucht?

„Es scheint keinen wirklichen Schaden an der Wohnung zu geben", sagte Gandy mit knapper und sachlicher Stimme. „Machen Sie eine Liste aller fehlenden Gegenstände, und reichen Sie sie so schnell wie möglich ein. Gibt es ein Sicherheitssystem?"

„Ja", sagte Kane. „Es überwacht das gesamte Gebäude."

„Gut. Besorgen Sie mir eine Kopie des Filmmaterials, und wir kümmern uns darum." Er drehte sich zu mir um. „Sie hatten heute Glück, Miss Rayne. Wenn Sie weiter die schlechten Elemente der Stadt anziehen, sollten Sie über die

Anschaffung eines furchteinflößenderen Wachhundes nachdenken."

Stella hob angesichts der Beleidigung den Kopf und knurrte.

Ich starrte ihn ausdruckslos an.

Er lächelte nur, als sollte ich irgendwie seinen Witz verstehen.

Ich kniff die Augen zusammen und fragte mit zusammengebissenen Zähnen: „Darf ich jetzt in meine Wohnung?"

„Ja. Wir sind hier fertig." Er winkte seinem großen, schlaksigen Partner zu, und sie gingen lachend in den Flur hinaus, als wären sie gerade zu einem Freundschaftsbesuch bei mir gewesen.

Ich schüttelte den Kopf und drehte mich zu Bo um. „Wir müssen feststellen, was gestohlen wurde."

Er nickte, verschwand in der Wohnung und machte sich auf den Weg in sein Zimmer.

„Ich kümmere mich um die Videos", sagte Kane und beugte sich vor, um mir einen Kuss auf den Kopf zu geben. „Geht's dir gut?"

„Ich denke schon." Tatsächlich fühlte ich mich seltsam taub. Es war das eigenartigste Gefühl.

„Sie steht unter Schock", sagte Jade und legte sanft eine Hand auf meinen Arm.

War dem so? Möglich. Ich zuckte mit den Schultern. „Vielleicht hat sie recht. Aber im Moment geht's mir ganz gut."

„Behalte sie im Auge", sagte Kane zu Jade. „Ich bin gleich wieder da."

„Natürlich." Jade legte einen Arm um meine Schultern. „Komm. Lass uns sehen, was wir der Versicherung melden müssen."

„Von hier aus sieht es nicht nach viel aus." Ich sah mich im Wohnzimmer um und bemerkte die Kunst, die immer noch an den Wänden hing. Die mundgeblasene Vase stand weiterhin auf der Anrichte an der gegenüberliegenden Wand. Die Unterhaltungselektronik war unberührt. Ich spähte in die Küche. Der Raum war makellos. Kein Teller fehl am Platz. Ich durchsuchte schnell die Schränke und schüttelte den Kopf. „Hier wurde nichts angerührt."

„Nun, das ist wenigstens was", sagte Jade.

„Findest du?" Ich warf ihr einen verwirrten Blick zu. „Was zum Teufel wollten sie? Wenn sie nicht gekommen sind, um die Wohnung auszuräumen, haben sie dann gehofft, mich oder vielleicht Bo zu finden?"

Jade hob eine Schulter. „Vielleicht?"

Ich seufzte und ging in mein Schlafzimmer. Überall lag Kleidung herum. Das Bett war zerwühlt worden. Kissen lagen am Boden. Und auf meiner Kommode herrschte Chaos. Parfümflaschen waren umgeworfen worden, die Schubladen meiner Schmuckschatulle waren offen, und meine Halsketten waren herausgezerrt worden. Stirnrunzelnd biss ich mir auf die Unterlippe und betrachtete alles. Ich hatte nicht viel teuren Schmuck. Ich hatte meine Mittel immer für andere Dinge benutzt, etwa für die Gründung und den Aufbau des Cafés. Allerdings besaß ich eine ziemlich beeindruckende Sammlung handgefertigten Schmucks, die ich im Laufe der Jahre von verschiedenen Künstlern zusammengetragen hatte, aber nichts aus Edelsteinen oder Diamanten ... außer der Halskette, die Kane mir gerade für meine Hochzeit geschenkt hatte.

Mein Magen begann sich zusammenzuziehen, als ich herumstöberte und nach der Saphir- und Diamant-Halskette suchte, von der ich wusste, dass ich sie in der Schmuckschatulle verstaut hatte. Als ich sie nicht sah, nahm ich die Schatulle, schaute darunter nach, durchsuchte dann meine Schubladen und suchte den Boden unter der Kommode ab. Nichts. Keine Halskette.

„Scheiße", murmelte ich.

„Aus meinem Zimmer wurde nichts gestohlen", sagte Bo, als er hereinkam. „Sie haben aber ziemliches Chaos angerichtet. Ich frage mich, wonach sie gesucht haben?"

„Ich glaube, ich weiß es", sagte ich, als ich mich umdrehte und die Fäuste an meinen Seiten ballte.

Seine Augenbrauen schossen in die Höhe. „Was?"

„Die Halskette, die ich bei Nola Bridal gekauft habe. Ich habe sie zusammen mit allem anderen in meine Schmuckschatulle gelegt. Es ist das einzige Stück, das fehlt."

„Bist du sicher?", fragte Jade. Sie runzelte die Stirn, während sie mich verwirrt anstarrte. „Warum gerade die?"

„Keine Ahnung." Ich setzte mich auf die Bettkante und stützte den Kopf in meine Hände.

Bo räusperte sich. „Das Symbol bedeutet Rache, oder?"

Jade und ich nickten beide.

„Okay, dann vermute ich, dass der Täter nicht hier war, um etwas zu stehlen. Zumindest zunächst nicht. Wenn er oder sie sich an einem von uns rächen wollte, wäre er wohl hier, um uns Schaden zuzufügen, und nicht, um eine Kette zu stehlen. Wahrscheinlich hat derjenige sie nur mitgenommen, um es wie einen normalen Einbruch aussehen zu lassen, als ihm klargeworden ist, dass er nicht das bekommen würde, was er wollte."

Ich musste ihm zustimmen. Laut Julius handelte es sich bei den mit dem Symbol verbundenen Verbrechen ausschließlich um Morde. Ich schauderte und schlang meine Arme um mich und versuchte, das kranke Gefühl zu unterdrücken, dass jemand in meine Wohnung gekommen war, um einen von uns zu ermorden. „Aber wer?"

„Jemand, der mit Emerson in Verbindung steht?", sagte Bo mit heiserer Stimme und einem Anflug von Angst.

„Was?" Ich versteifte mich. „Wie kommst du darauf? Hat dich jemand von Twin Forks kontaktiert?" Mein Mama-Bär-Instinkt erwachte, und Adrenalin flutete meinen Körper, sodass ich vom Drang vibrierte, etwas zu tun. Nur hatte ich keine Ahnung, was. Emerson war tot. Die meisten Leute, die für ihn gearbeitet hatten, waren durch Erpressung dazu gezwungen worden und waren froh, nicht mehr unter seinem Zwang zu stehen. Warum sollten sie jetzt irgendwas von Bo wollen?

Bo schüttelte den Kopf. „Nein. Aber das Symbol ist jetzt an zwei Stellen aufgetaucht, die mit mir zu tun haben. Ich bin der gemeinsame Nenner. Zuerst Reagans Haus, jetzt unseres. Sag mir, dass das kein Zufall ist."

„Da hast du recht", sagte ich widerwillig. „Aber mein Bauchgefühl sagt mir, dass das nichts mit Emerson zu tun hat. Lass uns noch keine voreiligen Schlüsse ziehen."

„Das glaube ich auch nicht", sagte Julius, als er das

Zimmer betrat. Er nahm mich schnell in die Arme. „Alles in Ordnung mit dir?", flüsterte er mir ins Ohr.

„Jetzt schon", flüsterte ich zurück. Als wir uns lösten, musterte ich Julius. „Was weißt du?"

Er presste die Lippen aufeinander. „Nicht viel. Nur das, was Bo mir als Voicemail hinterlassen hat."

„Wenn ich nicht das Ziel bin, warum passiert das dann?", fragte Bo gereizt. „Das alles ergibt keinen Sinn."

Ich ließ Julius' Hand los und ging zu Bo. Ich legte meine Hand auf seinen Arm und sagte: „Ich weiß, dass du nicht das Ziel bist. Aber wir werden das herausfinden. Das ist, was wir tun. Julius, Jade, Kane, der Rest des Zirkels und ich."

„Sie hat recht", sagte Jade leise. „Das ist nicht unser erstes Rodeo. Sobald Kane mit den Videos zurückkommt, wissen wir mehr."

„Leider nicht", sagte Kane kopfschüttelnd, als er hereinkam. Mit finsterer Miene hielt er einen USB-Stick hoch. „Das Video ist leer."

„Was meinst du mit leer?", fragte ich blinzelnd. „Ist das nicht das zweite Mal, dass das passiert ist?"

Kane nickte. Erst vor einem Monat war eine Hexe in sein Büro eingebrochen und hatte die Aufnahmen von ihrem Versuch, sein Büro niederzubrennen, manipuliert. „Ich weiß nicht, warum oder wie, aber das Filmmaterial der letzten drei Tage ist einfach weg."

KAPITEL SIEBZEHN

*E*s waren fast vierundzwanzig Stunden vergangen, und das Symbol war immer noch an meiner Haustür. Beatrice „Bea" Kelton legte ihre Hand darauf und schloss die Augen. Da wir nicht wussten, wer das Symbol gewirkt haben könnte, hatten wir die einzige Person hinzugezogen, die vielleicht helfen konnte. Bea war die ehemalige Anführerin des Hexenzirkels von New Orleans und die Hexe mit dem größten Wissen, das uns je begegnet war. Jade war vielleicht stärker, was ihre rohe Macht anging, aber Bea besaß die nötige Finesse und umfangreiches Wissen.

„Spürst du irgendwas Nützliches?", fragte ich leise und hoffte, dass mein Flüstern ihre Konzentration nicht stören würde.

Sie ließ ihre Hand sinken und runzelte die Stirn. „Es ist schwarze Magie. Aber es ist alt."

„Was bedeutet das?", fragte Jade und drehte ihr langes

Haar zu einem unordentlichen Knoten auf ihrem Kopf. „Ein altmodischer Zauberspruch?"

„Ja, ziemlich alt. Die damit verbundene Energie ist sowohl intensiv als auch flüchtig. Nichts, womit man sich anlegen sollte." Sie runzelte die Stirn, als sie auf die Tür starrte. „Jade, du hast gesagt, du hättest den in Reagans Haus gebrochen, nicht wahr?"

„Ja."

„Kannst du das nochmal machen?", fragte Bea. „Ich würde es selbst tun, aber ich habe in den letzten Tagen mit einem neuen Zauber experimentiert, und es hat meine Energie ziemlich erschöpft."

Ich starrte Bea überrascht an. Das war das erste Mal, dass die mächtige Hexe zugab, einer Aufgabe vielleicht nicht gewachsen zu sein. Allerdings hatte sie im Viertel einen erfolgreichen Hexenladen und arbeitete ständig an neuen Zaubersprüchen, sodass es keinen Grund gab, ihre Erklärung in Frage zu stellen.

Kane räusperte sich und legte einen Arm um seine Frau. „Ich bin mir nicht sicher, ob das eine gute Idee ist. Ich möchte nicht, dass Jade sich während ihrer Schwangerschaft mit schwarzer Magie anlegt."

Jade schnaubte.

Er drehte sich um und warf ihr einen vielsagenden Blick zu. „Ich dachte, wir hätten vereinbart, die schwere Arbeit für eine Weile anderen zu überlassen."

„Sicher", sagte sie knapp und offensichtlich genervt. „Wir haben aber auch gesagt, dass ich nicht tatenlos zusehen werde, wenn meine Familie in Gefahr ist."

Kane starrte einen langen Moment auf sie hinab. Dann richtete er seinen Blick auf Bea. „Ist das Ding gefährlich?"

Bea nickte. „Ja. Wir können das Symbol nicht hier lassen. Es ist instabil. Alles Mögliche könnte passieren."

Alles Mögliche? Was bedeutete das? Würde meine Tür schmelzen? Würden wir ein Tor zur Hölle öffnen? Würde der Zauber als Köder für die Loser wirken, mit denen ich während meiner Studienzeit ausgegangen war? Ich schauderte, als ich über die Möglichkeiten nachdachte. Das war schließlich New Orleans, und gleich nebenan, in Kanes Club, befand sich ein echtes Tor zur Hölle. Wenn Bea sagte, es sei gefährlich, stellte ich ihre Einschätzung nicht in Frage.

„Vielleicht kann Julius den Fluch brechen?", sagte ich und versuchte, Jade eine Alternative zu etwas potenziell Gefährlichem anzubieten.

„Ich kann es versuchen", sagte er hinter uns.

Ich wirbelte herum, und meine Lippen verzogen sich zu einem erleichterten Lächeln. „Ich dachte, du wärst noch damit beschäftigt, an diesem Fall im Norden zu arbeiten."

„Ich bin fertig damit." Er legte einen Arm um meine Taille und küsste mich auf den Kopf. „Im Moment gehöre ich ganz dir."

Ich lächelte ihn an und wurde ruhig. Ich hatte noch nicht einmal bemerkt, wie gestresst ich gewesen war, bis seine Anwesenheit mich beruhigt hatte. „Gut."

Er wandte sich Jade zu. „Was hast du gemacht, als du den Fluch bei Reagan gebrochen hast?"

Ihre Lippen verzogen sich zu einem verlegenen Lächeln.

„Ich habe ihn einfach gebrochen. Weißt du ... pure Kraft, keine Finesse."

Alle lachten. Keine Überraschung.

„Verstanden." Julius winkte uns zu, ihm Platz zu machen.

Wir vier zogen uns zurück, und Kane, der überfürsorgliche Gentleman, trat vor Jade, um sie und ihr Kind zu beschützen. Ich konnte es ihm nicht verdenken, aber ich verdrehte trotzdem die Augen. Jade konnte sich offensichtlich gut selbst verteidigen.

Julius legte seine Hand genau in die Mitte des Symbols. Er zuckte und verzog das Gesicht, als hätte er einen Schlag bekommen. Dann ließ er ohne Vorwarnung eine beeindruckende magische Kraft los, die so stark war, dass die Tür zitterte.

Nichts passierte.

Das Symbol schien heller zu leuchten und ließ die Tür pulsieren. *Bumm, bumm. Bumm, bumm.* Sie schien im Takt meines Herzens zu schlagen. Ich wurde unruhig, und meine Haut begann zu kribbeln. Alles in mir brannte darauf, meinen Dolch zu nehmen und ihn in das Holz zu rammen, genau in die Mitte des Symbols.

Wenn Julius nicht dort gestanden hätte, seine Hand immer noch fest gegen die Tür gedrückt, hätte ich es getan.

Doch bevor ich ihn bitten konnte, beiseitezutreten, ließ er einen weiteren mächtigen Zauber los, während er „*Abolesco!*", rief.

Das Symbol wurde schwarz, und Rauch stieg aus dem verbrannten Umriss auf und wehte in den Flur. Der Rauch kräuselte sich und bildete direkt vor mir eine Kugel. Meine Augen weiteten sich, als der Rauch plötzlich weiß wurde und die Form des Kopfes und Rumpfes einer Frau annahm. Ihr Haar war zu einem strengen Knoten gesteckt, ihre Augen waren weit aufgerissen und fast zu groß für ihr Gesicht. Sie war auf ungewöhnliche Weise schön, aber das war es nicht, was meine Aufmerksamkeit erregte.

Nein, das Einzige, worauf ich mich konzentrieren konnte, war die Halskette, die sie um den Hals trug. Die blaue Saphir-Diamant-Halskette, die am Tag zuvor aus meinem Schlafzimmer gestohlen worden war.

Sie hob ihre Hand und berührte den Stein, als sie sagte: „Sie gehört jetzt dir. Finde sie, bevor noch jemand Opfer des Fluchs wird."

„Was *ist* der Fluch? Bitte erklär's mir." Aber meine Worte kamen zu spät. Die Frau hatte sich schon aufgelöst.

Meine Schultern sackten herunter. Was sollte ich mit diesem Hinweis anfangen? Er ergab keinen Sinn. Und was hatten Clive und Kimmie damit zu tun?

„Pyper?", fragte Julius mit gerunzelter Stirn, als er mich anstarrte. „Mit wem hast du gerade gesprochen?"

Ich riss meinen Kopf hoch. „Hast du sie nicht gesehen?"

„Wen?", fragte er.

„Den Geist. Sie hat sich aus dem Rauch gebildet."

„Welchem Rauch, Pyper?", fragte Jade, neigte ihren Kopf und sah mich an, als hätte ich den Verstand verloren.

Ich drehte mich zu meinen Freunden um. „Hat niemand außer mir gesehen, wie sich das Symbol in Rauch aufgelöst hat, bevor das Bild einer Frau entstanden ist?"

Sie alle schüttelten den Kopf.

Ich atmete aus. „Kein Ding. Muss damit zu tun haben,

dass ich ein Medium bin." Ich erklärte, was ich gesehen hatte und was die geisterhafte Frau gesagt hatte.

„Interessant", sagte Bea und faltete die Hände. „Sieht so aus, als könnten wir den Fluch neutralisieren, wenn du die Halskette findest."

„Aber was hatte sie mit Clive oder Kimmie zu tun?", fragte ich.

Niemand hatte eine Antwort. Schließlich zuckte Jade mit den Schultern. „Ich denke, das ist genau das, was wir herausfinden müssen."

„Pyper? Julius?" Hollys zittrige Stimme erklang aus dem Treppenhaus.

„Ja?", rief ich und eilte zum obersten Treppenabsatz. „Was ist?"

Hollys Augen waren weit aufgerissen, und sie sah geschockt aus. „Du musst runterkommen. Es ist Bo."

Mein Herz zog sich schmerzhaft zusammen. „Bo? Ist er ok?"

„Ich weiß nicht. Beeil dich bitte", sagte sie, drehte sich auf dem Absatz um und rannte schon zurück ins Café.

Ich sah zurück zu Julius, und unsere Blicke begegneten sich für eine quälende Sekunde. Dann rannte ich los, mit einem Kloß im Hals, der so groß war, dass ich dachte, ich würde daran ersticken. Meine Schritte hallten auf der Holztreppe wider, und mein Puls hämmerte in meinen Ohren. Ich wusste nicht, ob Julius oder meine Freunde mir folgten. Ich konnte nur an Bo denken.

Ich stürmte durch die Hintertür des *Grind* und blieb abrupt stehen. Bo lag am Boden, mit dem Gesicht nach unten, und Blut tropfte aus einer Kopfwunde. Holly kniete an seiner Seite, ihre Hand ruhte auf seinem Rücken, während sie ihm etwas zuflüsterte.

„Bo!" Ich fiel auf die Knie, bückte mich neben ihn und begegnete seinem benommenen Blick. „Verdammt, was ist passiert?"

Er blinzelte, sagte aber nichts.

„Ich bin nach hinten gekommen, um nach ihm zu suchen, und habe ihn so hier gefunden", sagte Holly mit zitternder Stimme. „Ich habe nichts gehört! Ich weiß nicht, was passiert ist."

Ich warf ihr einen kurzen Blick zu und legte mich dann flach auf den Boden, direkt neben Bo. „Hey Kleiner."

Sein Blick wanderte zu mir.

„Da bist du ja." Ich schenkte ihm ein kleines Lächeln. „Versuchst du, mich zu Tode zu erschrecken, oder was?" Ich versuchte gerade nur, ihn wachzuhalten. Wenn er eine Gehirnerschütterung hätte, war das Letzte, was ich wollte, dass er das Bewusstsein verlor.

Sein Mund bewegte sich.

„Schh, du musst nichts sagen." Mein Blick wanderte zu Holly. „Hast du einen Krankenwagen gerufen?"

Sie nickte und presste die Hand auf den Mund. Offensichtlich war sie am Rande eines Zusammenbruchs, jetzt, da jemand anderes hier war, um zu übernehmen.

„Entschuldige, Holly", sagte Jade und schob sie sanft aus dem Weg.

Die Blondine trat einige Schritte zurück und ließ Jade neben Bo niederknien. „Das ist eine üble Beule, die du da hast", sagte sie zu ihm. Ihre grünen Augen begegneten meinen. „Er hat ziemliche Schmerzen, und er ist wütend. Sehr wütend."

„Ich würde sagen, das ist ein gutes Zeichen", sagte Bea und hockte sich neben Jade. Sie kramte in ihrer Handtasche und fand eine grüne Kräuterpille. „Leg das unter seine Zunge. Es wird helfen."

Bea beherrschte Heilmagie. Ich zögerte keinen Moment. Was auch immer es war, wenn sie sagte, es würde helfen, war ich an Bord. Ich beugte mich wieder zu ihm hinunter und drückte ihm die Pille an die Lippen. „Mund auf, Bo. Bea hat eine Zauberpille für dich."

Zum Glück gehorchte er. Er musste registriert haben, was Bea gesagt hatte, denn er hob auch seine Zunge und wartete darauf, dass ich die Pille genau dort platzierte, wo sie hingehörte.

„Der Schmerz sollte ziemlich schnell nachlassen", sagte Bea.

Tatsächlich stöhnte Bo schon nach wenigen Augenblicken erleichtert und begann sich umzudrehen.

Ich legte eine Hand auf seine Schulter. „Ich bin mir nicht sicher, ob du dich bewegen solltest."

„Mir geht's gut", sagte er mit schroffer Stimme, während er sich aufsetzte und an die Wand lehnte. Er atmete auf und sah sich um. „Was ist mit ihnen?"

„Ihnen?", fragte ich und sah mich im Hinterzimmer um. Es waren nur Jade, Bea, Holly, ich und Bo. Die Männer waren nicht da. „Du meinst Kane und Julius?"

Bo begann, den Kopf zu schütteln, zuckte aber zusammen und hielt inne. „Nein. Die beiden Typen, die mir *das* angetan haben."

„Hast du sie gesehen?", fragte ich. „Wer waren sie?"

„Ich weiß nicht." Er starrte wütend auf die Hintertür, als ob die Tür selbst ihn angegriffen hätte. „Ich war gerade dabei, Zeug zu holen, um die Auslage aufzufüllen, da sind zwei Typen reingestürmt. Sie trugen Jeans und weiße T-Shirts, hatten aber Skimasken auf. Im verdammten Juli! Der Größere hat sich auf mich gestürzt und mich um die Hüfte gepackt. Ich konnte einen guten Schlag landen und habe mich losgerissen, doch kaum war ich frei, hat der kleinere Typ mir eins übergebraten. Hat sich angefühlt, als ob mein Schädel gespalten wäre."

Jade wurde blass und beeilte sich, sich neben ihn zu setzen. Sie hob ihre Hand an seine Schläfe, doch bevor sie ihn berührte, fragte sie: „Darf ich?"

Ich wusste, was sie vorhatte. Mit ihrer Magie würde sie erkennen können, ob sein Schädel tatsächlich gebrochen war.

Bo starrte sie eine Sekunde lang an, dann wanderte sein Blick zu mir.

Ich nickte. „Jade ist geschickt in Heilmagie. Dir kann nichts passieren."

„Ja, dann okay", sagte er.

„Mach die Augen zu", flüsterte Jade. „Gut. Tief durchatmen." Nachdem er das getan hatte, floss Magie in Form eines sanften, blassen Lichts aus Jades Fingerspitzen und flackerte über seinen Schädel.

Bo atmete sofort erleichtert auf und öffnete die Augen. Er wirkte klarer, als er fragte: „Wie hast du das gemacht?"

Sie lächelte. „Magie natürlich."

Ich verdrehte die Augen, als die Sanitäter

hereinstürmten. Eine große Frau und ein gut gebauter Mann, beide in Blau gekleidet, blieben stehen und sahen sich um. Der Blick der Frau landete auf Jade und Bo, die immer noch am Boden saßen. „Wer von Ihnen ist der Patient?"

Bo wollte aufstehen, aber Jade legte ihre Hand auf seinen Arm. „Er hier. Er hat einen Schlag auf den Hinterkopf bekommen. Muss wahrscheinlich genäht werden."

„Sind Sie Ärztin?", fragte die Sanitäterin.

„Nein, Heilerin", sagte Jade, stand auf und machte ihr Platz, damit sie sich kümmern konnte.

Die beiden Sanitäter machten sich an die Arbeit, maßen Bos Blutdruck und untersuchten die Wunde an seinem Kopf.

„Wo sind Julius und Kane?", fragte ich in den Raum und verstand nicht, warum sie uns nicht gefolgt waren.

„Draußen", sagte Jade. „Regen sich über irgendwas auf."

„Draußen?" Ich war mir wieder einmal sicher, dass sie ihre Empathie einsetzte.

„Ja. Geht nur und seht nach, was das Problem ist. Ich bleibe bei Bo." Sie setzte sich auf einen Plastikstuhl und gestikulierte Bea und mich aus dem Raum.

Bea schüttelte den Kopf. „Ich würde gern bleiben und mich versichern, dass es Bo gut geht."

Meine Augen wurden feucht, und ich nickte dankbar. Ich wusste, dass Jade niemals zulassen würde, dass meinem Bruder etwas passierte, aber Bea wusste mehr über Verletzungen und magische Lösungen. „Danke."

Bea strich mit einer Hand über meinen Arm und setzte sich dann neben Bo.

Ich warf einen letzten Blick auf Jade und Bea, die sich um meinen Bruder kümmerten, und hatte das Gefühl, dass mein Herz aus meiner Brust springen wollte. Die Tatsache, dass beide da waren und keine Fragen stellten, war etwas, das ich immer noch schwer fassen konnte. Familie. Zuneigung. Loyalität. Das hatte ich hier auf der Bourbon Street gefunden. Oder es hatte mich gefunden.

Tränen brannten in meinen Augen, und ich blinzelte. Jetzt war nicht die Zeit dafür.

„Danke", sagte ich nochmal und eilte den Flur entlang und durch die Hintertür hinaus.

Kane und Julius lehnten an seinem SUV und waren in ein Gespräch vertieft.

„Was ist?", fragte ich.

Julius nickte in Richtung von etwas hinter mir. „Sieh es dir an."

Ich drehte mich um und keuchte. Das Rachesymbol leuchtete auf der Hintertür. Entsetzen breitete sich in meinen Eingeweiden aus, kroch empor und drohte, mich zu ersticken. Ich holte scharf Luft und atmete wieder aus. „Wer auch immer das ist, sie sind hinter Bo her."

KAPITEL ACHTZEHN

*„A*ber wer sollte es auf Bo abgesehen haben?", fragte Julius und rieb sich den Kiefer. „Das alles ergibt keinen Sinn."

„Die einzige Person, die ich kenne, die wütend auf Bo ist, außer vielleicht jemand aus Emersons Crew, ist Marilyn", sagte ich und dachte über den Ablauf der Ereignisse nach. „Aber das erklärt weder Clive noch Kimmie. Was hatten sie mit irgendetwas zu tun?"

Wir starrten uns alle einen Moment lang an und versuchten, die Teile des Puzzles zusammenzusetzen. Keiner von uns hatte Antworten.

Ich starrte auf das Symbol an der Tür und fragte mich, ob der Geist wieder auftauchen würde, wenn Julius den Fluch neutralisierte. Vielleicht würde ich die Gelegenheit bekommen, noch ein paar Fragen zu stellen. „Keine Ahnung", sagte ich niedergeschlagen.

„Ich auch nicht", sagte Julius.

„Ich genauso wenig", sagte Kane.

Julius trat vor und starrte auf das Symbol. „Ich werde das Ding von der Tür sprengen."

„Was ist mit den Cops?", fragte ich, weil ich befürchtete, dass sie uns nicht glauben würden, wenn wir Beweise vernichteten.

„Leider ist es wirklich egal", sagte Julius. „Da das NOPD den übernatürlichen Aspekt dieses Falls nicht ernst nimmt, werden sie lediglich den Rat benachrichtigen. Und da der Rat mir die Verantwortung dafür übertragen hat, wurden wir schon benachrichtigt." Er hielt sein Handy hoch. „Außerdem habe ich Fotos gemacht, für den Fall, dass wir physische Beweise brauchen."

Als ich hörte, dass der Rat Julius den Fall übertragen hatte, ließ meine Anspannung ein wenig nach. Mindestens eine Organisation nahm die Sache ernst. „Okay. Hört sich gut an."

Ich zog mich zurück und stellte mich neben Kane, während Julius seine Magie rief. Der Zauber wirkte fast genauso wie zuvor, nur dass sich der Rauch dieses Mal einfach in Luft auflöste, als er das Symbol auslöschte. Kein Geist, keine Nachricht, keine Antworten.

Seufzend presste ich meine Fingerspitzen an die Schläfen. „Wir müssen die Geschichte der Halskette recherchieren. Wer auch immer die ursprüngliche Besitzerin war, sie weiß wahrscheinlich etwas." Ich warf einen Blick auf die Uhr auf meinem Handy. Es war kurz nach vier. „Wir müssen zu Nola Bridal fahren und rausfinden, wer ihnen die Halskette verkauft hat."

Kane nickte. „Das ist eine gute Idee. Julius und ich können gehen, wenn du bei Bo bleiben willst."

Ich schenkte ihm ein dankbares Lächeln. Für ein paar Minuten rauszugehen, während Jade und Bea ein Auge auf ihn hatten, war eine Sache. Aber quer durch die Stadt zu fahren war was ganz anderes. „Das ist gut, danke."

Julius legte einen Arm um mich und zog mich an sich. „Bist du okay?"

„Ich denke schon", sagte ich, nicht ganz sicher, ob das die Wahrheit war. Mein Bruder war in meinem Café angegriffen worden. Ich sollte mich um ihn kümmern und ihn beschützen, und wer auch immer das getan hatte, war in unser Zuhause gekommen und hatte ihn verletzt. Nein, mir ging es nicht gut. Mir ging es überhaupt nicht gut. Ich war verdammt wütend, und jemand würde dafür bezahlen.

„Du siehst nicht so aus", sagte Julius mit besorgter Stimme, während er mich beobachtete. „Soll ich bleiben?"

„Nein." Ich schüttelte den Kopf. „Geh und schau, was ihr rausfinden könnt. Ich gehe wieder rein und sehe nach Bo." Und werde an ihm kleben wie eine Klette. Wenn jemand was von meinem kleinen Bruder wollte, musste er zuerst an mir vorbei.

Julius legte seine Arme um meine Taille und drückte mich fest. „Versuch, dir nicht zu viele Sorgen zu machen. Wir werden herausfinden, wer das ist, und die Bedrohung neutralisieren."

Ich saugte seine Worte auf und wollte ihm glauben. In jeder anderen Situation hätte ich es getan. Ich vertraute ihm und unseren Freunden. Es war nur so, dass ich noch nie zuvor einen Bruder gehabt hatte, den ich beschützen musste.

„Mach dir keine Sorgen, Pypes", mischte sich Kane ein, sein Gesichtsausdruck war sachlich und entschlossen. „Niemand schadet meiner Familie und kommt ungeschoren davon."

Julius nickte Kane zu, und sie tauschten einen Blick aus, der scheinbar ihren gegenseitigen Schwur bekräftigte, das zu beschützen, was ihnen gehörte. Mein Innerstes erwärmte sich, und ich wusste, dass es sich so anfühlte, eine echte Familie zu haben – Menschen, die mich und Bo liebten und die alles tun würden, um für unsere Sicherheit zu sorgen.

„Danke", flüsterte ich Kane zu, während ich Julius noch einmal umarmte. „Jetzt geht und grabt ein paar Informationen aus. Ich werde mich versichern, dass mein Bruder nicht zu viele Gehirnzellen verloren hat."

Sie stiegen in Julius' SUV, während ich wieder im Gebäude verschwand.

Ich fand Jade und Bo auf der Arbeitsplatte im Hinterzimmer sitzen, Holly, Bea und die Sanitäter waren jedoch nirgends zu sehen. Ich blieb vor ihnen stehen und fragte: „Was ist passiert?"

Jade berührte Bos Arm, ein leichter magischer Glanz bedeckte ihre Fingerspitzen. Er hatte mit einem Knie herumgezappelt und gewippt, als hätte er eine Tasse Kaffee zu viel getrunken. Aber ihre beruhigende Magie half sofort, und er lehnte sich zurück, die Falten in seinem angespannten Gesicht glätteten sich.

„Sie haben gesagt, die Wunde sei nicht tief und muss

nicht genäht werden", sagte Jade. „Und, dass wir auf Anzeichen einer Gehirnerschütterung achten sollen: Schwindel, Erbrechen, sich verschlimmernde Kopfschmerzen, extreme Schläfrigkeit usw. Wenn sich was ändert, müssen wir ihn zum Arzt bringen."

Ich sah ihn an. „Wie fühlst du dich jetzt?"

Er kniff die Augen zusammen, als er sein Kinn hob. „Angepisst."

„Gut." Ich nickte. „Das ist besser als benommen oder desorientiert."

„Das habe ich auch gesagt." Jades grüne Augen blitzten. Auch sie war wütend. „Wer auch immer das getan hat, wird dafür bezahlen", sagte sie mit zusammengebissenen Zähnen.

Bo sah mich an. Seine Mundwinkel zuckten, und ich musste selbst ein Lachen unterdrücken. Jade waren kranke Flüche, schwarze Magie und das Böse, das einem eins überbriet, nicht fremd. Kurz gesagt, sie war eine toughe Hexe. Aber das Bild, das sie der Welt präsentierte, war süß, fürsorglich und manchmal ein bisschen naiv. Trotz all ihrer Macht und Tapferkeit schaffte sie es immer noch, einen Hauch von Unschuld zu bewahren, der zweifellos einer der Gründe war, warum Kane sie so sehr liebte. Stark und süß. Tödlich und liebevoll. Wachsweiche Füllung, aber hart wie Stahl, wenn es sein musste.

Bo und ich dagegen hatten ein weniger behütetes Leben geführt und gelernt, zu überleben. Niemand würde uns jemals als unschuldig bezeichnen. Ich und meine Bereitschaft, in Stripclubs zu arbeiten, während ich für ein besseres Leben gekämpft hatte, und Bo, der gezwungen gewesen war, den Befehlen eines Drogendealers zu folgen, nur, um die meisten seiner Teenagerjahre zu überleben.

„Was?", fragte sie.

„Nichts", sagte ich und grinste sie an. „Ich denke, wir sind beide einfach froh, dich auf unserer Seite zu haben."

„Kein Witz." Bo lachte. „Du bist tough", sagte er und wiederholte meine Gedanken.

Ein zufriedenes Lächeln breitete sich auf ihrem Gesicht aus. „Oh, na ja, wenn das so ist." Sie sprang von der Arbeitsfläche. „Lasst uns sehen, ob wir Bea helfen können."

Ich warf ihr einen fragenden Blick zu. „Wobei?"

„Das Gebäude zu schützen. Das System, das Kane installiert hat, funktioniert offensichtlich nicht. Zeit für etwas, das ein bisschen ... stärker ist."

„Gut." Ich spähte hinaus ins Café und stellte fest, dass Holly für den Tag abschloss. Nachdem ich mich bei ihr bedankt und ihr gesagt hatte, dass Bo okay war, verabschiedete sie sich und ging, und ich machte mich zusammen mit Bo und Jade auf die Suche nach Bea.

„WIE FUNKTIONIERT DIESER ZAUBER NOCHMAL?", fragte Bo vom Rücksitz des Käfers aus. Ich fuhr, und Jade saß auf dem Beifahrersitz. Wir waren auf dem Weg ins *Underground*, um Penny zu befragen, die Hexe, die wir ein paar Tage zuvor kennengelernt hatten. Obwohl wir nichts hatten, was sie mit Bo in Verbindung bringen könnte, war sie immer noch die einzige Hexe, die wir kannten, die Clive gekannt hatte. Wir mussten mit ihr reden, um herauszufinden, ob sie irgendwas mit der Halskette zu tun hatte. Abgesehen davon, dass wir vielleicht herausfinden könnten, wer die Halskette an Nola Bridal verkauft hatte, war sie die einzige Spur, die wir hatten.

„Es ist so etwas wie ein unsichtbarer Zaun", sagte Jade, um den Zauber zu erklären, den Bea über meine Wohnung, das *Grind* und das *Wicked* gewirkt hatte. „Wer böse Absichten hegt, wird weder die Schwelle zu eurem Geschäft noch zu eurer Wohnung überschreiten können."

„Böse Absichten?", fragte ich. „Das scheint ziemlich vage zu sein. Was bedeutet das genau? Wird der Zauber nur böse, gewalttätige Leute fernhalten? Oder reden wir auch von Leuten, die Schokoladenhasen zuerst die Ohren abbeißen und die armen Kerlchen langsam quälen, bis der Kopf aufgegessen ist?"

„Nur böse, gewalttätige Leute. Sie hat den gleichen Zauber über ihren Laden gelegt, und es scheint ihr Geschäft nicht zu bremsen." Jade lächelte mich entschuldigend an. „Ich schätze, wir hätten sie bitten sollen, ihn zu wirken, nachdem Sophia letzten Monat versucht hat, Kanes Büro niederzubrennen, aber manchmal schlägt die Schwangerschaftsdemenz zu."

Ich winkte ab, als ich in die Saint Charles Street einbog. „Du hast nicht wissen können, dass sowas passieren würde. Außerdem ist nichts hundertprozentig sicher." Ob es ein hochmodernes Sicherheitssystem war oder eine Kombination mächtiger, ineinander verwobener Zauber, es wird immer einen Weg daran vorbei geben.

„Du hast recht." Jades Handy summte. „Es ist Kane. Esme

war schon gegangen und hat Pläne fürs Abendessen, aber sie treffen sie danach."

Ich hob meine Augenbrauen. „Sie haben sie gefunden?"

„Scheint so. Und die Frau muss eine Heilige sein, wenn sie ihr Date abkürzt, um mit ihnen zu reden."

Bo stieß einen leisen Pfiff aus. „Die Überredungskünste dieser beiden sind nicht von schlechten Eltern."

Jade drehte sich auf ihrem Sitz um und warf ihm einen ungläubigen Blick zu, während ich nur den Kopf schüttelte. „Er hat recht, Jade."

Sie verdrehte die Augen und lachte dann. „Ihre Überredungskünste sind nicht von der Hand zu weisen, aber ich bin mir nicht sicher, ob ich möchte, dass dein Bruder jetzt schon Unterricht bei ihnen nimmt."

Bo schnaubte. „Ich brauche keinen Unterricht. Oder ist dir entgangen, dass Reagan einem Date mit mir zugestimmt hat?"

„Was?", keuchte ich und warf einen Blick über meine Schulter. „Wann ist das passiert? Gestern Nacht? Habt ihr Kondome benutzt?"

„Gott, nein!"

„Ihr habt keine benutzt?" Ich hätte das Auto beinahe an den Randstein gefahren, bereit, ihn aus dem Auto zu zerren und ihm Vernunft einzubläuen. „Ich schwöre bei allem, was heilig ist, wenn du dieses Mädchen schwängerst …"

„Stopp!", kreischte er vom Rücksitz aus, sein Gesicht feuerrot. „Wir haben keine Kondome benutzt, weil wir nicht miteinander geschlafen haben. Verdammt."

„Oh", sagte ich erleichtert. „Das ist gut."

Er stieß ein kaum hörbares Grunzen aus.

Ich unterdrückte ein Lachen. „Also, wann genau hat Reagan zugestimmt, mit dir auszugehen?", fragte ich, doch er war derjenige, der es überhaupt zur Sprache gebracht hatte.

Er zuckte mit den Schultern, plötzlich zurückhaltend.

„Sie hat angerufen, während du mit Kane und Julius gesprochen hast", erklärte Jade mit einem amüsierten Lächeln im Gesicht. „Er hat ihr Mitgefühl ausgenutzt und sie dazu überredet, morgen mit ihm auszugehen."

„Morgen, Bo?" Angst brodelte in meinem Bauch, und obwohl ich mich für ihn freute, konnte ich meine Sorgen nicht unterdrücken. „Glaubst du wirklich, dass das eine gute Idee ist? Ich glaube nicht, dass ich mich damit wohlfühle, dass du jetzt draußen unterwegs bist. Was, wenn derjenige, der das getan hat, dich wiederfindet? Oder Reagan?"

Im Rückspiegel konnte ich sehen, wie Bo mit den Zähnen knirschte. Aber ich wollte das nicht einfach auf sich beruhen lassen.

„Es ist nicht sicher", fuhr ich fort. „Wie wirst du dich fühlen, wenn ihr was passiert?"

„Meine Güte!", bellte er schließlich. „Also gut. Wenn derjenige, der dahintersteckt, bis morgen Abend nicht erwischt wurde, bleiben wir einfach zu Hause. Ist es okay, wenn sie wenigstens zu uns kommt?"

„Natürlich", sagte ich, und das Unbehagen in meinem Magen verschwand. Normalerweise war ich bei allen Plänen, die Bo hatte, ziemlich entspannt. Er war ein guter Junge und hielt sich weitgehend aus Ärger heraus. Davon hatte er genug gehabt, als er bei Emerson gelebt hatte. Aber das hier war anders. Dieser Ärger verfolgte ihn, und keiner von uns hatte das im Griff. Er musste sich vorerst einfach mit seiner Schwester, der Glucke, abfinden.

Ich hielt auf einem Parkplatz gegenüber des *Underground*. Diesmal trugen Jade und ich beide Jeans und T-Shirts. Keine High Heels. Kein Aufwand, uns in das College-Publikum einzufügen. Wir waren nur aus einem Grund hier: um mit Penny zu reden.

„Jade, warum bleibst du nicht hier bei Bo, während ich reingehe und Penny suche. Ich werde versuchen, sie dazu zu bringen, rauszukommen, aber wenn sie …"

„Warum muss ich hier bleiben?", fragte Bo und warf einen Blick auf die drei Studentinnen, die auf ihren hohen Absätzen schwankten wie ein neugeborenes Reh, als sie die Bar betraten.

„Weil du siebzehn bist", sagte ich.

„Und?"

„Du brauchst einen Ausweis, um da rein zu kommen", sagte Jade.

„Und?"

Jade und ich warfen einander einen Blick zu, dann drehte ich mich um und sah ihn an. „Willst du mir damit etwa sagen, dass du einen gefälschten Ausweis hast?"

Er zuckte mit den Schultern.

„Bo." Ich schloss die Augen und unterdrückte mein Unbehagen. „Wo hast du ihn her?"

„Was denkst du?" Er warf mir einen Blick zu, der sagte, dass ich den Verstand verloren hatte. „Komm schon, das ist keine große Sache. Ich hänge schon seit meinem zwölften Lebensjahr in Bars ab."

Ich wusste, dass das keine Übertreibung war. In

Mayhem hatte Emerson Charles getan, was er wollte. Und wenn er ein Kind, das in seiner Obhut war, in eine Bar mitnehmen wollte, hatte er genau das getan.

„Wir sind nicht in Mayhem, Bo", sagte ich leise. „Und das Leben, das du hier führst, ist sehr anders als das, das du dort hattest. Wenn du dich in Bars schleichst, ist das nichts, worüber ich hinwegsehen kann, verstehst du das?"

„Wer hat gesagt, dass ich vorhabe, mich in Bars zu schleichen?", fragte er mit steinerner Miene.

Ich seufzte. Das war kein Gespräch, das ich führen wollte. Es war keines, das ich mir je gewünscht hätte, aber heute war es besonders schlimm – nachdem er angegriffen worden war. „Warum brauchst du sonst einen gefälschten Ausweis? Außer um Alk zu kaufen oder in Stripclubs zu gehen? Beides ist dir übrigens strengstens verboten."

Bei der letzten Bemerkung verzogen sich seine Lippen zu einem winzigen Lächeln. „Dir ist schon klar, dass die Türsteher mich einfach ins *Wicked* reinlassen, oder?"

Ich schüttelte den Kopf. „Ein Wort von mir, und sie werden es nicht tun."

Er grinste.

Ich sah ihn finster an.

„Okay, das reicht", sagte Jade genervt. „Vielleicht könnt ihr beide dieses Gespräch fortsetzen, wenn wir nicht gerade einen Fluch untersuchen?"

„Gut", sagte ich und hob meine Hände, während ich Jade ansah. „Aber warte du nur ab und sieh, wie es ist, wenn du und Kane Eltern spielen müsst."

„Du bist nicht meine Mutter", brummte Bo.

„Ich bin dein Vormund, und das bedeutet, dass ich mich um dich kümmern werde", schoss ich zurück.

Jade seufzte. „Ich glaube, ich habe noch ein paar Jahre Zeit, bis ich mir Gedanken über gefälschte Ausweise und die Ängste von Heranwachsenden machen muss …"

„Ich habe keine Ängste", sagte Bo.

„Oder darüber, eine überfürsorgliche Mutter zu sein", beendete Jade und sah mich aus zusammengekniffenen Augen an.

„Ich bin nicht überfürsorglich", sagte ich.

„Natürlich nicht." Sie winkte meine Einwände ab. „Ich weiß, dass es in dieser Bar eine Hexe gibt, mit der wir reden müssen. Und wir haben Bo hier, den keine von uns aus den Augen lassen möchte. Wir haben also zwei Möglichkeiten: Wir gehen alle drei da rein, überraschen Penny und sehen, wie sie darauf reagiert, Bo zu sehen, oder eine von uns geht da rein und redet entweder da drin mit ihr oder überredet sie, nach draußen zu kommen. Wenn ich sie überrede, hierherzukommen, wird sie höchstwahrscheinlich auf der Hut sein und sich fragen, warum. Ihre Reaktion wird verhaltener sein. Ich bin dafür, dass Bo seinen gefälschten Ausweis verwendet. Es ist nicht so, dass er allein feiern geht. Er ist mit einer schwangeren Frau und seiner Schwester unterwegs."

Sie hatte recht. Und die Idee, Pennys unvorbereitete Reaktion auf Bo zu sehen, gefiel mir wirklich gut. „Also gut. Wir gehen zusammmen rein."

Ein Grinsen breitete sich auf dem Gesicht meines Bruders aus, und er murmelte etwas davon, gewonnen zu haben.

„Sei nicht zu übermütig, kleiner Bruder. Sobald wir hier fertig sind, gibst du mir diesen Ausweis."

„Was auch immer. Es ist nicht so, dass ich mir keinen neuen besorgen könnte."

Ich warf ihm einen messerscharfen Blick zu.

Sein Grinsen verschwand, als er ernst wurde. „Meine Güte, Pyper, entspann dich. Das war ein Witz. Der Ausweis oder in Bars zu kommen ist mir egal. Und wenn du jemals deine Panik, dass du für mich verantwortlich bist, überwinden kannst, wirst du wahrscheinlich verstehen, warum."

Verdammt. Ich hasste es, wenn er recht hatte. Natürlich konnte eine normale Teenager-Rebellion ihn nicht beeindrucken. Warum auch? Er interessierte sich viel mehr für die Schule, fürs College und dafür, etwas aus sich zu machen, als dafür, auf der Straße rumzuhängen und sich zu betrinken. Er hatte dieses Leben gelebt. Und was Julius und ich ihm angeboten hatten, war das Einzige, was er wirklich wollte.

„Ich weiß." Ich stieß meine Tür auf. „Halt deinen Ausweis bereit, wir gehen rein."

KAPITEL NEUNZEHN

$\mathcal{E}$s war noch relativ früher Abend. Kurz vor neun, nicht gerade die beste Partyzeit für Studenten an einem Wochenendabend. Für uns war das eine gute Sache. Nachdem es Bo gelungen war, mit seinem gefälschten Ausweis direkt am Türsteher vorbeizusegeln, machten wir uns zu dritt auf den Weg zur Bar bei den Sofas.

Obwohl sie uns den Rücken zugekehrt hatte, erkannte ich Penny sofort. Sie wartete am Ende der Bar darauf, dass eines der anderen Mädchen mit dem Mixen ihrer Getränke fertig war. Wir blieben ein paar Meter von ihr entfernt stehen, bildeten einen Halbkreis und drängten sie unbeabsichtigt in die Ecke. Ich hatte das Gefühl, wir hätten Bullys sein können, die das schwache Kind auf dem Spielplatz tyrannisierten. Wenn es sie davon abhielt, noch einmal davonzulaufen, machte mir das jedoch nichts aus.

„Entschuldigung", sagte ich.

Penny drehte sich um und erschrak sichtlich, als ihr Blick auf uns drei fiel. „Ja?"

Jade trat einen Schritt näher und streckte ihr die Hand entgegen. „Hallo, ich bin Jade. Wir haben uns vor ein paar Nächten kennengelernt."

Die Kellnerin kaute auf ihrer Unterlippe, machte aber keine Anstalten, Jades Hand zu ergreifen. „Ich erinnere mich."

„Wir hatten gehofft, dir noch ein paar Fragen stellen zu können, wenn du einen Moment Zeit hast", sagte ich, als Jade ihre Hand sinken ließ.

„Ich glaube nicht, dass es wirklich noch was zu sagen gibt. Außerdem hab' ich zu tun."

In diesem Moment rief ihr eine der Barkeeperinnen zu: „Penny, ich mach' das schon. Warum machst du nicht eine Pause, bevor es zu voll wird?"

„Scheiße", murmelte sie und fuhr sich mit der Hand durch ihr schwarzes Haar.

„Wir werden dich nicht lange aufhalten", sagte Jade, lächelte sie fröhlich an und spielte den guten Cop.

Penny holte tief durch die Nase Luft und sah dann Bo an. „Wer ist er?"

„Mein Bruder", sagte ich und nickte auf die leeren Sofas. „Können wir uns kurz setzen?"

Der Widerwille stand ihr ins Gesicht geschrieben, und mit steifer Haltung bewegte sich durch die Bar. Sie setzte sich auf die Sofakante, als wäre sie jeden Moment bereit, davonzulaufen.

Warum dieser Unwille? In meinem Kopf kreischten

Warnsignale. Wollte sie nicht über Clive sprechen, weil sie was mit seiner Ermordung oder dem Fluch zu tun hatte?

Ich beugte mich vor und flüsterte meinem Bruder ins Ohr: „Hast du sie schon einmal gesehen oder getroffen?"

Seine Augen wurden schmal, als er sie musterte. „Vielleicht", sagte er und machte sich nicht die Mühe, seine Stimme zu senken. „Ich habe letzten Monat tatsächlich eine Frau mit schwarzen Haaren vor Reagans Haus gesehen. Ich erinnere mich nur daran, weil sie so wütend war."

Penny biss die Zähne aufeinander.

Das war es. Sie hatte eine Verbindung zu Clive. „Ich dachte, du hättest gesagt, dass du nie mit Clive ausgegangen bist?", sagte ich.

Ihre angewiderte Miene und ihr finsterer Blick konnten nicht vorgetäuscht sein. „Ich wäre nicht mit dieser Schlange ausgegangen, wenn du mir eine Waffe an den Kopf gehalten hättest."

„Hass", sagte ich mit einem Nicken. „Die Frage ist nur: Hast du ihn genug gehasst, um ihn zu töten?"

Sie schnaubte. „Definitiv." Dann schüttelte sie den Kopf. „Aber ihr irrt euch, wenn ihr denkt, dass ich an irgendwas von dem, was passiert ist, beteiligt bin. Der einzige Grund, warum ich an diesem Tag dort war, war, dass ich jemanden warnen wollte, sich von Clive fernzuhalten. Meine Warnung wurde ignoriert und jetzt ist sie ... nun, sagen wir einfach, sie wurde eines seiner Opfer."

„Du hast Kimmie gewarnt?", fragte ich und zog überrascht die Augenbrauen hoch.

Sie nickte, Traurigkeit flackerte in ihrem Blick. „Wie

schon gesagt, es hat nicht funktioniert." Sie stand auf. „Wenn ihr mich jetzt entschuldigen würdet –"

„Warte, was weißt du über den Fluch?", fragte ich.

Sie erstarrte, und ihr Gesicht wurde aschfahl. „Welchen Fluch?"

Ich nutzte ihre Überraschung und war überhaupt nicht davon überzeugt, dass sie nicht wusste, wovon ich sprach. „Warum ist Bo ein Ziel?"

Ihre Augenbrauen zogen sich zusammen. „Wer ist Bo?"

Einen Moment lang sagte niemand etwas. Dann sagte Bo: „Das bin ich."

Die Farbe kehrte in ihr Gesicht zurück, aber als sie ihn ansah, blitzte Sorge in ihren schwarzen Augen auf, und sie presste eine Hand an ihre Kehle. „Du kannst ihm nicht entkommen." Ihre Stimme war so leise, dass ich sie kaum hörte.

„Was hast du gesagt?", fragte ich, stand auf und starrte auf sie hinab.

Sie stieß ein ersticktes Keuchen aus, stand auf und sah mir in die Augen. „Sobald jemand zum Ziel wird, gibt es nichts, was ihn aufhalten kann."

Bo atmete scharf aus, und ich trat einen Schritt vor und packte die Kellnerin, unsicher, was ich tun wollte. Den Rest der Geschichte aus ihr herausschütteln? Von ihr verlangen, dass sie zurücknahm, was sie gesagt hatte? Nichts ergab einen Sinn. Was wusste sie über diesen Fluch, und warum war jemand hinter meinem kleinen Bruder her?

„Pyper", flüsterte Jade und ergriff mein Handgelenk.

Ich richtete meinen Blick auf Jade. „Sie ist ein Teil davon. Sie hat Antworten, die wir brauchen."

„Nein!" Penny wich einen Schritt zurück und hob abwehrend die Hände. „Ich habe keine Antworten. Ich schwöre es. Ich weiß nur, was ich sehe."

„Sie sagt die Wahrheit", sagte Jade leise, ihre Augen waren unfokussiert und sahen etwas, das nur sie sehen konnte.

Ich trat einen Schritt zurück, und meine ganze aufgestaute Aggression verflog. „Was meinst du mit ‚nur das, was du siehst?'"

Doch anstatt mir zu antworten, wandte sie sich Jade zu. „Woher weißt du, dass ich nicht lüge?"

Jade zuckte mit den Schultern. „Ich bin Empathin. Deine Gefühle sagen mir mehr als deine Worte. Du hast auch eine lavendelfarbene Aura, die mir sagt, dass du irgendeine Art von Magie besitzt. Bist du eine praktizierende Hexe, oder hast du Visionen?"

Penny atmete scharf ein, ihre Augen weiteten sich.

Jade lächelte sie sanft an. „Ich weiß, es ist viel, aber von uns hast du nichts zu befürchten. Wir versuchen nur, Bo zu beschützen. Jede Informationen, die du hast, würde uns weiterhelfen."

Penny warf einen Blick über die Schulter auf die Bar. Es gab nur einen Gast, der auf einen Cocktail wartete. Wir hatten noch Zeit, bevor sie wieder an die Arbeit musste.

„Ich bin nicht ... ähm, ich habe nur Visionen."

Jade nickte. „Ich verstehe. Ich habe lange Zeit gedacht, dass ich nur Empathin bin, bevor meine Macht durchgebrochen ist."

Bos ganzer Körper spannte sich an, als er herausbrachte: „Können wir auf den Teil zurückkommen, in dem es darum ging, dass ich den Verlauf des Fluchs nicht ändern kann?"

Ich nahm seine Hand in meine. Seine Finger schlossen sich fester um meine, und ich war dankbar, dass er sich nicht zurückzog. So sehr ich ihm Trost spenden wollte, so sehr brauchte auch ich diese Verbindung. Mein Herz war schwer in meiner Brust. Wenn ihm etwas zustoßen würde ... ich konnte den Gedanken nicht einmal zu Ende denken.

„Tut mir leid", sagte Penny. „Ich habe nicht ... ich meine, ich wusste es nicht. Scheiße." Frustriert ließ sie das Gesicht in ihre Hände sinken. „Ich weiß nichts über einen Fluch. Ich meinte, dass man die Zukunft nicht ändern kann, nachdem ich eine Vision gesehen habe. Das ist noch nie passiert."

„Du hast was über Bo gesehen, nicht wahr?", fragte Jade sanft.

Pennys Kopf schnellte hoch, und sie sah meinen Bruder an; ihre Augen waren wie ein Laser fokussiert und intensiv. „Ja. Es ist da in meinem Hinterkopf. Ein Angriff und Dunkelheit, aber ich sehe das Ende nicht."

„Okay", sagte ich und seufzte erleichtert. Bo war schon angegriffen worden, und er war unmittelbar nach dem Schlag auf seinen Kopf kurz ohnmächtig geworden.

Jade zog ihr Handy aus der Tasche und zeigte das Foto, das Kane von mir in meinem Hochzeitskleid gemacht hatte, an dem Tag, als wir es bei Nola Bridal gekauft hatten. „Hat diese Halskette irgendeine Bedeutung für dich?"

Sie fing an, den Kopf zu schütteln, hielt dann aber plötzlich inne und keuchte leise. „Doch. Ich habe sie schon einmal in einer meiner Visionen gesehen."

„Kimmie hat sie getragen, als sie …" Penny schluckte schwer. „Als sie sich an Clive gerächt hat."

„Was?", sagte ich, obwohl ich sie deutlich genug gehört hatte.

„Kimmie hat –"

Ich hob eine Hand. „Tut mir leid. Ich habe verstanden, was du gesagt hast, aber ich verstehe nicht, wie oder warum Kimmie sie hatte." Ich wandte mich an Jade. „Glaubst du, sie hat sie vor ihrem Tod an Nola Bridal verkauft?"

„Sie ist tot?", keuchte Penny.

„Sie ist von einer Brücke gesprungen", sagte ich mit ausdrucksloser Stimme, während ich Jade ansah und lautlos nach ihrer Meinung fragte.

„Vielleicht?", sagte Jade und runzelte konzentriert die Stirn.

„Das muss so sein", mischte sich Bo ein.

Ich schnaubte. Wenn dem so wäre, würde es uns nichts bringen, den Vorbesitzer der Halskette zu suchen. Jade und ich warfen einen Blick darauf, und ich hatte das Gefühl, dass sie den gleichen Gedanken hatte.

Schließlich fragte ich: „Hast du sonst noch was gesehen, das wir deiner Meinung nach wissen sollten?"

Sie schluckte und etwas Nervöses huschte über ihr Gesicht, kurz bevor ihre Augen hart wurden. „Clive war ein Vergewaltiger. Ich habe gesehen, wie er sie gezwungen hat. Dann habe ich gesehen, wie sie ihm die Kehle durchgeschnitten hat."

In mir loderte Wut. Ich sah, wie Jade ihre Fäuste ballte. Wir hatten das schon von Kimmies Geist erfahren, aber jetzt hatten wir jemanden, der ihre Geschichte bestätigte.

„Hast du je jemandem von den Visionen erzählt? Den Cops?", fragte Jade.

Sie schnaubte. „Wem sollte ich davon erzählen? Wer würde mir glauben? Außer diesen verrückten Visionen habe ich keine Beweise."

„Ich glaube dir", sagte Jade. Sie zog eine Visitenkarte heraus. Es standen lediglich ihr Name und ihre Nummer darauf. „Ruf mich an, wenn du noch eine hast. Wir haben Zugriff auf Ressourcen, die möglicherweise helfen können. Oder wenn du daran interessiert bist, deine Magie zu erkunden. Ich ..." Sie presste die Hände auf ihren Bauch. „Ich versuche gerade, es ruhig angehen zu lassen, aber ich habe Kollegen, die dich gern unter ihre Fittiche nehmen würden."

Penny nickte und steckte die Karte in ihre Tasche. „Ich muss weitermachen."

Wir schwiegen, als wir zusahen, wie sie mit gesenktem Kopf zur Bar zurückging, als wäre sie tief in Gedanken versunken.

„Sie weiß nichts darüber, wer den Fluch gewirkt hat oder warum jemand hinter Bo her ist", sagte Jade leise.

Ich stand auf. „Ich weiß. Hoffen wir, dass Kane und Julius mehr Glück hatten. Wenn Kimmie die Vorbesitzerin der Halskette war, sind wir wieder bei null."

„Nicht ganz." Jade lächelte sanft. „Aber es würde die Sache verkomplizieren."

Bo stand auf und starrte mit steifer Haltung in Richtung Bar. „Ich könnte jetzt wirklich einen Whiskey gebrauchen."

Das konnte ich nachvollziehen. Er hatte gerade einer

Hellseherin zugehört, als sie gesagt hatte, dass sie in ihren Visionen Menschen sterben sah und nichts daran ändern konnte. Wenn das mal keine Folter war. Anstatt auf Bos Bemerkung zu antworten, hakte ich mich bei ihm unter und sagte: „Lass uns gehen."

KAPITEL ZWANZIG

*A*uf dem Rückweg ins French Quarter schwiegen wir. Was gab es schon zu sagen? Wir waren der Lösung des Rätsels, wer hinter dem Fluch steckte und warum Bo zum Ziel geworden war, keinen Schritt näher gekommen. Jade warf immer wieder einen Blick auf Bo, zweifellos spürte sie seine Aufregung und nahm sie wahr, als wäre es ihre eigene. Aber ich musste kein Empath sein, um zu spüren, was in ihm vorging, denn mir ging es nicht anders. Ich hatte Angst, war wütend und wollte etwas tun, irgendetwas.

Ich umklammerte das Lenkrad und gab Gas, denn ich brauchte Julius.

Jades Handy summte. „Sie sind bei mir zu Hause."

Mit einem Nicken bog ich ab und parkte ein paar Minuten später vor ihrem und Kanes Haus.

„Ich warte hier", sagte Bo, als ich aus dem Auto stieg.

„Nein, das wirst du nicht. Es ist nicht sicher", sagte ich.

Er schnaubte, aber ich ließ nicht locker. „Du wurdest heute schon einmal angegriffen. Ich habe keine Lust auf eine Wiederholung. Raus aus dem Auto!"

Er runzelte die Stirn, entfaltete aber seinen schlaksigen Körper vom Rücksitz und trottete mit gesenktem Kopf hinter mir her, der Inbegriff eines schmollenden Teenagers. Es war mir egal. Ich würde ihn nicht aus den Augen lassen, bis dieses Rätsel gelöst war.

Jade ließ uns in ihr makelloses Doppelflintenhaus eintreten. Es war vor Jahren, als Kanes Großmutter es besessen hatte, zu einem Einfamilienhaus umgebaut worden, bevor sie es ihm vererbt hatte. Wir betraten das Haus durchs Wohnzimmer. Licht schien von der Rückseite des Hauses nach vorn, und das leise Grollen männlicher Stimmen drang durch die Dunkelheit.

„Kane?", rief Jade.

„In der Küche!", rief Kane zurück.

Ich hörte das Kratzen von Stühlen auf dem Fliesenboden und wusste, dass sie am Tisch saßen. Unsere Schritte klapperten auf dem Parkettboden, und mein Magen knurrte, als der Duft von Zimt die Luft erfüllte. „Was machen sie? Zimtschnecken backen?"

„Ich weiß es nicht, aber ich hoffe es sehr", sagte Jade und ging schneller. „Das kleine Mädchen hat Hunger."

Ich lächelte und drückte dann eine Hand auf meinen Bauch. Da wurde mir klar, dass es mir den ganzen Tag gutgegangen war. Kein Schwindel oder Erschöpfung. Falls ich schwanger war, hoffte ich, dass das ein Trend war.

Wir gingen in die Küche. Mein Blick fiel zuerst auf Julius und dann auf den Kaffeekuchen, der unberührt vor ihm lag. „Ist der für mich?", fragte ich und ging direkt auf ihn zu.

Doch bevor Julius antworten konnte, sagte Bo: „Reagan? Was machst du hier?"

Mein Kopf schnellte hoch, und ich sah mich in der Küche um. Sie stand an der Theke und hatte die Hände um ein großes Glas Eistee geschlungen.

„Hi, Reagan", sagte ich und warf Julius einen neugierigen Blick zu. „Das ist eine Überraschung."

Julius nickte und deutete mit der Hand auf den Platz neben sich. „Für uns war es das auch."

Jade, die neben Kane stand, kaute auf ihrer Unterlippe herum. Sie sah sich um und schien dann zu einer Entscheidung zu kommen. „Na ja, sieht so aus, als hätten wir vielleicht was zu besprechen?" Sie sah Kane fragend an. Er nickte. „Alles klar. Ich werde noch ein paar Gläser Eistee eingießen, während du uns was von dem Kaffeekuchen servierst." Ihre Lippen verzogen sich zu einem breiten Lächeln. „Ich nehme ein extragroßes Stück."

„Das wusste ich schon", lachte Kane. Die beiden gingen in der Küche umher, und als ob ihre Bewegungen choreografiert waren, arbeiteten sie nahtlos und effizient an der Zubereitung der Getränke und des Nachtsnacks.

Nur ein paar Minuten später verteilte Jade die Getränke, während Kane allen Kaffeekuchen reichte. Jade und ich bekamen beide extragroße Stücke.

„Danke." Ich grinste.

„Ich kann dich unmöglich zu kurz kommen lassen." Kane grinste. „Niemand will eine hungrige Pyper." Er schauderte und tat, als wäre ich ein Monster.

Ich verdrehte die Augen. „Vielleicht können wir einfach weitermachen, bevor Bo ganz aus der Haut fährt?"

Mein Bruder saß neben Reagan, trommelte mit den Fingern auf dem Holztisch und konnte sein linkes Bein nicht stillhalten. Sein Absatz klopfte immer und immer wieder auf den Holzboden, während er auf das wartete, was auch immer kommen würde.

„Wir haben uns mit Esme getroffen, und es stellte sich heraus, dass es nicht so schwer war herauszufinden, wer ihr die Halskette verkauft hat", sagte Julius.

Kanes Blick landete auf Reagan, und sie richtete ihren auf den unberührten Kaffeekuchen, der vor ihr stand.

Ich keuchte. „Reagan?"

Sie hob den Kopf und ihr gehetzter Blick begegnete meinem. Sie nickte und ballte ihre Hand zu einer Faust.

Bo blieb stehen und starrte sie an. Dann streckte er wortlos seine große Hand aus und legte sie auf ihre.

Mein Herz explodierte fast, als ich ihn mit ihr beobachtete. Fast jeder andere wäre misstrauisch, wütend und verwirrt gewesen. Aber er war ganz bei ihr, standhaft und wartete darauf, zu hören, was sie zu sagen hatte.

Verdammt. Wie konnte ich das Glück haben, mit diesem Kind verwandt zu sein?

Reagan starrte auf ihre verbundenen Hände, holte tief Luft und blickte dann zu Bo auf, wobei sie direkt mit ihm sprach, als ob der Rest von uns gar nicht da wäre. „Sie hat meiner Mutter gehört. Sie hat mir erzählt, dass sie seit einem Jahrhundert in unserer Familie war. Sie sagte, es sei eine Quelle der Stärke für die Frauen in unserer Blutlinie.

Wenn ich jemals in eine Situation geraten sollte, in der ich Hilfe brauchte, sollte ich die Halskette tragen."

Mit sanfter Stimme fragte Bo: „Warst du in einer solchen Situation? Ich meine, hast du Hilfe gebraucht?"

Sie nickte, ihr Gesichtsausdruck wurde schmerzerfüllt. „Gleich, nachdem sie …" Reagan drückte die Hand an ihre Kehle, schloss die Augen und zwang heraus: „Nach dem Unfall. Nachdem ich sie verloren hatte, habe ich einfach …" Sie schüttelte den Kopf, und Tränen rollten über ihre Wangen.

„Ich weiß, Reagan", sagte er leise. „So geht es uns allen. Es ist okay."

Ihre Augen flogen auf, rotgerändert und hektisch. „Aber das ist es nicht. Als ich die Halskette getragen habe, habe ich mich unwohl gefühlt. Hasserfüllt. Alles, woran ich denken konnte, war, den Mann aufzuspüren, der sie getötet hatte, und … Gott. Ich wollte, dass er leidet. Dass er fühlte, was ich gefühlt habe. Das war alles, woran ich denken konnte. Ich hatte mich sogar dabei ertappt, dass ich Pläne schmiedete, ihn …" Ein Schluchzen blieb ihr im Hals stecken, und sie schüttelte den Kopf, als könnte sie alles Hässliche, das sie sagen wollte, aus dem Weg räumen.

Alle schwiegen, als Bo ihre Hand fester drückte. Tränen hinterließen Streifen auf ihren blassen Wangen, und sie begann zu zittern.

Er beugte sich vor und flüsterte: „Alles ist gut. Ich bin hier. Du kannst es uns sagen. Meine Schwester und Jade wollen nur helfen."

Wollte ich das? Wenn sie für den Anschlag auf Bo verantwortlich war, glaubte ich nicht, noch länger verständnisvoll zu sein. Dennoch fiel es mir schwer zu glauben, dass dieses Mädchen, das Bo ansah, als wäre er ihr Ein und Alles, das sich von ihm trösten ließ, das sich eindeutig an ihn lehnte, wenn sie Kraft brauchte, irgendetwas tun würde, um ihn in Gefahr zu bringen. Sie war immer noch das Mädchen, dem ich versprochen hatte, es zu beschützen und auf das ich aufpassen würde. Und ich wusste, dass Bo recht hatte. Ich wollte ihr helfen. Das Einzige, was mich davon abhalten konnte, war, herauszufinden, dass sie Bo aktiv schaden wollte.

Ich nickte aufmunternd. „Bo hat recht, Reagan. Wir sind hier, um zu helfen. Was ist passiert, als du die Halskette angelegt hast? Wolltest du Rache?"

Sie richtete ihren gequälten Blick auf mich und nickte langsam.

Mir wurde die Luft aus der Lunge gesaugt, aber ich zwang mich trotzdem, die nächste Frage zu stellen. „Hast du es getan? Ich meine, hast du dich an dem Mann gerächt, der für den Tod deiner Mutter verantwortlich war?"

„Nein!" Das Wort kam schnell und hart heraus, ein Schwur, dass sie dem Mann, der sein Auto frontal in das ihrer Mutter gerammt hatte, nichts getan hatte. „Aber ich wollte es", fügte sie so leise hinzu, dass ich mich anstrengen musste, sie zu verstehen.

„Warum hast du es nicht getan?", fragte Jade mit kräftiger Stimme, ohne die Samthandschuhe, an denen Bo und ich uns beide festklammerten.

Reagans Gesicht wurde hart, als hätte sie sie beleidigt. „Weil ich nicht so bin. Das einzige Mal, dass ich mich normal gefühlt habe, war, wenn ich diese verdammte

Halskette zum Duschen abgenommen habe. Es hat nicht lange gedauert, bis ich herausgefunden habe, welche Kraft darin steckte und dass sie mich wahnsinnig gemacht hat. Also habe ich aufgehört, sie zu tragen. Ich dachte, ich konnte einfach nicht damit umgehen; dass die Macht, von der meine Mutter immer gesprochen hatte, nichts war, das ich wollte."

Jades Augen glitzerten, und ihre Lippen verzogen sich zu einem zufriedenen Lächeln. „Gut gemacht, Reagan."

„Was?", keuchte sie und schüttelte den Kopf. „Ich war zu schwach."

„Nein, das warst du nicht", sagte Jade, jetzt mit sanfterer Stimme. „Du, Reagan, warst stark. Du hast den Zauber dieser Halskette überwunden und ihn zurückgewiesen. Die meisten Leute wären dazu nicht in der Lage."

„Kimmie", sagte Reagan mit großen Augen. Ihre Stimme klang geschockt. „Das ist, was passiert ist. Nachdem Clive …" Reagan verzog das Gesicht. „Nachdem er ihr wehgetan hatte, muss die Halskette sie gerufen haben, denn sie hat sie auf dem Bild getragen, das Officer Gandy mir von ihr vor meinem Haus gezeigt hat, an dem Tag, als sie Clive getötet hat."

Ich lehnte mich fassungslos zurück und versuchte immer noch, die Tatsache zu verarbeiten, dass die Halskette, die Kane für mich bei Nola Bridal gekauft hatte, Reagan gehörte und mit einem Familienfluch belegt war. „Warum hast du sie behalten?", fragte ich sie. „Nachdem du entschieden hast, dass die Magie zu gefährlich für dich war, warum hast du dann nicht versucht, sie loszuwerden?"

Sie verzog das Gesicht und rieb sich mit der Hand die

Stirn. „Ich wollte. Eigentlich wollte ich es mehr als alles andere. Aber meine Mutter hatte mir gesagt, dass die Kette ein Familienerbstück sei, und ich sie für den Tag aufbewahren sollte, an dem ich sie brauche."

„Und du hast sie verkauft, weil …?"

„Ich habe gesehen, das Kimmie sie auf dem Foto getragen hat. Als ich das Bild zum ersten Mal gesehen habe, dachte ich, sie wäre weg. Dass sie sie wahrscheinlich noch trug, als sie sich von der Brücke gestürzt hatte. Aber …" Sie schluchzte leise. „Dann habe ich sie in meinem Briefkasten gefunden. Ich bin an meiner Wohnung vorbei gegangen, um meine Post zu holen, und habe sie gefunden. Kimmie hatte sie mir mit nur einem Satz per Post geschickt. Es war „Es tut mir leid". Da wusste ich, dass ich sie loswerden musste. Sie hat mir Angst gemacht. Ich denke, ich habe immer noch geglaubt, sie sei einfach zu mächtig für mich. Ich dachte, Esme würde wissen, was sie damit anfangen will. Meine Mutter hat immer viel von ihr gehalten. Sie hat gesagt, sie sei eine mächtige Hexe. Ich hätte die Kette nicht verkaufen sollen. Ich hätte sie in den Fluss werfen sollen. Ich hatte einfach nie erwartet, sie noch einmal zu sehen oder von ihr zu hören. Ich dachte einfach … ich dachte, ich wäre das Problem. Dass ich irgendwie daran schuld war, dass die Kette irgendwie verkorkst war."

Ich richtete meine Aufmerksamkeit auf Jade. „Ist das möglich?"

Sie zuckte mit den Schultern. „Vielleicht? Du weißt, dass Magie unvorhersehbar ist. Besonders alte Magie. Aber es ist schwer zu sagen, bis wir sie wiederfinden. Hast du irgendwas Seltsames gespürt, als du sie getragen hast?"

Ich schüttelte den Kopf. „Nein. Mir ist nichts aufgefallen."

„Vielleicht hat es bei dir nicht funktioniert, weil du sowieso schon stark bist", sagte Julius.

Bo schnaubte. „Willst du andeuten, dass Reagan das nicht ist?"

„Nein, das habe ich nicht gemeint. Entschuldigung", sagte Julius und schüttelte den Kopf. „Reagan, du hast gesagt, deine Mutter meinte, du sollst die Halskette tragen, wenn du Kraft brauchst. Hilfe bei irgendwas. Ich denke, dass die Halskette keine Wirkung auf Pyper hatte, weil sie nicht irgendwie enttäuscht wurde. Sie hat mit allem aus ihrer Vergangenheit Frieden geschlossen und braucht kein Ventil für ihren Schmerz. Wenn die Kette verflucht ist, ihre Trägerin auf einen Rachepfad zu schicken, dann hatte sie keine Wirkung, weil Pyper nicht leidet."

„Ich denke, er hat recht", sagte Jade. „Pyper ist zur Zeit ziemlich zufrieden." Sie lächelte Julius an, dann Bo. „Wenn sie irgendeinen Groll hegt, kann ich ihn nicht spüren."

„Also ist das alles meine Schuld?", fragte Reagan entsetzt.

„Nein." Jade schüttelte den Kopf. „Der einzige Schuldige ist derjenige, der die Halskette mit einem Rachezauber verflucht hat."

Reagan schauderte und verzog das Gesicht. „Das wäre meine Ururgroßmutter."

„Bist du sicher?", fragte Jade.

„Ganz sicher", sagte sie. „Das hat meine Mutter gesagt."

Jade nickte, ihre Augen glitzerten zufrieden. „Gut. Das heißt, wir brauchen den Zirkel, und wir können die Halskette beschwören."

„Beschwören?", fragte Reagan. „Du meinst, dann taucht sie einfach wieder auf?"

Jade schüttelte den Kopf, hielt dann inne und zuckte mit den Schultern. „Ich dachte, wir beschwören ein Bild, sehen, wo sie ist, und holen sie uns dann, aber da du eine Blutsverwandte derjenigen bist, die die Kette verflucht hat, könnte es sein, dass meine Kraft reicht, um die Halskette selbst zu beschwören. Wir werden sehen. Wie auch immer, sobald ich den Zauber gewirkt habe, sind wir der Halskette viel näher. Dann werden wir sie zerstören, und dieser Alptraum wird ein Ende haben."

„Wann machen wir es?", fragte ich mit einem Blick auf die Uhr. Es war weit nach Mitternacht. Das würde sicher nicht heute Nacht passieren.

„So schnell wie möglich. Ich rufe Lucien morgen früh an." Jade stand auf und stützte ihren Rücken mit beiden Händen, während sie herzhaft gähnte.

Kane sprang auf und sagte: „Zeit, Schluss zu machen. Mein Mädchen braucht ihren Schönheitsschlaf."

Der Rest von uns stand auf, und Bo trat sofort an Reagans Seite. Er legte einen Arm um sie und warf mir einen Blick zu. „Ich werde heute Nacht wieder bei ihr bleiben."

Ich schüttelte den Kopf. „Nein. Ihr kommt beide mit uns nach Hause."

„Pyper –", begann Reagan.

Ich hob meine Hand. „Bo wurde heute angegriffen. Du bist irgendwie mit der Halskette verbunden. Es ist mir egal, was ihr beide denkt. Ich lasse keinen von euch aus den

Augen, bis wir sicher sind, dass keiner von euch in Gefahr ist. Verstanden?"

„Verstanden", sagte Bo, während sein Blick auf Reagan gerichtet war. Als ihr Blick seinem begegnete, sagte er: „Sie hat recht. Es ist für uns beide sicherer."

„Aber ich will dich nicht in Gefahr bringen", sagte sie und drückte ihre Hand an seine Brust.

Seine Lippen zuckten. „Wenn ich mit dir nach Hause fahre, wird meine Schwester auch da sein. Und glaub mir, das willst du nicht. Es wird keine fünf Minuten dauern, bis sie anfängt, einen Vortrag über Kondome zu halten."

„Kondome? Was?" Sie starrte mich entsetzt an.

Ich zuckte mit den Schultern. „Sicherheit geht vor."

Reagans Gesicht wurde purpurrot, bevor sie es an Bos Brust vergrub.

„Siehst du, was ich meine?", sagte ich zu Julius. „Wenn sie vor uns so sind, was glaubst du dann, was sie machen, wenn sie allein sind?"

Die beiden sprangen auseinander, und Julius schmunzelte.

Ich lachte. „Kommt. Gehen wir nach Hause."

KAPITEL EINUNDZWANZIG

*I*ch hoffe, du bist bereit, Tante zu werden, sagte Ida May und schwebte im Kreis um mich herum.

„Natürlich bin ich das", sagte ich geistesabwesend, während ich den Boden des Cafés wischte. Es war kurz nach sechzehn Uhr, und wir hatten für den Rest des Tages geschlossen. Später am Abend sollte ich den Zirkel zusammen mit Bo und Reagan im Zirkelkreis treffen, also war ich wirklich nicht auf das konzentriert, was Ida May mir sagen wollte.

Ida May stieß einen erstickten Laut aus. *Am Ende wirst du dieses Baby großziehen!*

„Warum sollte ich Jades Baby großziehen?" Ich zog den Mopp über den letzten Abschnitt der Fliese, bevor ich ihn in den Eimer stellte.

Nicht so eine Tante, schnaubte Ida May entnervt. *Eine echte Tante. Eine blutsverwandte Tante.*

Ich starrte sie an. „Sind wir schon wieder dabei? Bo hat keinen Sex mit Reagan."

Sie schnaubte. *Ach nein? Wo kommen dann diese leeren Kondomverpackungen in der Toilette her?*

Ich riss den Kopf hoch. „Welche Toilette?"

Diese hier! Sie zeigte auf die Toilette des Cafés und rümpfte angewidert die Nase.

„Im Ernst", sagte ich mit zusammengebissenen Zähnen und fand das tatsächlich nicht sonderlich appetitlich. „Jemand hat hier unten Sex?"

Nein. Ich wollte nur sehen, was du sagen würdest. Ich habe die Kondomverpackungen in Bos Mülleimer gesehen.

Ich schloss die Augen, drückte sie fest zu und schüttelte den Kopf, um das ungewollte Bild aus meinem Kopf zu vertreiben.

Merk dir meine Worte, Pyper, du wirst es bereuen, dieses Mädchen in deine Wohnung gelassen zu haben. Nächstes Jahr um diese Zeit wirst du wahrscheinlich Bos Kind großziehen. Sie schüttelte enttäuscht den Kopf.

„Nicht, wenn er Kondome benutzt", sagte ich und tröstete mich damit, dass ich ihm zumindest ausreichend Schutz zur Verfügung gestellt hatte, damit nichts passieren konnte.

Ida May schnaubte. *Dazu braucht es nur einen Ausrutscher. Habt du und Julius nie vergessen, einen Gummi zu benutzen? Im Eifer des Gefechts habt ihr einfach nicht daran gedacht?* Ida Mays Stimme wurde heiser und wehmütig. *Die Leidenschaft überwältigt uns alle, Pyper. Wenn Sterling mich berührt –"*

„Genug. Ich muss nichts von deinem schmutzigen Geistersex hören", sagte ich und schaltete das Licht aus.

„Hör auf, Bo auszuspionieren, und hör auf jeden Fall auf, mit mir über seine ... ähm ... seine privaten Aktivitäten zu reden! Ich will es nicht wissen."

Sie schwebte in der Luft und beäugte mich mit nachdenklicher Miene. *Wann bist du so prüde geworden?*

„In dem Moment, als du beschlossen hast, Bo in diese Unterhaltung zu schleifen", antwortete ich und war erleichtert, als Jade und Kat durch die Hintertür hereinkamen. „Ich muss los! Tschüss, Ida May."

Denk an das, was ich gesagt habe, Tante Pyper!, rief sie mir hinterher, als ich meinen Freundinnen aus dem Café folgte.

„Warum die Eile?", fragte Jade, als ich die Hintertür abschloss. Sie warf einen Blick auf die Uhr ihres Handys. „Wir haben noch viel Zeit, bis sich der Zirkel im Kreis trifft."

„Ida May", sagte ich. „Sie geht mir auf die Nerven. Ich schwöre, ich sollte Beas Angebot annehmen und sie das Haus reinigen lassen. Mein Leben wäre um einiges friedlicher."

Das Haus reinigen lassen?, hörte ich Ida May hinter mir sagen, Schock und Schmerz in ihrem Ton.

Ich drehte mich um, suchte nach ihr und fühlte mich sofort schrecklich. Ihr geisterhaftes Gesicht war noch weißer als sonst, und Entsetzen blitzte in ihren großen Augen.

„Ida May –"

Sie hob eine Hand, und ihr Gesichtsausdruck wurde kalt, als sie mich anstarrte. *Wenn du wirklich so denkst, denke ich, dass es an der Zeit ist, dass ich gehe.* Ihr Ton war mut- und emotionslos. *Mach dir keine Sorgen. Du wirst mich nicht länger ertragen müssen.* Dann hörte ich ein lautes *Plopp*, und sie löste sich in Luft auf.

„Scheiße", sagte ich und drückte meine Finger gegen die Stirn, um meine Spannungskopfschmerzen zu lindern. Kurz, nachdem Ida May aufgetaucht war, hatte Bea angeboten, das Café zu putzen, aber ich hatte abgelehnt. Die Wahrheit war, dass ich Ida May amüsant fand. Und zwischenzeitlich war sie fast sowas wie Familie. Ich wollte nicht, dass sie ging. Das musste sie wissen.

„Was ist passiert?", fragte Jade.

„Ich habe gerade Ida May beleidigt, und sie ist gegangen, bevor ich mich entschuldigen konnte", sagte ich und stieg die Treppe zu meiner Wohnung hinauf.

„Wohin gegangen?", fragte Kat.

„Keine Ahnung, aber ich habe das ungute Gefühl, dass es eine Weile dauern wird, bis ich sie wiedersehe."

„Ich bin ziemlich sicher, dass das nicht stimmt", sagte Jade. „Ihr kommt eine schmutzige Idee, und ehe du dich versiehst, ist sie wieder im Café und spielt mit dem Gebäck herum oder schreibt irgendwas an die Tafel."

Ich warf Jade ein schwaches Lächeln zu und hoffte, dass sie recht hatte. Aber diesen Ausdruck auf Ida Mays Gesicht hatte ich noch nie zuvor gesehen. Und ich schämte mich für das, was ich gesagt hatte. Ich hatte Ida May durch meine Worte verletzt. Ich hatte nur Dampf abgelassen, aber offensichtlich hatte ich einen Nerv getroffen. Verdammt! Ich musste einen Weg finden, es wiedergutzumachen.

Als wir oben ankamen, winkte ich Kat und Jade in meine Wohnung. „Ich werde mich nur schnell umziehen, dann können wir was essen, bevor wir zum Zirkel gehen", sagte ich und ging schon in Richtung Schlafzimmer.

„Wir warten hier auf dich", sagte Kat fröhlich und ließ sich auf das Sofa fallen, bevor sie Stella rief. Nachdem Stella sich glücklich auf ihrem Schoß niedergelassen hatte, holte Kat ihr Tablet aus der Tasche und schaltete es ein. „Wenn wir Zeit haben, habe ich ein paar Bilder von Kleidern mitgebracht, um zu sehen, was ihr denkt."

Ich hielt inne. „Noch mehr Kleider?"

Sie lachte nervös. „Ich weiß, dass ich eine Art Bridezilla war. Ich versuche, nicht ganz so verrückt zu sein. Wenn wir die Auswahl eingrenzen, müssen wir vielleicht nicht in so viele Geschäfte gehen."

Das Lächeln, das sich um meine Lippen bildete, war aufrichtig. „Das hört sich nach einer guten Idee an. Ich komme gleich raus."

Nur ein paar Minuten später verließ ich in sauberen Jeans, einem Tanktop und Sneakers mein Schlafzimmer und setzte mich zu meinen Freundinnen aufs Sofa. „Okay, was hast du?"

„Das gefällt mir", sagte Jade und zeigte auf das Bild auf dem Bildschirm. Es war ein knöchellanges, ärmelloses Kleid im griechischen Stil mit hoher Taille. Das Mieder hatte einen V-Ausschnitt, der gerade genug Dekolleté zeigte, um sexy zu sein, aber nicht so viel, dass es für eine Hochzeit unpassend wäre.

„Es ist perfekt für dich, Jade", sagte ich. „Smaragdgrün, passend zu deinen Augen und schmeichelhaft für deinen Babybauch."

Sie lachte. „Ich weiß nicht, ob irgendetwas meiner Figur

im siebten Monat schmeicheln wird, aber ich werde mich zumindest elegant fühlen."

„Mir gefällt es auch", sagte Kat. Sie tippte auf den Bildschirm und rief ein weiteres knöchellanges Kleid im gleichen Grünton hervor. Nur hatte dieses ein Neckholder-Oberteil mit Schlüssellochausschnitt, der das Dekolleté des Models betonte, und es war figurbetont, sodass es ihre Kurven hübsch zur Geltung brachte. Es war atemberaubend.

„Es ist wunderschön, aber es lässt sicher keinen Platz für ein paar Pfund mehr, oder?", sagte ich und versuchte, meine Nervosität wegzulachen.

Kat kicherte. „Ich glaube nicht, dass du dir darüber Sorgen machen musst. In den zwei Jahren, die ich dich jetzt kenne, habe ich nie bemerkt, dass dein Gewicht schwankt."

Jade und ich warfen einen Blick auf das Kleid, und wieder einmal legte ich unbewusst eine Hand auf meinem Bauch.

Kat bemerkte es sofort. Sie runzelte die Stirn, als sie die Geste registrierte, und als sie begriff, verwandelte sich ihr Lächeln in ein breites Grinsen. „Pyper, oh mein Gott! Du bist schwanger?", quietschte sie, als sie aufsprang und in die Hände klatschte. „Seit wann? Wie lange weißt du es schon? Wann ist der Geburtstermin?"

„Ich bin nicht … ich weiß es nicht", sagte ich und schluckte meine Schuldgefühle herunter. Vier. Damit waren es vier Leute, die wussten, dass ich vermutete, schwanger sein zu können. Keiner von ihnen war Julius. Tränen brannten in meinen Augen, und so sehr ich auch versuchte, sie zurückzublinzeln, gab es kein Halten mehr.

„Oh, Pyper", sagte Jade und ergriff meine Hand. „Was ist? Ich dachte, du wolltest eine Familie."

„Schon. Aber im Moment ... ist das mit Bo schon verdammt viel. Julius weiß es nicht. Und ich bin mir nicht sicher, ob ich dafür bereit bin. Was, wenn Julius nicht bereit ist? Wir haben über Kinder gesprochen, aber immer als *eines Tages*. Wir sind noch nicht einmal verheiratet. Und wenn ich schwanger bin, wie soll ich dann in mein Hochzeitskleid passen?" Ich faselte und war plötzlich von Gefühlen überwältigt, mit denen ich nichts anzufangen wusste.

„Dann ändern wir es eben", sagte Jade und lächelte mich an. „Hast du Esme nicht gesehen? Mit diesem Zauberstab ist sie eine Magierin."

Ich lachte unter Tränen. „Lasst mich einfach nicht mitten in der Zeremonie mein Kleid sprengen. Das Letzte, was ich brauche, ist, dass an meinem Hochzeitstag mein Arsch raushängt."

Jade lachte. „Deal."

Kat starrte mich einen Moment lang an, dann nickte sie entschieden, machte sich eine Notiz auf ihrem Tablet und legte es beiseite. „Gut. Entscheidung getroffen. Kein Kleidershopping mehr."

Jade und ich sahen einander misstrauisch an.

„Wie meinst du das?", fragte Jade.

„Wir entscheiden uns für Kleid Nummer eins für euch beide. So spielt es keine Rolle. Ihr werdet beide schön sein, und es besteht kein Risiko, dass die Nähte platzen und irgendjemandes Hinterteile raushängen. Klingt gut?"

Bei all den Dingen, über die ich mir in der letzten Woche Sorgen gemacht hatte, war die Frage, welches Kleid ich zu

Kats Hochzeit tragen sollte, nicht einmal auf meinem Radar aufgetaucht. Aber als sie eine schnelle Entscheidung traf, weil sie meinen Stress irgendwie lindern wollte, fühlte sich mein Herz leichter, und ich liebte sie dafür. Ich lachte, breitete meine Arme aus und lud sie zu einer Umarmung ein.

Sie rutschte herüber und schlang ihre Arme um mich. „Ich weiß, es ist trivial im Vergleich zu allem, was dir durch den Kopf geht, aber es war das Einzige, was ich jetzt tun konnte."

„Danke, Kat", sagte ich und hielt sie fest. „Ich weiß, wie schwer das für dich war."

„Wenn ich ehrlich bin", sagte sie und zog sich zurück, um mir in die Augen zu sehen, „habe selbst ich Bridezilla Kat satt."

Darauf brachen wir alle in Gelächter aus. Meine emotionalen Tränen verwandelten sich in Freudentränen. Es dauerte nicht lange, bis auch Jade weinte.

„Gute Göttin", schnaubte Kat und täuschte Verärgerung vor. „Ihr zwei seid schrecklich. Für all den Ärger mit zwei Schwangerschaften gleichzeitig erwarte ich, zur Patin ernannt zu werden."

Jade verdrehte die Augen. „Du weißt schon, dass du den Job mit meiner Kleinen hast."

Sie strahlte Jade an und drehte sich dann zu mir um.

Ich hob die Hände. „Hey, wir wissen nicht einmal, ob es ein Baby gibt. Immer langsam."

„Okay", sagte Kat mit einem Lächeln. „Aber behalt mich ganz oben auf der Liste. Ich bin eine tolle Patin."

Das glaubte ich ihr gern. Jades beste Freundin war treu,

hatte ein riesiges Herz und liebte leidenschaftlich. Jedes meiner Kinder könnte sich glücklich schätzen, sie als Patin zu haben.

„Aber kein Druck", feixte Kat. „Du hast noch mindestens acht Monate Zeit, dich zu entscheiden."

Acht Monate. Die Worte hallten in meinem Kopf wider, und ich wurde ernst. Ich könnte in *acht Monaten* Mutter sein.

„Whoa, ganz ruhig", sagte Jade sanft. „Flipp jetzt nicht aus!"

Ich begegnete ihrem besorgten Blick und schüttelte den Kopf. „Wie kann ich nicht ausflippen? Wie soll ich mit all dem umgehen? Dem Café. Bo. Meinem Mann?" Plötzlich fiel mir das Atmen schwer, und ich streckte die Hand nach Stella aus und betete, dass die kleine Hündin ihre Magie wirken und mich beruhigen könnte. Sie verließ Kats Schoß und drückte ihren kleinen Körper an meinen Oberschenkel; ihre braunen Augen starrten mich liebevoll an. Luft kehrte in meine Lungen zurück, und meine Panik begann zu schwinden. Ich lachte, als ich auf sie hinabstarrte. „Du bist wirklich ein magischer kleiner Hund, weißt du das?"

„Du weißt, dass alles gut sein wird, oder?", sagte Jade. „So oder so, alles wird gut."

Ich löste meinen Blick von Stella und blickte zu ihr auf. „Denkst du?"

Sie schnaubte. „Kein Baby wird Pyper Rayne aus der Fassung bringen. Wenn du schwanger bist, wirst du die coolste Mutter aller Zeiten sein. Wenn nicht, werdet du und Julius entscheiden, wann der richtige Zeitpunkt gekommen ist, und du wirst wieder die coolste Mutter aller Zeiten sein.

Das Einzige, worüber wir jetzt reden, ist das Timing. Wie ich schon sagte, so oder so wird alles gut. Besser als gut. Du wirst großartig sein."

Kat nickte und zeigte auf Jade. „Dem kann ich mich nur anschließen."

„Okay", stimmte ich zu, obwohl ich mich immer noch hilflos fühlte. „Aber wenn oder falls es passiert, werdet ihr beide die coolsten Patinnen aller Zeiten sein."

„Patinnen?", fragten sie gleichzeitig.

„Ihr denkt doch nicht, dass ich nur eine von euch auswählen werde, oder?" Meine Lippen verzogen sich zu einem Lächeln, als ich meinen Bauch berührte. „Wenn da ein Kind drin ist, wird es mit Liebe überschüttet, und ich kann mir keine anderen vorstellen, die besser für diesen Job geeignet wären."

Beide blinzelten ihre Tränen weg. Ich stand auf und streckte ihnen meine Hände entgegen. Sie folgten meinem Beispiel, und wir ergriffen die Hände der anderen und bildeten einen Kreis.

„Danke." Ich musste nicht sagen, wofür ich ihnen dankte. Sie wussten es. Freundschaft. Liebe. Unterstützung.

„Nichts zu danken", sagte Jade. „Dafür sind wir hier."

„Ich weiß, trotzdem danke", sagte ich mit leichtem Herzen und leichter Seele.

Jade drückte meine Finger, und Kat tat das Gleiche einen Moment später. Dann ließ ich los, bevor irgendjemand etwas anderes sagen konnte. „Kommt. Wir haben einen Fluch zu brechen."

„Schon dabei", sagte Jade und hob ihre Tasche mit den nötigen Utensilien für den Zirkel auf.

Kat nahm ihre eigene Tasche, tätschelte Stellas Kopf und eilte zur Tür, wo wir auf sie warteten.

Ich riss die Tür auf und kramte gerade nach meinen Schlüsseln, als Jades Handy zu klingeln begann.

Sie warf einen Blick darauf und runzelte die Stirn. „Ich hasse unbekannte Nummern", sagte sie seufzend. Als Anführerin des Zirkels ignorierte sie Anrufe jedoch selten. Sie wusste einfach nie, wer es sein könnte, und sprach am Ende mit mehr Telefonverkäufern als ihr lieb war.

„Hallo", sagte sie vorsichtig.

Es herrschte Stille, dann wurde ihr Gesicht schlagartig weiß, und sie schwankte.

„Jade!" Ich legte einen Arm um ihre Schultern und sorgte dafür, dass sie nicht mit dem Gesicht am Boden landete. „Was ist?"

Sie drehte sich zu mir um, ihr Mund bewegte sich, als sie herausbrachte: „Es ist Penny. Sie hatte eine Vision."

„Eine Vision? Über was?" Nur ich wusste, dass es kein *Was* war. Die Frage war *Wer*. Mein Magen verkrampfte sich, und meine Glieder wurden taub, während ich wartete.

„Es ist Bo. Sie sagt, er wird erschossen."

KAPITEL ZWEIUNDZWANZIG

*E*r meldet sich nicht!" Ich schlug mit der Faust auf
„   das Armaturenbrett meines Autos. Jade fuhr,
während ich verzweifelt versuchte, Bo anzurufen, um ihn
zu warnen, dass er ein wandelndes Ziel war. Der Anruf
wurde direkt auf seine Voicemail weitergeleitet. Ich legte
auf und versuchte, Julius anzurufen.

Er antwortete beim ersten Klingeln. „Hey, Liebes. Bist
du auf dem Weg?"

„Ist Bo bei dir?", fragte ich.

„Nein. Ich bin beim Hexenrat und recherchiere, wie man
den Zauber neutralisieren kann. Er und Reagan sind zu
Lucien gegangen. Er wollte sie auf Beschwörungszauber
vorbereiten. Warum?"

„Penny hatte eine Vision. Bo ist in Gefahr. Ich muss
Lucien anrufen. Ich ruf' dich gleich zurück." Ich beendete
den Anruf, bevor er antworten konnte. Mein Herz

hämmerte gegen meinen Brustkorb und meine Hände begannen zu zittern, sodass ich das Handy fallen ließ. „Verdammt!"

Frustration mischte sich mit Angst und machte meine Bewegungen fahrig, während ich nach dem Handy tastete. „Kat, ruf Lucien an!", sagte ich, zu ungeduldig, um zu warten. „Bo ist bei ihm."

„Schon dabei", sagte sie.

Meine Finger schlossen sich schließlich um das kühle Metall meines Handys, und ich richtete mich auf, drehte mich auf meinem Sitz um und sah Kat an.

Sie schüttelte den Kopf. „Geht nicht ran."

„Verdammt!" Ich scrollte durch mein Handy und suchte nach Reagans Nummer, obwohl ich wusste, dass ich sie nicht dort finden würde. Warum auch? Ich hatte das Mädchen nie angerufen. Also wählte ich noch einmal Bos Nummer. Als seine Stimme mich erneut aufforderte, eine Nachricht zu hinterlassen, musste ich einen Schrei unterdrücken. Warum hatte ich ihn aus den Augen gelassen? Warum hatte Julius ihn gehen lassen? Das war unsere Schuld. Mein Fehler. Ich wusste, dass er das Ziel war, und trotzdem hatte ich mich darauf verlassen, dass andere Leute ein Auge auf ihn hatten.

Angewidert von mir selbst rief ich immer wieder Lucien und Bo an und quälte mich selbst, bis Jade auf die Bremse trat. Ich wurde nach vorn geschleudert, nicht wirklich auf den aggressiven Stopp vorbereitet.

„Oh nein!", rief Jade und rannte aus dem Auto. Ich öffnete die Tür, folgte ihr und richtete meinen Blick auf das kleine Schrotflintenhaus. Mein Herz blieb mir im Hals stecken. Luciens Haus. Das Haus war dunkel, nirgendwo war Licht zu sehen ... außer dem Rachesymbol, das wie ein Leuchtfeuer an der weit geöffneten Haustür prangte.

„Lucien!", keuchte Kat und rannte an mir vorbei ins Haus. Ich begann einen Sprint. Als ich über die Schwelle trat, flutete Licht das Haus. Und genau dort, mitten im Wohnzimmer, lag Lucien ausgestreckt auf dem Boden, mit dem Gesicht nach unten, regungslos.

Jade und Kat rannten zu ihm. Kat rief immer wieder seinen Namen, während Jade mit ihren von Magie leuchtenden Händen über ihn strich.

Ich rannte an ihnen vorbei, suchte den Rest der Räume ab und rief „Bo!"

Stille schlug mir in einem Zimmer nach dem anderen entgegen, bis ich ganz hinten im Haus ankam.

„Hilfe!", rief eine Frauenstimme hinter einer Tür in der Küche. „Hilfe!"

„Reagan?" Ich drehte am Türknauf. Er rührte sich nicht. Verriegelt.

„Pyper?" Die Panik in ihrem Ton trug nicht dazu bei, mich zu beruhigen.

„Ja, ich bin's. Geht's dir gut?", rief ich, während ich Luciens Schubladen aufriss, bis ich ein Messer fand.

„Ich denke schon", schluchzte sie und zwang heraus: „Wo ist Bo?"

Ich schloss meine Augen, als eine Welle des Schreckens über mich rollte. „Ich weiß nicht. Wie wäre es, wenn wir dich erst da rausholen und ihn dann zusammen suchen?" Ich ging zur Tür, schob die Messerspitze zwischen Türblatt und Türpfosten und drehte sie. Das alte Schloss gab sofort nach, und ich riss die Tür auf.

Reagan stolperte heraus, Tränen liefen ihr über das Gesicht. Sie starrte mit rotgeränderten Augen zu mir auf. „Was ist passiert?"

Ich unterdrückte ein frustriertes Stöhnen. „Das wollte ich dich fragen."

Ihr Gesicht verzog sich noch mehr, als sie den Kopf schüttelte. „Ich weiß nicht. Gerade war ich vor dem Kühlschrank und habe nach einer Flasche Wasser gegriffen, und im nächsten Moment bin ich mit einer Beule am Kopf in der Speisekammer aufgewacht." Sie streckte die Hand aus und berührte vorsichtig ihren Hinterkopf.

Sie war auf den Kopf geschlagen worden. Genau wie Bo am Tag zuvor. Ich wettete, dass Lucien die gleiche Verletzung hatte. Ich ergriff ihre Hand. „Komm."

Sie stolperte, schaffte es aber, auf den Beinen zu bleiben, als ich sie zurück ins Wohnzimmer zog. Wir fanden Lucien, der am Sofa lehnte und seinen Kopf in den Händen hielt, während Jade mit ausgestreckten Händen in der Mitte des Raumes stand und etwas sang, das wie Latein klang. Magie erhob sich um uns herum, strahlend und blendend. Ihr langes, rotblondes Haar wehte hinter ihr, während ihre smaragdgrünen Augen leuchteten. Der Raum war voller Energie, und ich wusste, dass sie sich ganz dem Zauber hingab.

Ich warf Lucien einen Blick zu. Sein Blick klebte an ihr, während er mitsang. Kat hielt seine Hand, ihr Gesichtsausdruck war angespannt vor Sorge.

„Was ist los?", fragte Reagan mich.

Ich schüttelte den Kopf. Ich wusste, dass Jade versuchte, etwas zu beschwören, aber ich wusste nicht, was es war.

Jades Magie wurde intensiver und prasselte knisternd durch den Raum.

Sie erfasste Lucien und Kat, und Lucien zuckte zurück und stieß einen Schmerzensschrei aus. „Stopp!", grunzte er. „Stopp!"

Jade ließ ihre Hände sinken, und die Magie verschwand.

Er stieß einen langen, erleichterten Seufzer aus. Da bemerkte ich, dass er schweißgebadet war und dunkle Ringe unter den Augen hatte.

„Es hat nicht funktioniert", flüsterte er. Dann verdrehte er die Augen und sank nach vorn.

„Lucien!" Kat hielt ihn, um zu verhindern, dass er sich wehtat.

„Verdammt", sagte Jade und eilte an seine Seite. „Wir müssen ihn zu Bea bringen. Sofort."

„Was ist passiert?", fragte ich, während ich ihr half, ihn auf die Beine zu ziehen.

„Er hat darauf bestanden, dass ich einen Erinnerungszauber versuche", sagte Jade mit zusammengebissenen Zähnen. „Ich habe ihm gesagt, dass es eine schlechte Idee sei. Alles, was wir erreicht haben, war, ihn nur weiter zu schwächen."

Lucien war kaum bei Bewusstsein, als wir ihn die Stufen hinunter zu seinem Jeep führten. Kat rannte vor uns her und öffnete die Hintertür. Wir mussten alle mitanpacken, um ihm ins Auto zu helfen. Jade rannte auf die andere Seite und kletterte neben ihn. Sie ergriff eine seiner Hände und zwang zweifellos einen Teil ihrer Energie in ihn.

Kat sprang auf den Fahrersitz und ließ schnell den Motor an. „Kommst du mit?", fragte sie mich.

Ich winkte ab. „Fahrt ihr drei. Ich schließe ab, dann kommen Reagan und ich in meinem Auto nach."

Der Jeep raste die Straße hinunter, und ich drehte mich zu Reagan um, die zitternd hinter mir stand. Ich rannte zurück zum Haus, schloss die Haustür ab und eilte zu ihr.

„Geht's dir gut?", fragte ich.

Sie rieb sich die Arme und schüttelte den Kopf. „Nein."

„Mir auch nicht", sagte ich wahrheitsgemäß und legte meinen Arm um ihre Schultern. Bo war immer noch verschwunden, und ich hatte keine Ahnung, was wir tun sollten. „Komm. Wir müssen zu Beas Haus."

„Sollen wir nicht nach Bo suchen?" Ihre Stimme brach, als sie seinen Namen sagte, und mein Herz brach.

Ich wollte unbedingt genau das tun, aber wir brauchten einen Ausgangspunkt. „Du hast gar nichts gesehen?"

„Nein." Das Wort kam als Wimmern heraus.

„Okay." Ich atmete tief durch. „Ich würde jeden Zentimeter dieser Stadt auf der Suche nach Bo durchforsten, aber wir brauchen einen Anhaltspunkt. Und das bedeutet, dass wir uns erst wieder mit Jade und dem Rest der Bande treffen müssen. Sobald genügend Leute aus dem Zirkel da sind, kann sie einen Suchzauber wirken, und wir werden genau wissen, wo er ist."

„Wie? Hat sie das nicht gerade versucht?"

Ich stieß sie ins Auto. „Nein. Sie hat versucht, Lucien dabei zu helfen, sich zu erinnern. Sie wird mein Blut brauchen, um einen Suchzauber zu wirken, und wir müssen zum Zirkelkreis. Je früher wir also dort hinkommen, desto schneller können wir ihn finden."

Sie beruhigte sich und stieg schnell in mein Auto. „Dann lass uns gehen."

Ich schlug ihre Tür zu und eilte zur Fahrerseite. Nachdem ich mich gesetzt hatte, reichte ich ihr mein Handy. Ich verzog das Gesicht, als ich drei verpasste Anrufe von Julius bemerkte. Nach meinem panischen Anruf musste er fast den Verstand verloren haben. Ich wählte seine Nummer und stellte ihn auf Lautsprecher.

„Was ist los?", fragte er zur Begrüßung, sein Ton war besorgt.

„Bo ist verschwunden. Lucien ist bewusstlos. Wir sind auf dem Weg zu Bea. Komm dorthin. Jade muss einen Suchzauber wirken."

Schweigen.

„Julius?", rief ich.

„Ich bin hier." Seine Stimme war schroff, voller Sorge. „Geht's dir gut?"

„Nein. Nicht wirklich, aber je früher wir den Suchzauber wirken, desto schneller werden wir ihn finden. Bist du noch bei der Arbeit?"

„Ja, aber wir treffen uns in zehn Minuten bei Bea."

„Okay." Allein das Wissen, dass er unterwegs war, half mir, mich zu beruhigen, und meine Panik ließ nach. Jade würde ihn finden. Ich wusste es. „Bis dann."

Reagan beendete das Gespräch für mich, saß mit hochgezogenen Schultern da und kaute auf ihrer Unterlippe. Dann beugte sie sich vor und stützte ihren Kopf in die Hände, bevor sie sich mit der Hand durch die Haare fuhr und frustriert zurückzuckte. „Das ist alles meine Schuld! Ich kann nicht glauben, dass das passiert."

„Es ist nicht deine Schuld, Reagan", sagte ich. „Du hast die Halskette nicht mit diesem Zauber belegt."

Sie drehte sich zu mir um, ihre Bewegungen waren ruckartig, als sie ihre Hand ausstreckte, um sich am Armaturenbrett abzustützen. „Aber wenn ich nur –"

Etwas fiel aus der Tasche ihrer Jeans und landete mit einem lauten Klappern am Boden.

„Was war das?", fragte ich.

Sie bückte sich und hob es auf, dann stöhnte sie. „Nein! Verdammt, verdammt, verdammt!"

„Reagan, was ist das?", fragte ich, als ich an einer roten Ampel abrupt anhielt.

Sie hob die Hand und hielt ein iPhone hoch. „Das ist Bos Handy. Er hat nicht einmal die Möglichkeit, Hilfe zu rufen, weil ich sein dummes Handy habe!"

„Okay." Mein Magen begann zu schmerzen. Irgendwo tief in meinem Inneren hatte ich darauf gewartet, dass mein Handy klingeln und Bo am anderen Ende wäre und um Hilfe bitten würde. Jetzt waren die Chancen dafür gleich null. Es sei denn, es gelang ihm, das Handy seines Entführers zu stehlen. „Warum hast du es?" Mein Ton klang vorwurfsvoller als beabsichtigt, und ich zuckte zusammen, als sie mich erschrocken ansah.

„Er hat mich gebeten, es zu halten, während er Lucien dabei geholfen hat, einen Tisch aus dem Weg zu räumen, damit er uns zeigen konnte, wie Zirkelkreise funktionieren."

Sie waren dort gewesen, um sich auf die Beschwörung vorzubereiten.

Sie beobachtete mich einen Moment lang und sagte dann zögernd: „Er hat eine Menge SMS bekommen, die ihn ziemlich aufgeregt haben, bevor er es ausgeschaltet und mich gebeten hat, es zu halten. Denkst du, wir sollten vielleicht nachsehen, wer ihn so aufgeregt hat? Es könnte ein Hinweis sein. Ich will nicht in seine Privatsphäre eindringen, aber ..."

„Auf jeden Fall", unterbrach ich sie. Wenn mein Bruder entführt worden war, gab es keine Privatsphäre.

Sie schaltete das Handy ein und biss sich auf die Unterlippe, als auf dem Display nach einer PIN gefragt wurde. „Ich kenne seine PIN nicht. Du?"

Ich lachte erleichtert auf. „Ja. Es ist mein Geburtstag. Ich habe das Handy für ihn eingerichtet und wollte sicher sein, dass er ihn nicht vergisst."

Das brachte sie zum Lächeln.

„Null, sieben, eins, eins", sagte ich.

Sie tippte die Zahlen ein und scrollte dann mit einer Grimasse durch die Nachrichten. „Die sind alle von Marilyn. Sie hat ihn belämmert, sie zu besuchen. Sie schreibt, dass sie mit ihm über was Wichtiges sprechen muss und dass es nicht warten kann."

„Hat Bo ihr geantwortet?", fragte ich, eher aus Neugier als aus irgendeinem anderen Grund. Die Vorstellung, dass Marilyn etwas mit den Angriffen auf Bo und Lucien zu tun hatte, war lächerlich. Sie war nur ein junges Mädchen, das an einem gebrochenen Herzen litt.

„Ja. Seine letzte Nachricht lautet: ‚Sorry. Sind bei Lucien, einem Freund meiner Schwester beschäftigt. Das muss warten.'"

Ich holte scharf Luft. „Also wusste sie, wo er war?"

„Ja. Und da ist mehr."

Ich richtete meine Aufmerksamkeit auf sie und wartete, während meine Instinkte schrien. „Was?"

„Da ist noch eine letzte SMS von ihr. Da steht nur ‚Es tut mir leid'."

Mein Magen verknotete sich. „Sie steckt hinter seinem Verschwinden und den Angriffen auf ihn. Ich weiß es einfach."

„Sie war in der Nacht, als Bo mit ihr Schluss gemacht hat, in deinem Zimmer. Hattest du die Kette da schon?", fragte Reagan.

Ich erinnerte mich an die Nacht, als sie wütend auf Bo in die Wohnung gestürmt war. Es war derselbe Abend, an dem Jade und ich ins *Underground* gegangen waren, was bedeutete, dass es auch derselbe Tag war, an dem Kane und ich mein Kleid und die Halskette gekauft hatten. Ich stellte mir das Mädchen vor, das sich in meinem Badezimmer eingeschlossen hatte. Wie lange war sie in meinem Zimmer gewesen, bevor ich ihr nachgegangen war? Nicht zu lange. Aber lange genug. Sie konnte die Kette in dieser Nacht gesehen haben und zurückgekommen sein, um sie zu holen. Das würde erklären, warum das das einzige Stück war, das fehlte.

„Ja. Sie ist es. Jetzt ergibt alles einen Sinn. Die Angriffe auf Bo fingen nach dieser Nacht an. Die Halskette muss sie gerufen haben, nachdem Bo mit ihr Schluss gemacht hatte. Sie war verletzt und wollte Rache. Genau wie Kimmie deine

Halskette genommen hat, nachdem Clive sie vergewaltigt hatte. Sie wollte Rache. Was bedeutet, dass Clives Tod nichts mit Bo oder dir zu tun hat, abgesehen von der Tatsache, dass Kimmie in deiner Wohnung war, als die Kette sie gerufen hat."

Reagans Augen weiteten sich, als ihr die Theorie klar wurde. „Hat Kimmie sie mir deshalb zurückgeschickt, nachdem sie Clive getötet hat? Sie war mit ihrer Rache fertig und wollte sie zurückgeben?"

„Ich weiß nicht. Vielleicht. Wahrscheinlich."

Sie kaute auf ihrer Unterlippe, als dachte sie über meine Theorie nach. „Und wenn Marilyn jetzt wirklich die Kette hat, wird sie sich einzig und allein darauf konzentrieren, Bo wehzutun, bis sie sich gerächt hat."

„Wir müssen Marilyn finden", sagte ich und nahm mein Handy.

Julius meldete sich beim ersten Klingeln. „Wo bist du?"

„Im Auto. Hör zu, wir sind ziemlich sicher, dass wir wissen, was los ist. Wir glauben, dass Marilyn hinter den Angriffen auf Bo steckt. Du hast sie an diesem einen Abend nach Hause gebracht. Ich muss wissen, wo sie lebt."

„Marilyn? Was, das ist doch ein Witz, oder?"

„Leider nicht. Vom zeitlichen Ablauf her passt alles, und Bo hat vorhin SMS mit ihr ausgetauscht. Sie wusste, wo er war. Ich werde dir alles später erklären. Aber jetzt muss ich zu ihr."

Am anderen Ende herrschte einen Moment lang Stille, dann nannte Julius ein paar Querstraßen. „Es ist das dunkellila Haus auf der linken Seite. Ich werde euch dort treffen."

Adrenalin schoss durch meine Adern, und zum ersten Mal, seit Bo verschwunden war, hatte ich das Gefühl, wieder atmen zu können. Mein Bauchgefühl sagte, dass Marilyn Bo hatte. Und koste es, was es wolle, ich würde ihn zurückholen. „Danke."

„Pyper?"

„Ja?"

„Sei vorsichtig."

KAPITEL DREIUNDZWANZIG

Marilyns lila Haus war mit seiner zentralen Erschließung und den Säulen davor typisch für New Orleans. Es war im Seventh Ward, ein paar Blocks von der Esplanade Avenue entfernt. Das Viertel war eine Mischung aus renovierten Häusern und einer etwas größeren Ansammlung von Häusern mit abblätternder Farbe und durchhängenden Firsten. Die Straße war ruhig, und das Haus links von Marilyns schien verlassen zu sein, während am Haus rechts daneben die Verandabeleuchtung eingeschaltet war.

Ich hielt das Auto auf der anderen Straßenseite an, schnallte mich ab und öffnete schon meine Tür. „Vielleicht solltest du im Auto bleiben", sagte ich zu Reagan.

„Auf keinen Fall." Sie warf mir einen gereizten Blick zu und stieg aus. „Wenn die Situation umgekehrt wäre, würde er sich auf keinen Fall im Auto verstecken."

Sie hatte recht. Ich griff unter meinen Sitz und schloss

meine Hand um den magischen Dolch, den ich mitgenommen hatte, als wir meine Wohnung verlassen hatten. Man konnte nie wissen, was bei einer Beschwörung passieren würde, und es schadete nicht, vorbereitet zu sein. Den Göttern sei Dank, dass ich ihn bei mir hatte. Es war nicht abzusehen, worauf wir uns einließen.

„Okay, bleib einfach hinter mir", sagte ich und eilte über die Straße.

Aus den beiden Fenstern rechts neben der Tür fiel blasses Licht. Die beiden auf der linken Seite waren dunkel. Ich drückte mein Ohr an die Tür und hörte nichts. Jeder Teil von mir sehnte sich danach, die Tür einzutreten und Bo zu suchen, aber da wir keinerlei Beweise hatten und nur nach Bauchgefühl handelten, hielt ich den Dolch hinter meinem Rücken und klopfte.

Reagan stand abseits im Schatten. Wenn Marilyn wirklich die Schuldige war, würde es nicht helfen, wenn sie Reagan sah. Es wäre besser, wenn sie eine Überraschung war.

Auf der anderen Seite der Tür waren Schritte zu hören. Ich hielt den Atem an und wartete.

Nichts.

„Verdammt", murmelte ich und klopfte erneut an die Tür, nur rief ich diesmal: „Marilyn, mach auf! Es ist wichtig."

Wieder Schritte, gefolgt vom Kratzen des Schlosses, das aufgeschlossen wurde. Die Tür öffnete sich einen Spalt, und Marilyn spähte hindurch. „Was ist?"

„Ich suche Bo."

„Er ist nicht hier." Sie wollte die Tür zuschlagen, aber ich stieß meinen Fuß in den Spalt und hinderte sie daran.

„Warte! Kann ich kurz mit dir reden? Wie schon gesagt, es ist wichtig."

Ihre blassblauen Augen begegneten meinen, und ein Schauer der Angst lief durch mich durch. Der junge, lebhafte Teenager, den ich letzte Woche getroffen hatte, war verschwunden und durch ein kaltes, lebloses, zombieähnliches Wesen ersetzt, das durch mich hindurchzustarren schien. Und um ihren Hals schimmerte im blassen Mondlicht die verfluchte Halskette.

„Marilyn?", fragte ich zögernd.

„Marilyn ist tot." Die Tür wurde zugeschlagen, und ich wurde zur Seite geschleudert.

Reagans Hand schoss zu ihrem Mund, als sie nach Luft schnappte.

Ich packte den Türknauf und versuchte, die Tür zu öffnen. Verriegelt. Ich starrte finster darauf und rüttelte an der Tür. Sie war solide. Auf keinen Fall würde ich da durchkommen, ohne dass jemand sie für mich aufbrach. Ich bewegte mich die Veranda entlang und spähte durch die Fenster. Sanftes Licht beleuchtete einen kleinen Sitzbereich. Es gab zwei Samtsessel und einen Sofatisch. Ich sah nichts weiter als ein kleines Bücherregal neben der geschlossenen Tür, die zum Rest des Hauses führte.

„Lass uns gehen", sagte ich und verließ die Veranda.

Reagan beeilte sich, mich einzuholen, als ich zwischen Marilyns Haus und dem verlassenen Haus auf der linken Seite hindurchmarschierte.

„Sollen wir auf Julius warten?", fragte sie kaum flüsternd, als ich schweigend die Stufen zur Hintertür hinaufging.

Ich schüttelte den Kopf. Egal, was in diesem Haus auf mich wartete, ich würde nicht Bos Leben riskieren. Wenn Marilyn durch die Halskette die Fähigkeit verloren hatte, etwas anderes als Hass zu empfinden, war nicht abzusehen, was sie zu tun bereit war. Ich konnte nicht warten. Ich würde es nicht tun.

Es war keine Überraschung, dass die Hintertür verschlossen war. Das war schließlich New Orleans. Eine Tür unverschlossen zu lassen, bedeutete nur Ärger. Aber dank meines Dolchs war das kein Problem. In dem Moment, als ich den Stahl in den Türrahmen schob, schmolz das Schloss, und die Tür schwang lautlos auf. Mir kam der Gedanke, dass ich den Dolch an der Haustür hätte benutzen können, aber so hatten wir zumindest die Chance, das Überraschungsmoment zu nutzen.

Ich warf Reagan ein Lächeln zu und betrat die dunkle Küche. Mit Reagan direkt hinter mir gingen wir in die Mitte des Hauses, schlichen den Flur entlang und spähten dabei in jedes Zimmer. Sie waren alle leer. Licht schien aus den beiden Räumen zu unserer Linken. Wenn sie nicht in das Wohnzimmer vorn gegangen waren, mussten sie sich in dem direkt dahinter liegenden Raum befinden.

Ich ging vorsichtig vor und dankte den Göttern, dass die Dielen nicht knarrten. Der einzige wirkliche Vorteil, den wir in dieser Situation hatten, war die Tatsache, dass Marilyn keine Berufskriminelle war. Ich winkte Reagan zu, zurückzubleiben, dann stürmte ich mit erhobenem Dolch in den nächsten Raum.

Hinter mir stieß Reagan einen erschrockenen Schrei aus. Ich wirbelte herum und sprang zurück in den Flur, gerade noch rechtzeitig, um zu sehen, wie sie zu Boden fiel. Ein Pfeil steckte in ihrem Nacken, und ihre Augen waren verdreht.

Direkt hinter mir hörte ich das Klicken einer Sicherung.

Ich drehte mich langsam um und entdeckte Marilyn, die hinter mir stand, eine Waffe direkt auf meinen Kopf gerichtet.

„Hände hoch!", befahl sie.

Ich hob die Hände und verzog das Gesicht, als ihr Blick auf meinen Dolch fiel.

„Lass ihn fallen."

Ich stand einfach wie erstarrt da und umklammerte den Griff.

„Ich sagte, lass ihn fallen!" Ein Schuss dröhnte und das Projektil schoss direkt an meiner Hand vorbei.

Ich sprang zurück und ließ den Dolch fallen. Ein dumpfes Klappern hallte durch den Flur.

„Gut. Jetzt beweg dich." Sie richtete die Waffe auf die Rückseite des Hauses.

„Du willst das nicht tun, Marilyn", sagte ich und starrte in ihre kalten, toten Augen.

Sie stieß ein freudloses Lachen aus. „Oh doch. Ich bin es leid, der Fußabstreifer zu sein. Jetzt bin ich an der Reihe, zu bekommen, was ich will. Beweg dich!" Ihre Augen strahlten, und ich hätte schwören können, dass sie ihre Hand fester um die Waffe schloss.

„Schon gut. Ich gehe." Ich trat einen Schritt zurück, da

ich nicht bereit war, ihr den Rücken zu kehren. „Aber erzähl mir zuerst eines."

Ihre Lippen verzogen sich zu einer dünnen Linie, und ihr ganzer Körper war angespannt.

Ich musste es wissen. Meine Kehle schnürte sich zu, aber irgendwie schaffte ich es, die Worte herauszupressen. „Hast du Bo getötet?"

Ihre Lippen verzogen sich zu dem Hauch eines Lächelns. „Noch nicht."

Erleichtert atmete ich auf. *Noch nicht. Noch nicht. Noch nicht.* Die Worte gingen mir durch den Kopf, und die Hoffnung wuchs.

„Was hast du mit Reagan gemacht?", fragte ich, als ich über ihren reglosen Körper stieg. Ihre Augen waren jetzt geschlossen, und ich war mir ziemlich sicher, dass der Pfeil ein Betäubungspfeil war, aber ich musste es sicher wissen.

„Ich habe auf sie geschossen. Und das werde ich auch mit dir machen, wenn du weiter blöde Fragen stellst."

Den Göttern sei Dank hatte sie nicht mit der Waffe, die sie jetzt in der Hand hielt, auf Reagan geschossen. Denn die in ihrer Hand sah verdammt nach einer 9 mm aus. Ganz offensichtlich hatte sie mit einem Pfeil auf Reagan geschossen, um sie zu betäuben, nicht, um sie zu töten. Ich fragte mich kurz, warum, aber ich wollte Marilyn nicht fragen und ihr keinen Grund geben, dem Mädchen eine Kugel zu verpassen.

Marilyn machte einen Satz nach vorn, wedelte mit der Waffe und feuerte erneut. Die Kugel zischte an meinem Ohr vorbei und zersplitterte den Holzbalken über mir. „Das nächste Mal werde ich dich nicht verfehlen."

Mir wurde kalt. Die Halskette hatte sie in einen gewissenlosen Schatten ihres Selbst verwandelt. Ohne Bewusstsein für Richtig oder Falsch. Ich machte noch ein paar Schritte zurück. „Wohin gehen wir?"

Ihre Lippen verzogen sich, und ihre Augen glitzerten. „Aus. Ich habe Durst."

Was zum Teufel sollte das bedeuten? Sie drängte mich durch das Haus, durch die Hintertür und zu einem schwarzen Toyota Camry, der hinter dem Haus geparkt war.

„Setz dich ans Steuer!", befahl sie.

Ich gehorchte und hörte im Geist immer noch das Projektil, das an meinem Ohr vorbeigezischt war. Sie hielt die Waffe durch die Windschutzscheibe auf mich gerichtet, während sie schnell zum Beifahrersitz ging. Als sie im Auto saß, warf sie mir den Schlüssel zu.

„Los! Fahr!"

Meine Finger zitterten, als ich den Schlüssel ins Zündschloss steckte und das Auto anließ. „Wohin?"

„Fahr einfach. Ich sag' dir, wenn wir da sind."

Ich biss die Zähne zusammen und fühlte mich, als würde ich einen Teil von mir in diesem Haus zurücklassen. Ich legte den Rückwärtsgang ein und fuhr rückwärts aus der langen Einfahrt. Als wir sie verlassen hatten, fuhr ich die Straße entlang und wartete auf Anweisungen.

„Rechts", befahl sie. Ein paar Minuten später bellte sie: „Bieg links ab!"

Ich gehorchte. Meine Finger schmerzten, weil ich das Lenkrad so fest umklammert hielt, und ich zerbrach mir den Kopf und versuchte, einen Ausweg aus diesem

Schlamassel zu finden. Wir mussten an einer Ampel auf der Elysian Fields Avenue anhalten, die in Richtung der University of New Orleans führte.

„Wo ist Bo?", fragte ich. Mit war vom Stress der Situation schwindelig.

„Das wirst du schon bald sehen." Sie lehnte sich im Sitz zurück und senkte zum ersten Mal, seit wir ins Auto gestiegen waren, die Waffe. Ihre Augen schlossen sich, und ich wusste, das war mein Moment zu handeln.

Ohne zu zögern riss ich die Handbremse hoch und warf mich auf sie, wobei ich mit einer Hand die Waffe packte und mich mit der anderen an ihrem Handgelenk festhielt.

„Blöde Schlampe!", kreischte sie, senkte ihren Kopf und rammte mit solcher Wucht gegen mich, dass ich das Gefühl hatte, meine Knochen vibrierten. Der Schock machte mich benommen, und sie hatte keine Probleme, die Gewalt über die Waffe zurückzubekommen. Eine Sekunde später schlug sie mir den Griff der Waffe gegen die Schläfe.

Mir wurde schwarz vor Augen, und ich hatte das Gefühl, mich übergeben zu müssen.

„Versuch sowas nochmal, und ich schieße, verstanden?"

Als ich nicht antwortete, schlug sie mir ins Gesicht. „Wach auf, *große Schwester*. Du willst doch nicht verpassen, was ich für deinen Bruder geplant habe, oder?"

Ich blinzelte und konzentrierte mich auf sie. Wut kochte in mir, und ich konnte mich nur mit Mühe davon abhalten, ihr ins Gesicht zu spucken.

„Da bist du ja. Jetzt fahr!" Das böse Grinsen in ihrem jungen Gesicht war purer Hass.

Nun, ich wusste genau, wie sie sich fühlte.

Sie hob die Waffe und drückte sie diesmal gegen meine Wange. „Zwing mich nicht, mich zu wiederholen."

Ich *hasste* sie. Es gab kein anderes Wort dafür, und die Erkenntnis war nicht angenehm. Sie war nur ein verletzter Teenager, der unter dem Einfluss einer verfluchten Halskette stand. Ich versuchte, mich daran zu klammern, während ich den Gang einlegte und weiter die Straße hinunterfuhr.

„Fahr da rein." Sie gestikulierte zur Einfahrt von Bayou Moon Daiquiris. „Fahr in den Drive-in."

Ich hob meine Augenbrauen. „Du willst jetzt einen Daiquiri?"

„Ich habe dir gesagt, dass ich durstig bin."

Ich fuhr mit dem Auto in den Drive-in, drehte mich zu ihr um und wartete auf ihre Bestellung.

„Traube, Kirsche und Blue-Moon-Himbeere. Extra groß."

Mein Magen drehte sich.

„Bestell dir auch einen", sagte sie und lächelte süß.

„Nein, danke", antwortete ich und drehte mich zur Gegensprechanlage um, als jemand am anderen Ende fragte, was wir gern hätten.

„Ich sagte, bestell dir auch einen!", befahl sie mit harter und bedrohlicher Stimme.

„Okay, okay." Ich bestellte ihren widerlich-süßen Daiquiri und bat dann um einen alkoholfreien Mango-Daiquiri.

„Nichts Alkoholfreies!", schrie sie in Richtung Lautsprecher. „Das ist eine Party, und wir feiern. Schau, dass ordentlich Alk drin ist."

Der Typ am anderen Ende der Sprechanlage lachte. „Geht klar." Er nannte den Preis und forderte uns auf, am zweiten Fenster zu bezahlen.

Ich starrte sie wütend an, als ich mich vorwärts rollte.

„Die gehen übrigens auf dich", sagte sie.

„*Ich* soll dafür bezahlen?", fragte ich ungläubig.

„Ja. Als Entschädigung dafür, dass du mich angegriffen hast." Sie warf einen Blick auf ihr Handgelenk. „Es ist nicht billig, mich zu verletzen."

„Ich habe kein Geld bei mir."

Sie zuckte nur mit den Schultern. „Dann müssen wir wohl einfach unsere Überzeugungskraft einsetzen." Sie hob die Waffe und richtete sie auf das Fenster.

Oh heilige Scheiße. Jetzt wollte sie mich zur Komplizin von Drive-In-Zechprellerei machen? Auf keinen Fall. Ich musste raus aus dieser Situation. Wenn ich diese Leute irgendwie dazu bringen könnte, den Notruf zu wählen oder sie darauf aufmerksam machen konnte, dass ich nichts damit zu tun hatte, vielleicht … Ich bemerkte eine Bewegung im Rückspiegel und erstarrte.

Jemand saß auf dem Rücksitz. Genauer gesagt war jemand im Kofferraum und versuchte, auf den Rücksitz zu gelangen. Der Sitz hinter Marilyn war umgelegt und sehr vertraute blaue Augen starrten mich an.

Meine Augen weiteten sich, und ich zwang mich, nicht laut nach Luft zu schnappen, als Bo einen Finger an die Lippen legte und mir bedeutete, still zu sein.

„Das macht 14,75", sagte der junge Mann am Fenster und lächelte uns an, als wären wir nur ein paar Studentinnen von der UNO.

„Ich glaube, heute Abend gibst du uns einen Rabatt", sagte Marilyn und beugte sich über mich, um dem Typen die Waffe ins Gesicht zu richten.

Er hob die Hände und wich ein paar Schritte zurück.

„Danke." Sie lächelte ihn süß an und warf mir einen Blick zu. „Nimm die Getränke."

Ich griff nach den Daiquiris und sagte: „Es tut mir leid! Ich wollte nicht –"

„Halt die Klappe!", blaffte sie mich an. Dann fluchte sie, und ich spürte, wie sie sich umdrehte, um auf den Rücksitz zu greifen.

Mit beiden Daiquiris in meinen Händen schwang ich auf meinem Sitz herum und ließ sie fliegen. Lila und leuchtend gelber Daiquiri ergossen sich auf Marilyn und ließen sie vor Wut aufschreien.

„Du Miststück!" Ihre Hand schoss empor und traf mich unter dem Kinn, doch Bo war schon da und griff nach der Waffe. Ich vergrub meine Hand in ihre Haare, als wir drei im Auto miteinander kämpften, während klebriger Daiquiri überall herunterlief.

„Lass los!", hörte ich Bo knurren, dann wurde die Waffe abgefeuert. Alles schien in Zeitlupe zu passieren. Bo schlug mit dem Rücken gegen den Sitz und heulte vor Schmerz auf, während er seinen Arm umklammerte. Ich stürzte mich auf Marilyn, ergriff diesmal einen ihrer Finger und bog ihn so weit zurück, dass ich ein Knacken hörte. Die Waffe fiel hinter meinen Sitz, und Marilyn und ich kämpften weiter. Arme, Hände und Füße waren überall.

Dann rutschte plötzlich mein Fuß von der Bremse, und das Auto machte einen Satz nach vorn; Metall knirschte, als das Auto direkt in die Wand des Drive-in krachte. Alles wurde verschwommen, und in meinem Kopf drehte sich alles von der Explosion der Airbags. Ich blinzelte, als alles still wurde und Rauch aus der Motorhaube des Autos aufstieg, das in der Seite des Holzgebäudes steckte.

Pyper. Heiliger Bimbam!, hörte ich Ida May sagen. *In was zum Teufel bist du da geraten? Wenn das deine Version von Bonnie und Clyde ist, musst du meiner Meinung nach an dir arbeiten.*

Ich warf einen Blick zum offenen Fenster und stellte fest, dass Ida May zu mir hereinspähte. „Ida May. Du bist nicht mehr böse!"

Sie zögerte. *Natürlich nicht. Ich weiß, dass du mich niemals vertreiben würdest.*

„Wie hast du …" Ich schluckte und versuchte immer noch, mich zu orientieren. „Was ist passiert?"

Du hast den Daiquiri-Laden ausgeraubt und das Auto kaputt gemacht. Sie schwebte vor dem Fenster und stieß einen Pfiff aus.

„Nein, ich …" Ich warf einen Blick auf den Beifahrersitz, und alles kam mit einem Schlag zurück. Bo, Marilyn, der Schuss. „Bo!" Ich drehte mich auf meinem Sitz um und stellte fest, dass er schon aus dem Auto stieg und herumgerannt kam, um zu mir zu kommen. Seine rechte Schulter war blutig, aber er schien es nicht zu bemerken, als er meine Tür aufriss.

„Pyper", sagte er voller Emotionen, als er mich aus dem Auto zerrte. „Geht's dir gut?"

Ich stand auf zitternden Beinen und umklammerte ihn. „Mir geht's gut. Sie hat auf dich geschossen."

Ist nur eine Fleischwunde, sagte Ida May, als wäre es keine große Sache. *Wenn du das nächste Mal einen Laden ausraubst, solltest du das vielleicht besser planen. Du hast nicht einmal Cash bekommen.*

Innerlich schrie ich den Geist an, die Klappe zu halten. Aber ich war zu erleichtert, Bo lebend gefunden zu haben, darum klammerte ich mich stattdessen einfach an ihn.

Pass auf!, schrie Ida May mir ins Ohr.

„Ich hasse dich!", kreischte Marilyn, als sie sich mit fliegenden Fäusten auf uns stürzte.

In Bos blauen Augen blitzte Wut auf, als er mich schnell zur Seite stieß, Marilyn an den Handgelenken packte und sie festhielt. Seine Schulter blutete, doch er schien es zu ignorieren, als er Marilyn schüttelte und fragte, was sie Reagan angetan hatte.

„Ich habe sie getötet!", schrie Marilyn ihn an. „Du hast sie geliebt, also habe ich sie getötet!"

Bo stieß einen kehligen Schrei aus, als er sie so fest um ihre Handgelenke packte, dass sie vor Schmerz aufschrie, als ihre Knie nachgaben.

„Sie lügt, Bo. Sie hat Reagan nicht getötet." Ich betete von ganzem Herzen, dass meine Worte wahr waren. Dass Marilyn Reagan in diesem Haus nur mit einem Beruhigungspfeil getroffen hatte. Das Schlimmste, was Bo tun könnte, wäre, Marilyn zu töten, weil sie vom Fluch der Halskette gefangen war. Ich trat neben ihn und legte eine Hand auf seinen Arm. „Es geht ihr gut. Das verspreche ich."

Der Schmerz in seinen Augen brachte mich fast zum Weinen. Aber ich wusste, dass es ihm nur noch mehr schaden würde, wenn er sich von der Wut in sich hinreißen ließ. „Es ist nicht Marilyns Schuld, Bo. Es ist die Kette. Es ist der Fluch."

Er schloss die Augen, und sein Schmerz war ihm anzusehen.

„Ich hasse dich", wimmerte Marilyn, und Tränen liefen über ihre Wangen.

Ich richtete meine Aufmerksamkeit auf sie und dann auf die Halskette. Sie glitzerte unschuldig im Mondlicht. Entschlossen, das ein für alle Mal zu beenden, streckte ich die Hand aus und riss mit aller Kraft daran, brach den Verschluss und befreite sie von dem Fluch.

Endlich, sagte Ida May. *Ich dachte schon, dass es keiner für nötig halten würde, das jemals zu tun.*

Ich öffnete den Mund, um zu sagen, dass sie die Klappe halten solle, aber mein Magen drehte sich, und alles wurde schwarz.

KAPITEL VIERUNDZWANZIG

er Lärm von Sirenen drang in mein Bewusstsein, als die Hitze des Asphalts in meine Knochen eindrang. Die Übelkeit drehte mir den Magen um, und ich rollte mich würgend auf die Seite. Zum Glück hatte ich nicht zu Abend gegessen, und es kam nichts hoch.

Eine starke Hand landete auf meiner Schulter, und ich hörte Bos verzweifeltes Flehen. „Jemand muss ihr helfen. Sie könnte schwanger sein."

Du meine Güte! Vor Aufregung hätte ich das fast vergessen. Und verdammt, Pyper, du hast getrunken?, klagte Ida Mays empörte Stimme in meinem Ohr.

„Natürlich nicht", brachte ich hervor.

„Du bist nicht …?", fragte Bo. „Bist du sicher?"

Ich richtete mich auf und drehte mich zu ihm um. „Das ist nicht … ich weiß es nicht."

Die Sirenen wurden lauter, und die Lichter eines

Streifenwagens erhellten die Nacht, als das Auto auf den Parkplatz fuhr.

Die Cops!, rief Ida May. *Das ist mein Stichwort zu verschwinden.* Sie schwebte herab und starrte mir in die Augen. *Ich würde dir raten, dasselbe zu tun.*

Ich ignorierte sie, und eine Sekunde später verschwand sie.

„Geht's dir gut?", fragte Bo.

„Ich glaube schon. Und dir?" Mein Blick fiel auf seine Schulter. Jemand hatte ihm ein T-Shirt gegeben, das er auf die Wunde drücken konnte. Er war blass, sah aber nicht so aus, als wäre er in unmittelbarer Gefahr.

„Ich glaube, ich werde es überleben." Wir lehnten uns beide an den Camry, und ich spürte die Erschöpfung, als die Cops kamen, um unsere Aussagen aufzunehmen.

Nur wurde schnell klar, dass sie an nichts, was wir zu sagen hatten, interessiert waren. Gandy, derselbe Polizist, dem wir in Reagans und meiner Wohnung begegnet waren, ging mit gezogener Waffe um das Auto herum.

„Auf den Bauch! Strecken Sie die Hände nach vorn aus!", befahl Gandy.

Ich öffnete den Mund, um zu widersprechen, aber er richtete die Waffe auf mich. „Geben Sie mir keinen Grund, Sie zu erschießen."

Ich verstummte und gehorchte.

Bo grunzte und tat dasselbe, wir beide fassungslos, als sie mir die Hände auf dem Rücken fesselten. Aber als sie bei Bo ankamen, schrie er vor Schmerz auf, und Schweiß strömte ihm übers Gesicht.

„Hören Sie auf!", schrie ich. „Er wurde schon angeschossen. Sie tun ihm weh."

„Halt die Klappe!" Ein anderer Cop rammte mir sein Knie in den Rücken, und ich keuchte.

„Hände weg von ihr!", knurrte eine bekannte Männerstimme.

Ich drehte den Kopf und weinte fast vor Erleichterung. *Julius.* Und Jade und Kane. Die drei standen in Formation, und Magie kroch über Julius' Haut. Julius hielt einen Ausweis hoch. „Dies ist eine übernatürliche Untersuchung. Ihre Hilfe wird hier nicht länger gebraucht."

Gandy ließ die Handschellen um Bos Handgelenke zuschnappen, richtete sich auf und verschränkte die Arme vor der Brust. „Diese drei haben gerade den Daiquiri-Ladenüberfallen. Sie können sie haben, nachdem ich auf der Wache mit ihnen fertig bin."

Julius ging auf den aufgeblasenen Polizisten zu und drang in seinen persönlichen Raum ein. „Nein. Sie bringen niemanden irgendwohin." Er drückte ihm ein Dokument in die Hand. „Das ist die Zuständigkeitsordnung. Und jetzt nehmen Sie ihnen sofort die Handschellen ab und verschwinden Sie von *meinem* Tatort."

Gandy warf einen Blick auf das Dokument. Ich konnte nur das Leuchten des Siegels des Hexenrats erkennen. Er starrte Julius böse an, bückte sich und schloss Bos Handschellen auf. Als er sie von seinem Arm riss, grunzte Bo wieder vor Schmerzen und stöhnte.

„Bastard", knurrte ich, immer noch am Boden liegend.

Der Polizist, der mich festgehalten hatte, öffnete schnell

meine Handschellen, stand auf und fuhr sich mit der Hand durch sein kurzes dunkles Haar. Die beiden starrten Julius finster an, bevor sie sich zu ihrem Streifenwagen zurückzogen.

Mir tat alles weh, und als ich mich umdrehte, hatte ich Mühe, mich aufzusetzen.

Jade kam schnell an meine Seite gerannt, um mir zu helfen. „Bist du okay?", flüsterte sie.

„Ich weiß es ehrlich gesagt nicht", antwortete ich und wandte meine Aufmerksamkeit Bo zu. „Sie hat ihn angeschossen. Wir müssen ihn ins Krankenhaus bringen."

„Das werden wir", versprach sie. „Lass mich dir aufhelfen."

Sie begann, mir auf die Beine zu helfen, und im nächsten Augenblick war Julius da und zog mich in seine starken Arme.

Ich schlang meine Arme um ihn und musste das Schluchzen unterdrücken, das mir im Hals stecken blieb. „Wie habt ihr uns gefunden?"

„Ida May."

Ich schloss die Augen und bedankte mich im Stillen für meine verrückte Geisterfreundin.

Julius wandte sich Jade und Kane zu. „Könnt ihr auf Marilyn aufpassen? Ich werde die beiden ins Krankenhaus bringen."

Sie nickten, dann wurden Bo und ich in Julius' SUV verfrachtet. Doch bevor Julius losfahren konnte, sagte ich: „Kette. Wir müssen sie finden."

„Ich habe sie", sagte Julius und zeigte auf eine schwarze Aktentasche im Fußraum auf der Beifahrerseite. „Wir kümmern uns darum, sobald wir euch beide zusammengeflickt haben."

„Okay. Gut", sagte ich.

„Wo ist Reagan? Hast du sie gesehen?", fragte Bo, und seine Stimme brach, als er ihren Namen aussprach.

„Ich habe sie gesehen. Sie ist ein bisschen verwirrt, aber ihr wird es bald wieder gut gehen." Julius warf ihm im Rückspiegel einen beruhigenden Blick zu. „Marilyn hat einen Betäubungspfeil auf sie geschossen. Ich habe sie bewusstlos in Marilyns Flur gefunden."

„Den Göttern sei Dank", flüsterte ich.

Julius streckte die Hand aus und ergriff meine. „Es ist vorbei. Jetzt wird alles gut, Pyper."

Ich drückte eine Hand auf meinen Bauch und betete, dass er recht hatte.

DIE SONNE WOLLTE GERADE AUFGEHEN, als wir endlich in unsere Wohnung stolperten. Die Krankenschwester in der Notaufnahme hatte mich eingehend untersucht. Als ich gestand, dass ich schwanger sein könnte, hatte sie gefragt, ob ich Bauchschmerzen hätte, dann meinen Bauch abgetastet und mir einen Behälter für eine Urinprobe gegeben. Dann sagte sie mir, dass jemand in den nächsten Tagen mit dem Ergebnis anrufen werde. Solange ich keine Schmerzen habe, sagte sie, solle ich mir keine Sorgen machen.

Ich war mir nicht sicher, ob ihre Beteuerungen mich beruhigt hatten, aber zumindest würde ich ein für alle Mal herausfinden, ob hier bald eine kleine Pyper oder ein kleiner Julius herumrennen würde. Danach hatten Julius und ich in den kalten Plastikstühlen gedöst, während wir darauf warteten, dass der Arzt Bo fertig zusammenflickte. Er war ins Wartezimmer geschlurft, geschwächt von den Schmerzmitteln und mit geröteten Augen, aber mir wurde gesagt, dass er sich ganz erholen und nur eine kleine Narbe behalten würde.

„Hey." Eine leise Stimme kam von der Schwelle von Bos Schlafzimmer.

Bos Kopf schnellte hoch. „Reagan." Ihr Name kam als Seufzer über seine Lippen, als er auf sie zuging und sie in eine leidenschaftliche Umarmung zog.

Stella rannte hinter ihr hervor und kam bellend auf mich zu. Ich setzte mich auf das Sofa und zog sie an mich. „Hey, Baby", sagte ich und vergrub mein Gesicht in ihrem Fell. „Ist Reagan vorbeigekommen, um sich um dich zu kümmern?"

Julius setzte sich neben mich und legte seinen Arm um meine Schultern. „Ich habe Kat gebeten, Reagan hierher zu bringen. Ich wollte nicht, dass sie allein in ihrer Wohnung ist. Außerdem wusste ich, dass Bo sich Sorgen machen würde."

Ich lächelte ihn an, die Liebe ließ mir fast das Herz platzen. Er hatte sie nicht wegen Stella angerufen. Ida May war durchaus in der Lage, sich um sie zu kümmern. Er hatte sie angerufen, damit sie da war, wenn wir nach Hause kamen. „Ich liebe dich."

Er drückte seine Lippen auf meine Stirn. „Ich dich auch."

Ich sank gegen ihn, so müde, dass ich meinen Kopf kaum heben konnte.

„Komm." Er stand auf und hob mich in seine Arme. „Zeit für deinen Schönheitsschlaf."

„Den brauche ich", sagte ich mit einem kleinen Lächeln.

„Gute Nacht", sagte Julius zu Bo und Reagan, die sich immer noch aneinander festhielten.

„Nacht", sagte Bo heiser.

„Einen Moment", sagte ich zu Julius, kurz bevor wir unser Schlafzimmer betraten. Er hielt inne, und ich blickte zu ihnen hinüber. „Reagan?"

Sie zog sich gerade weit genug von Bo zurück, um meinem Blick zu begegnen.

„Danke. Ohne dich hätte ich ihn nicht gefunden."

Sie schüttelte den Kopf. „Ich habe mir nur einen Pfeil eingefangen."

„Nein. Du hast mir geholfen herauszufinden, wo er war und warum. Ich weiß, dass Jade einen Suchzauber anwenden wollte, aber das braucht alles Zeit. Wir können nicht wissen, was passiert wäre, wenn wir später gekommen wären." Die Vorstellung, dass Bo in Marilyns Kofferraum gefangen gewesen war, ließ mich schaudern. Sie hatte vorgehabt, ihn irgendwohin zu bringen. Wenn sie vor unserer Ankunft verschwunden wäre, hätten wir ihn wahrscheinlich nie wiedergesehen.

Reagan wurde blass und drückte sich wieder an ihn. Er vergrub sein Gesicht in ihrem Haar und flüsterte ihr beruhigend zu und versprach, dass jetzt alles in Ordnung sei und es keinen Grund zur Sorge mehr gebe.

Aber ich wusste, dass dem nicht so war. Diese Halskette war immer noch verflucht und in Julius' Besitz. Und bis wir sie neutralisiert hatten, war nicht abzusehen, was passieren würde.

Julius trug mich direkt ins Bad, wo er mir liebevoll die vom Daiquiri klebrigen Klamotten auszog und mich unter die warme Dusche stellte. Innerhalb von Sekunden war auch er nackt und stand hinter mir. Seine Bewegungen waren langsam und bedächtig, während er jeden Zentimeter von mir wusch. Wenn ich nicht so verdammt müde gewesen wäre, wäre es verdammt sexy gewesen. Stattdessen war es süß und zart und voller Liebe.

Als er fertig war, trocknete Julius mich ab, zog mir mein Lieblingsschlafshirt und Baumwollshorts an und brachte mich ins Bett. Doch anstatt sich neben mich zu legen, verließ er mit großen Schritten den Raum. Als er zurückkam, hatte er die schwarze Aktentasche in der Hand und ging zu dem kleinen Safe, der im Schrank versteckt war. Dann holte er meinen Dolch heraus und legte ihn auf die Kommode.

„Du hast ihn gefunden", sagte ich erleichtert und dankbar.

„Ja. Er hat nur wenige Meter von Reagan entfernt gelegen."

Er wandte sich wieder seiner Aufgabe zu, und ich sah zu, wie er die Halskette aus einem Ziploc-Beutel nahm und in den Safe legte.

Die Anspannung löste sich aus meinen Schultern. Auch so war es nicht unmöglich, dass jemand die Halskette stahl, besonders, wenn der Dieb eine Hexe war, aber es wäre um einiges schwieriger. Niemand würde zufällig darüber stolpern und am Ende dazu verdammt sein, schreckliche Dinge zu tun.

„Morgen Abend brechen wir den Fluch", flüsterte er mir zu, als er sich neben mir niederließ.

„Wie?", fragte ich mit einem Gähnen, das mir Tränen in die Augen trieb.

„Jade macht es. Wir werden den Zirkel zusammenrufen, und dann ist es vorbei."

„Gut." Ich kuschelte mich an ihn und sagte schon im Halbschlaf: „Dann können wir über das Baby reden, das ich vielleicht bekomme."

„Baby?", flüsterte er zurück.

Ich nickte. „Ich bin spät dran."

KAPITEL FÜNFUNDZWANZIG

*D*er Mond stand hoch am Himmel, kein Wind regte die feuchte, stickige Juliluft. Wir waren auf der Wiese, versteckt von den Bäumen, die den Kreis des Zirkels von New Orleans umgaben. Ich stand am östlichen Punkt des Kreises, Julius mir gegenüber. Jade, Lucien und eine Handvoll anderer Mitglieder des Zirkels besetzten die verbleibenden Plätze. Der Geruch des Mississippi erfüllte meine Sinne, und wieder einmal drehte sich mein Magen.

„Reagan, nimm die Halskette von Pyper und gehe in die Mitte des Pentagramms", sagte Jade.

Reagan stand direkt links von mir, holte scharf Luft, drehte sich zu Bo um und starrte zu ihm auf.

„Alles wird gut", sagte er und lächelte sie sanft an. „Du wirst staunen, wie gut sie in solchen Dingen sind."

„Ich habe nur ..." Sie schüttelte den Kopf. „Ich weiß, dass ich das tun muss, aber ich kann nicht anders, als Angst zu haben."

Er strich eine Strähne ihrer dunklen Haare aus den Augen. „Du kannst das. Pyper wird nicht zulassen, dass dir irgendwas passiert."

Ich lächelte. Es war bezeichnend, dass er meinen Namen anstelle von Jades gesagt hatte. Die Wahrheit war, dass Jade und der Rest des Zirkels für den Fall, dass etwas schiefging, weitaus besser gerüstet waren, um mit etwaigen Problemen fertig zu werden. Aber Bo hatte recht. Wenn ich irgendetwas tun könnte, um dieses Mädchen – sein Mädchen – zu beschützen, würde ich es tun. Die Liebe, die offensichtlich zwischen den beiden aufblühte, war etwas Besonderes. Bo hatte etwas Gutes und Glückliches in seinem Leben verdient. Und sie auch.

Als er sie fest an sich drückte, richtete sich mein Blick auf Julius. Während ich Bo und Reagan beobachtet hatte, hatte ich gespürt, dass er mich im Auge behalten hatte. Ich hatte ihm am Abend zuvor nichts von meiner Schwangerschaftsvermutung erzählen wollen. Das war mir in meiner Erschöpfung einfach so herausgerutscht. Doch daraufhin hatte er mich den ganzen Tag mit Samthandschuhen angefasst. Ich war zu Frühstück im Bett aufgewacht, oder besser gesagt, zu einem späten Mittagessen im Bett. Er hatte mir ein Tablett mit Speck, Eiern, frischen Beeren und Kräutertee gebracht. Keinen Kaffee. Da hatte ich mich erinnert, dass ich ihm von meinem Verdacht erzählt hatte.

Er hatte nicht viel gesagt, als würde er immer noch darüber nachdenken, was ein Baby für uns bedeuten könnte, aber er hatte mich umarmt, und seine Gefühle waren aus ihm herausgeströmt, als er mich auf den Kopf küsste. Als er sich zurückzogen hatte, hatte er mir widerwillig gesagt, dass er sich um Marilyn kümmern müsse. Der Rat würde entscheiden, was mit ihr und ihrer Rolle bei Bos Entführung zu tun sei. Keiner von uns war der Meinung, dass sie bestraft werden sollte, doch man wusste nie, auf welche Entscheidung der Rat in einem solchen Fall treffen würde. Julius hatte vor, dafür zu sorgen, dass sie unbeschadet aus der Anhörung herauskam.

Ich hatte ihn erst wiedergesehen, als wir beide zum Kreis gekommen waren, um Jade dabei zu helfen, die Halskette zu neutralisieren.

Reagan löste sich schließlich aus Bos Umarmung und kam zögernd auf mich zu. Ich reichte ihr die Halskette und lächelte sie aufmunternd an.

Sie holte tief Luft und ging in die Mitte des Kreises. Ich fühlte mich sofort erleichtert und bereit für alles, was Jade von mir verlangen würde.

„Bereit?", fragte Jade.

Zustimmendes Murmeln aus allen Richtungen folge, und sie streckte ihre Hände aus und hob sie hoch in die Luft. Die weißen Stumpenkerzen, die vor jedem von uns standen, entzündeten sich von selbst und erhellten die Nacht mit Kerzenschein. Es war wunderschön, ätherisch, wie die Gesichter aller im sanften Licht erstrahlten.

„Göttin der Nacht, höre meinen Ruf!", rief Jade in den Kreis. Magie rauschte und knisterte um sie herum, als sie den Zauber in Gang setzte. Innerhalb weniger Augenblicke schoss ihre elektrische Kraft auf alle zu und drang durch sie hindurch und bildete diesen undurchdringlichen Wall, der uns alle zusammenhielt und den Kreis vor äußeren Kräften schützte.

„Brich die Ketten, die diese Diamanten mit dem Fluch verbinden! Vertreibe die Dunkelheit! Lass das Licht herein, lass die Steine frei in der Nacht glitzern!", beschwor Jade.

Die durch den Kreis strömende Magie schwoll an und schoss dann von Jades Fingern direkt auf die Halskette und riss sie Reagan aus den Händen. Die Magie ließ die Halskette vor ihr in der Luft schweben und drehte sie immer und immer wieder um sich selbst, reine weiße Magie vermischt mit schwarzen Ranken. Es war, als beobachteten wir einen Krieg, Gut gegen Böse, während ihre Magie den schwarzen Fluch jagte und versuchte, ihn zu neutralisieren.

Und gerade, als die Halskette durch Jades Magie reinweiß wurde und ich sicher war, dass sie es geschafft hatte, zersplitterte die weiße Magie und hinterließ nur Dunkelheit, die sich in dicken schwarzen Rauch verwandelte.

Reagan stieß einen Schrei aus und trat von den schwarzen Ranken zurück, die sich um die Halskette wanden.

„Brich die Ketten der Dunkelheit!", rief Jade erneut. Der Zirkel wiederholte ihre Worte und verstärkte ihre Magie, doch nichts geschah. Die dunklen Fäden wurden immer dicker, bis die Halskette im dunklen Rauch verschwand.

Mein Herz begann zu rasen, und ich wusste, dass etwas schiefgegangen war, ganz schrecklich schief. Jade war stark, und mit der Unterstützung des Zirkels war sie mit ihrer Magie so gut wie unaufhaltsam. Aber das war nach hinten losgegangen. Der Fluch auf der Halskette war nicht neutralisiert worden. Wenn überhaupt, war er nur noch stärker. Ich spürte sie, die Übelkeit, die überall um uns herum drückte, mir den Magen umdrehte und Kopfschmerzen bereitete.

Ich konnte es nicht ertragen. Es war zu viel. Ich presste eine Hand auf meinen Bauch und schrie: „Nein!"

Die schwarze Magie explodierte in winzige Lichtpartikel, schoss von der Kette weg und flog chaotisch und ziellos im Kreis herum. Dann ein lauter Knall. Die Partikel verschwanden und direkt vor Reagan stand eine Frau in einem Perlenkleid mit T-Spangenschuhen mit der Saphir-Diamant-Halskette um den Hals.

Alles schien zu erstarren, und für einen Moment herrschte absolute Stille im Kreis.

„Du bist der Geist, den ich neulich gesehen habe", sagte ich. Sie war diejenige, die aus dem Rauch aufgetaucht war und mir gesagt hatte, dass die Halskette verflucht war.

Sie nickte und lächelte mich gelassen an, bevor sie sich Reagan zuwandte. „Schau dich an, Blut meines Blutes. So schön und stark."

Reagan starrte sie an.

„Weißt du, wer ich bin, mein liebes Mädchen?", fragte der Geist.

Reagan nickte, ihr dunkles Haar fiel ihr übers Auge. „Ich glaube schon."

Die Augen des Geistes leuchteten vor Freude. „Ja. Du weißt es." Sie hielt ihre Arme weit ausgebreitet und sagte: „Umarme deine Ururgroßmutter Dharma."

„Dharma?", keuchte ich. Ich kannte diesen Namen. Das war der Geist, der an diesem Tag im Laden gewesen war und mit Ida May gesprochen hatte. War sie die ganze Zeit hier gewesen? Und warum war sie hier? Um die Halskette zurückzuholen?

„Nein!", rief Jade und schoss einen Blitz ihrer Magie zwischen die beiden. „Reagan, zurück! Sie ist nicht sicher."

Dharma drehte sich langsam um und starrte Jade böse an. „Du wagst es, dich in eine Familienangelegenheit einzumischen?"

Jade kniff die Augen zusammen, und pure Entschlossenheit strömte von ihr aus. „Ich wage es, Anwender schwarzer Magie von unschuldigen Teenagern fernzuhalten."

„Ich benutze keine schwarze Magie", spuckte Dharma aus. „Wie kannst du es wagen?"

Jade zeigte mit dem Finger auf die Halskette und sagte: „Und das hier?"

Die Halskette wurde schwarz und zischte, was den Geist selbst zischen ließ. Reagan wich einen weiteren Schritt zurück.

„Bring sie da raus!", sagte Bo hinter mir.

„Das geht nicht", flüsterte ich ihm zu. „Der Kreis ist durch Magie geschlossen. Sie kann nicht gehen, bis Jade die Magie neutralisiert. Und wenn sie das täte, könnte der Geist mit der verfluchten Halskette verschwinden."

„Aber wir können sie nicht allein da drin lassen", sagte er, und ich konnte fast die Angst spüren, die von ihm ausstrahlte.

„Jade wird nicht zulassen, dass ihr was passiert. Vertrau mir." Ich hatte keinen Zweifel daran, was Jade tun würde und was nicht. Ich hatte gesehen, wie sie Menschen im wahrsten Sinne des Wortes in die Hölle gefolgt war, um sie zu beschützen. Ich war bereit, mein Leben zu verwetten, dass sie dasselbe für Reagan tun würde. So war sie einfach. Nicht, dass ich nicht die Erste wäre, die ihr folgen würde. Ich war auch nicht der Typ, der sich zurücklehnte und abwartete, wenn jemand, den ich liebte, in Gefahr war. Und irgendwie hatte ich in den letzten Tagen Reagan lieben gelernt. Sie war jetzt ein Teil unserer kleinen Familie, egal, ob sie mit Bo zusammen war oder nicht.

Er knurrte frustriert, nickte aber. Er kannte Jade gut genug, um zu wissen, dass ich die Wahrheit sagte.

„Warum bist du hier?", fragte Reagan und sah ihre Ururgroßmutter argwöhnisch an. „Was willst du von mir?"

Dharma stieß ein eindringliches Lachen aus. „Da musst du fragen? Es war deine Pflicht, das Familienerbe weiterzuführen."

Reagan ballte die Hände zu Fäusten, und Wut färbte ihr Gesicht rot. „Und das ist? Rache für ein vermeintliches Unrecht suchen?"

„Nicht jedes Unrecht. Nur diejenigen, mit denen niemand leben sollte. Zum Beispiel, als mein Percival sich eine Geliebte nahm und beschlossen hat, mich wie eine Hure zu behandeln. Er hat verdient, was er bekommen hat." Sie hob eine Hand und tat so, als würde sie ihre Fingernägel untersuchen.

„Percival?", wiederholte Reagan. „Dein Ehemann? Ist er nicht bei einem tragischen Unfall ums Leben gekommen? War es nicht ein Geländer, das nachgegeben hat, sodass er mit Anfang dreißig in den Tod gestürzt ist?"

Dharma lachte nur, aber da war kein Humor in ihrer

Stimme. Nur Bitterkeit. „Er dachte, ich würde das alles einfach hinnehmen. Nun ja, ich habe es ihm gezeigt, nicht wahr? Die Halskette, die er für seine Geliebte gekauft hat, wurde zur Quelle meiner Kraft und schließlich ein Mittel zum Zweck in seinem Tod."

Sie winkte mit der Hand, und schwarzer Rauch erschien, wurde dann grau und öffnete ein Fenster in die Vergangenheit. Dharma war dort, in einer kleinen Wohnung hoch über der Bourbon Street. Sie ging ins Schlafzimmer und erstarrte, als sie ihren Mann mit einer anderen Frau im Bett liegen sah. Die Szene wechselte zu Dharma und Percival, die sich um die Halskette stritten. Sie hatte sie in seiner Jackentasche gefunden, und er hatte sie ihr aus den Händen gerissen. Als sie sich darauf stürzte, schlug er ihr ins Gesicht und sagte ihr höhnisch, dass sie für seine Geliebte sei.

„Da habe ich sie gestohlen und einen Zauber darüber wirken lassen, um mir Kraft zu verleihen. Ich hatte es satt, dass er mich kontrollierte, mich zwang, nichts weiter als seine Hure zu sein, wenn er meine Aufmerksamkeit verlangt hat, und mich ignorierte, wenn er bei ihr war."

Reagans Augen füllten sich mit Tränen. „Er hat dich schlecht behandelt."

„Er hat mehr als das getan, liebes Kind. Er hat mich gedemütigt. Hat mich kontrolliert. Mich benutzt. Ich hatte die Nase voll. Als er herausgefunden hat, dass ich die Halskette genommen hatte, haben wir uns gestritten. Es war der letzte Streit, denn ich war jetzt stark, weißt du? Die Halskette gab mir die Kraft, die ich brauchte, um mich gegen ihn zu behaupten. Und am Ende habe ich gewonnen, nachdem mein letzter Schlag ihn über das Geländer geschleudert hatte."

Die Szene veränderte sich erneut und zeigte dieses Mal Percival, der mitten auf der Bourbon Street lag. Dharma war auf ihren Knien und beugte sich über ihm, sein Blut klebte an ihren Händen. Als sie aufstand, hob sie ihre Hände zum Himmel und rief: „Möge dieses Blut als Rache jeder Frau an einem Mann dienen, der ihr Unrecht getan hat. Möge sie nie wieder von demjenigen misshandelt werden, der geschworen hat, sie zu lieben und zu beschützen. Von Blut zu Blut, von Stein zu Stein, möge dieser Saphir bis zum bitteren Ende dienen."

Magie erhob sich in einem Kreis um Dharma und Percival, dunkel und stürmisch. Sie stand mit erhobenen Armen auf der Straße und wartete darauf, dass die Magie in das frisch vergossene Blut ihres toten Mannes drang und sich dann wie ein schützender Schal um sie legte, bevor sie in den Saphir schoss. Der Stein wurde schwarz und einen Moment später wieder blau.

Jade keuchte, während der Rest des Zirkels seine Missbilligung murmelte.

„Du bist eine Hexe", sagte Jade vorwurfsvoll. „Du hast den Zauber gewirkt."

Dharma zuckte mit den Schultern. „Das hatte ich nicht vor. Nun ja, ich denke, das habe ich, aber es war keine Absicht. Wenn er mich nicht an meine Grenzen getrieben hätte, wäre es nie dazu gekommen. Aber vielleicht wäre es auch so passiert, denn es sieht so aus, als hätten alle meine Nachfahren von ein bisschen meiner Hilfe profitiert."

Die Szene neben ihr blitzte erneut auf und zeigte dieses

Mal drei verschiedene Frauen, eine nach der anderen, die sich jeweils gegen einen Partner wehrten, der sie misshandelt hatte. Jede von ihnen trug die Halskette, und durch die Gnade der Götter war es den ersten beiden gelungen, nicht nur zu überleben, sondern auch als Siegerin hervorzugehen, während die Männer am Ende tot waren.

Die letzte Frau, die Reagan wie aus dem Gesicht geschnitten war, trug die Halskette auch, als sich plötzlich ein Mann zu ihr umdrehte und sie ins Gesicht schlug. Sie kämpften, und am Ende richtete die Frau eine Waffe auf ihn. Doch die nächste Szene zeigte den Mann, der ins Gefängnis gebracht wurde.

„Sie war die Starke", sagte Dharma zu Reagan. „Ich habe ihre Stärke immer bewundert. Du besitzt sie auch, meine liebe Ururenkelin. Deshalb war es für dich unangenehm, die Halskette zu tragen. Du hast sie nicht gebraucht. Genau wie sie." Sie zeigte auf mich. „Zwei starke Frauen, die diesen Zauber nicht brauchen. Es ist Zeit, ihn zu brechen."

Dharma streckte mir ihre Hand entgegen. „Meine Enkelin braucht deine Hilfe."

Nervosität ließ meinen Magen flattern. War es eine Falle? Ich warf einen Blick auf Jade.

Mit zusammengekniffenen Augen musterte sie Dharma. Sie ließ sich Zeit, ihre Magie pulsierte gleichmäßig. Weißes Licht knisterte an ihren Fingerspitzen, und als sie das Kinn hob, sagte sie: „Wenn du ihr oder Reagan wehtust, wirst du dich vor mir verantworten, verstanden?" Hinter Jades Worten steckte eine Macht, die Dharma wie ein Windstoß entgegenschlug.

Dharma lächelte sanft, als sie sagte: „Ich mag dich sehr. Du bist ein Hitzkopf."

„Das habe ich schon öfter gehört", sagte Jade trocken. „Nun, haben wir uns verstanden?"

„Verstanden, weiße Hexe." Dharma zwinkerte Jade zu und deutete dann mit dem Finger auf mich. „Komm. Lass uns das zu Ende bringen."

Jade ließ die durch den Kreis schwirrende Magie gerade lange genug sinken, damit ich einen Schritt nach vorn machen konnte. Ohne zu zögern, nahm Bo meinen Platz ein, und Jade hob erneut ihre Arme und schloss mich mit Reagan und Dharma ein.

Dharma schenkte mir ein großmütterliches Lächeln, und ich wusste nicht, was ich davon halten sollte. Nur wenige Augenblicke zuvor war sie eine verbitterte Frau gewesen, die rachsüchtig gewirkt hatte, und jetzt versprach sie Reagan die Befreiung von dem Fluch, den sie vor einem Jahrhundert ausgesprochen hatte.

„Dies ist nicht deine Hinrichtung, Pyper", sagte Dharma. „Verstehst du nicht? Es ist meine."

Reagan keuchte entsetzt. Ich dagegen nahm mir einen Moment Zeit, um Dharma wirklich zu studieren. Ihr Gesichtsausdruck war entschlossen. Unsere Blicke trafen sich, und ich wusste, dass sie genau das meinte, was sie gesagt hatte.

„Bist du dir sicher?", fragte ich sie.

Sie nickte und wandte ihre Aufmerksamkeit Reagan zu. „Es ist Zeit, darüber hinwegzukommen, mein liebes Mädchen. Hilf mir, diesen Schmerz loszulassen."

Tränen schimmerten in Reagans Augen, als die Gefühle sie überwältigten. „Ich weiß nicht, was ich tun soll."

Dharma nickte mir zu. „Sie weiß es. Folge ihrem Beispiel." Der Geist reichte seiner Ururenkelin die Hand. Reagan ergriff sie, und nachdem sich ihre Finger berührten, schlossen sich Dharmas Augen, und der Saphir, der um ihren Hals hing, begann zu leuchten.

Meine Hand zuckte, und instinktiv griff ich nach meinem Dolch, der hinten in meiner Jeans steckte.

Reagans Blick richtete sich direkt auf die Waffe, doch anstatt zu keuchen, wie ich es halb erwartet hatte, straffte sie ihre Schultern und drehte sich um. „Sie ist bereit zu gehen", sagte Reagan mit fester, starker Stimme.

Ich trat neben Reagan und hielt den Dolch hoch. „Lege deine Hand um meine."

Reagan gehorchte.

Unsere Blicke trafen sich und ich sagte: „Auf drei?"

Die Tränen, die in ihren Augen gestanden hatten, liefen jetzt über ihre Wangen, als sie zustimmend nickte.

Ich atmete tief durch und zählte. „Eins, zwei, drei!"

Gemeinsam schwangen wir unsere Arme und stießen die Klinge direkt durch den Stein in Dharmas Brust. Der Geist erstarrte, ihre Augen weiteten sich, und ihr Mund öffnete sich zu einem lautlosen O.

Eine prickelnde Energie schoss durch meine Hand und meinen Arm hinauf. Meine Welt geriet ins Wanken, und plötzlich war ich ganz allein im Kreis, und vor mir spielten sich Szenen meines Lebens ab.

Ich stand hilflos da und sah zu, wie mein Vater unsere Wohnung verließ. Er war gerade gegangen, um eine weitere

Flasche Whiskey zu besorgen. Aber er war nie zurückgekehrt und hatte meine Mutter und mich ohne ein Wort des Abschieds zurückgelassen. Ich war ungefähr fünf Jahre alt. Die nächste Szene war vor ein paar Monaten passiert, als ich Bo gefunden hatte, und die ganze Wut auf meinen Vater, die ich begraben hatte, kam zurück. Er hatte mich nicht nur verlassen, sondern er hatte mich auch verlassen und eine neue Familie gegründet und einen Bruder gezeugt, den er mir vorenthalten hatte. Der Hass auf meinen Vater stieg in mir auf, und ich hätte am liebsten geschrien.

Dann lag ich plötzlich gefangen in dieser gläsernen Kiste, in der Roy, ein Geist, der mein ehemaliger Boss gewesen war, mich tagelang gefoltert hatte, aus keinem anderen Grund als der Erfüllung seiner kranken Fantasien. Glühende Wut schoss durch meine Adern.

Rache.

Das Wort kontrollierte mich, beherrschte mich. Ich musste beide verletzen. Meinen Vater finden und ihn bezahlen lassen, Roys Geist wieder auferstehen lassen und dafür sorgen, dass er ein gequältes Dasein führt. Frieden war keine Option. Ich sehnte mich nach Rache.

„Du musst den Wunsch loslassen, Pyper", hallte Dharmas Stimme in meinem Kopf.

Ich sah nichts als Schwärze. Dunklen, abscheulichen Hass.

„Lass sie los", fuhr Dharma fort, ihre Stimme war beruhigend, wie ein Balsam auf der Qual, die an meiner Seele nagte. „Gib deinen wahren Wünschen eine Stimme. Suche in deinem Herzen. Lass dich nicht davon hinreißen.

Kämpfe für alles, was du liebst. Nutze deine Kraft. Das ist der einzige Weg voran."

Liebe. Das Wort war ein leises Echo in meinem Hinterkopf. *Liebe.* Das Echo war lauter, stärker, rief mich.

„Sag es. Gib deinen wahren Wünschen eine Stimme", sagte Dharma erneut.

„Liebe", krächzte ich. „Ich will lieben. Julius, Kane und Jade und meinen kleinen Bruder Bo und von ihnen geliebt werden. Ich will Familie, Freundschaft und Leben. Und vor allem wünsche ich mir ein eigenes Kind, um mit Julius eine Familie zu gründen."

Überall um mich herum glitzerte Licht, als sich wieder veränderte, was ich sah. Ich blinzelte, und wieder war ich vom Zirkel umgeben und stand vor Dharma, meine Hand, zusammen mit Reagans, um meinen Dolch geschlungen, der in ihrer Brust steckte.

Dharma lächelte mich melancholisch an und flüsterte: „Halte an deinen Träumen fest, Pyper. Sie sind da und warten auf dich."

Magie strömte aus ihrer Brust, und mit einem grellen Lichtblitz war sie verschwunden.

„Whoa", hörte ich Reagan sagen, als ich zu Boden sank, meine Beine zu schwach, um mich zu tragen.

Ich starrte auf die Stelle, an der Dharma gewesen war, und bemerkte den Brandfleck in der Mitte des Kreises. Sonst war da nichts. Kein Geist, keine Halskette, keine Spuren. Nur verbrannte Erde, was darauf hindeutete, dass sie aufgehört hatte zu existieren.

„Pyper!", sagte Bo und beugte sich zu mir hinunter, um mir aufzuhelfen. „Bist du verletzt?"

Ich drehte mich in seinen Armen um und lächelte in das besorgte Gesicht meines kleinen Bruders. „Nein, mir geht's gut."

„Himmel, du hast mir eine Heidenangst eingejagt", sagte er und drückte mich an sich.

Ich schluchzte gerührt, während ich mich festhielt.

„Mach das nie wieder!", befahl er.

Ich zog mich so weit zurück, dass ich ihm in die Augen sehen konnte. „Was meinst du?"

Er blinzelte mich an. „Du ... du weißt es nicht?"

„Was weiß ich nicht?", fragte ich und versuchte, meine Angst zu beruhigen. „Was habe ich getan?"

„Du bist durchsichtig geworden. Du ..." Er schluckte. „Es sah aus, als hättest du dich in einen Geist verwandelt."

Ich wurde blass.

„Das hat sie nicht. Nicht wirklich", sagte Julius und legte eine Hand an meinen Rücken.

Bo ließ mich los, und Reagan trat in seine wartenden Arme und vergrub ihr Gesicht an seiner Brust. Er hielt sie fest und begegnete Julius' Blick. „Was meinst du?"

Julius' Finger schlossen sich um meine. „Es war eine Illusion, die dazu dienen sollte, sie zu isolieren, damit sie uns nicht sehen konnte. Sie war die ganze Zeit über in Sicherheit. Ich schwöre es."

Bo hielt seinen Blick ein paar Sekunden lang fest, dann schien er Julius' Erklärung zu akzeptieren, nickte und begann, Reagan zurück zu den Bäumen und zum Parkplatz auf der anderen Seite zu führen.

Ich lehnte mich erschöpft an Julius, als Jade und Kane zu uns kamen.

„Gut gemacht", sagte Jade und drückte meine andere Hand. „Bist du okay?"

„Ja. Ich glaube schon."

Sie lächelte mich an. „Ich wusste es. Wollen wir?"

„Ja." Wir folgten dem Rest des Zirkels zurück zum Parkplatz.

Als wir unsere Autos erreichten, blickte Kane über Jades Kopf hinweg und sagte: „Du hast schon unsere Liebe, Pypes. Freundschaft, Familie, das haben wir alle." Er ließ seine Hand sinken und legte sie auf Jades Babybauch. „Und wenn du und Julius bereit seid, eine Familie zu gründen, dann freue ich mich jetzt schon darauf, dass sich unsere Kleinen kennenlernen."

Ich starrte ihn mit großen Augen an. Sie hatten mich gehört. Sie alle hatten gehört, was ich gesagt hatte. Ich drehte mich zu Julius um und stellte fest, dass er mich anstrahlte.

Er hob seine Hand und strich mir eine Haarsträhne hinters Ohr. „Ich kann es auch kaum erwarten."

Alles in mir wurde wachsweich, als ich ihn anlächelte. „Wirklich?"

„Wirklich." Er öffnete die Beifahrertür seines SUV und winkte mich hinein. „Komm, steig ein. Ich möchte meine Familie nach Hause bringen."

KAPITEL SECHSUNDZWANZIG

Ich weiß nicht, ob Julius nicht auf die Idee gekommen war, Reagan nach Hause zu bringen, oder ob er einfach instinktiv wusste, dass Bo sie nicht aus den Augen lassen würde. Doch so oder so fuhren wir direkt zur Bourbon Street, und niemand sagte ein Wort, als Bo sie zu unserer Wohnung führte.

Es war spät, kurz vor Mitternacht, und ich wollte mich nur noch im Bett zusammenrollen. Doch Stella brauchte Aufmerksamkeit, und ich musste mit Bo reden, bevor er Reagan in sein Schlafzimmer brachte. Wenn Ida May recht hatte und sie den nächsten Schritt in ihrer Beziehung getan hatten, mussten einige Grundregeln beachtet werden. Denn obwohl ich eine verdammt coole Schwester war, war es für mich nicht okay, dass mein Teenager-Bruder mit seiner Freundin im Nebenzimmer Sex hatte.

Ich nahm Stella an die Leine und ging zur Tür. „Wartet hier auf mich", sagte ich zu ihnen, als ich die Haustür öffnete. „Ich möchte mit dir reden, bevor wir alle schlafen gehen."

Bo sprang vom Sofa und nahm mir die Leine ab. „Ich mach' das schon. Entspann dich. Ich bin gleich wieder da."

Ich starrte auf seinen Rücken, als er und Stella im Flur verschwanden.

„Das ist neu", sagte Julius mit amüsiertem Gesichtsausdruck.

Reagan kicherte. „Er macht sich Sorgen um uns."

Ich setzte mich neben sie und legte meine Hand auf ihre. „Geht's dir gut? Wirklich?"

Sie nickte, ihre Augen leuchteten und waren klar. „Ja, wirklich. Ich habe heute Abend etwas über meine Mutter erfahren. Weißt du, darüber, wie sie sich gewehrt hat, sich aber nicht dem Fluch ergeben hat. Darauf kann ich stolz sein, und daran werde ich festhalten."

Mein Herz schwoll vor Liebe für das Mädchen an. „Das freut mich für dich. Du solltest auch stolz sein. Und ich weiß, dass sie dasselbe für dich empfinden würde. Du hast deine Kraft von ihr geerbt."

„Das hoffe ich wirklich."

Die Tür ging auf, und Bo und Stella kamen herein. Bo ging zu dem Tisch, auf dem wir Stellas Leine und Leckerlis aufbewahrten, und gab ihr einen Keks. Die kleine Hündin tanzte ein paarmal im Kreis herum, bevor sie schließlich ihren Hintern senkte und wartete.

Er legte den Keks auf den Boden und sagte: „Gutes Mädchen, Stella."

„Hey, Bo. Setz dich", sagte ich.

„Sicher." Er setzte sich neben Reagan und legte seinen Arm um ihre Schultern. „Was gibt's?"

Ich schluckte die nervöse Energie hinunter, die mir den Hals zuschnüren wollte, und platzte heraus: „Schlaft ihr miteinander?"

Schweigen.

Reagans Gesicht wurde knallrot, während Bo mir einen Blick zuwarf, der sagte, dass ich den Verstand verloren hatte.

„Ähm, Pyper, können wir später darüber reden ... privat?", fragte er und starrte an die Decke.

„Nein. Wir können nicht. Ida May hat gesagt, sie hat Kondomverpackungen in deinem Papierkorb gesehen. Und wenn ihr zwei sexuell aktiv seid, müssen wir einige Grundregeln festlegen. Das ist meine Wohnung –"

Reagan sprang vom Sofa auf und von Bo weg, die Hände in die Hüften gestemmt, während sie ihn aus zusammengekniffenen Augen anstarrte. „Du hast Sex mit jemandem? Mit wem, Bo? War es Marilyn?"

„Was?" Er stand auf und hob beschwichtigend die Hände. „Nein. Absolut nicht."

„Warum hat Ida May dann Kondomverpackungen in deinem Zimmer gefunden? Und warum hattest du überhaupt Kondome? Mit wem erwartest du Sex? Weil ich weiß, dass ich es nicht bin. Oder hast du nicht zugehört, als ich dir gesagt habe, dass ich nicht bereit bin dafür?"

Bo richtete seinen eisernen Blick auf mich und funkelte mich an. Doch dann richtete er seine Aufmerksamkeit wieder auf Reagan. „Hör mir bitte zu. Ich habe mit niemandem geschlafen. Und ich habe es auch nicht erwartet. Ich weiß nicht, warum Ida May gesagt hat, sie hätte … Oh, verdammt." Er drückte den Handballen an seine Stirn und atmete tief aus, während er mich ansah. „Du hast gesagt, Ida May habe Verpackungen in meinem Papierkorb gefunden?"

„Ja?", sagte ich zögernd, verwirrt von der Szene, die sich vor mir abspielte.

„Wartet hier." Er biss die Zähne zusammen und ging in sein Zimmer. Einen Moment später kam er mit seinem kleinen Mülleimer heraus und hielt ihn mir entgegen. „Schau."

„Ich will nichts mit deinen gebrauchten Kondomen zu tun haben, Bo", sagte ich und unterdrückte ein Schaudern.

„Sie sind nicht benutzt!", knurrte er, griff hinein und holte eines der Päckchen heraus. „Ein gewisser neugieriger Shih Tzu hat darauf rumgekaut."

Ich starrte auf die Kondomverpackung und hielt mir die Hand vor den Mund, um zu verhindern, dass ich laut lachte. „Oh nein", sagte ich und betrachtete die kleinen Bissspuren. „Stella hat sie aus deiner Tasche geholt?"

„Ja. Stella hat beschlossen, auszuprobieren, wie die Kondome schmecken, die du mir in der Nacht, in der ich dir gesagt habe, dass sie nicht nötig seien, in meine Tasche gesteckt hast. Und typisch für Ida May, es zu etwas aufzublasen, das es eindeutig nicht ist!" Er sah sich um, als suchte er nach dem Geist.

Reagan kicherte.

Bo richtete seine Aufmerksamkeit auf sie, und Erleichterung huschte über sein Gesicht.

Sie streckte die Hand aus und ergriff sie. „Tut mir leid.

Ich schätze, ich hätte dich um eine Erklärung bitten sollen, bevor ich dir den Kopf abreißen wollte."

Er schüttelte den Kopf. „Ich wäre wahrscheinlich auch nicht gut damit umgegangen, wenn die Situation umgekehrt gewesen wäre. Schon gut."

Sie lächelten einander an, und jeder sah den anderen an, als wären sie das Beste seit der Erfindung von Schokoladenkuchen. Vielleicht hatten sie die nächste Ebene ihrer Beziehung noch nicht erreicht, aber ich wäre dumm zu glauben, dass es nicht dazu kommen würde.

„Okay, nun, da wir das geklärt haben, könnten wir uns vielleicht hinsetzen und es noch einmal versuchen?", fragte ich.

Bo warf mir einen gequälten Blick zu.

„Komm. Lass mich einfach meine Erwartungen darlegen, okay?"

Reagan setzte sich wieder und zog Bo mit sich.

Ich holte tief Luft und sagte: „Hört zu, ich weiß, wenn ihr zwei euch dafür entscheidet, intim zu werden, kann ich nichts tun oder sagen, um das zu verhindern. Das sollte ich auch nicht. Das ist eure Sache. Ich möchte nur, dass ihr zwei mich und euch selbst mit Respekt behandelt."

„Okay, was bedeutet das genau?", fragte Bo. „Dich mit Respekt zu behandeln?"

„Das bedeutet, dass ich nicht möchte, dass ihr nebenan Sex habt, während ich in meinem Zimmer schlafe. Wenn ihr Sex habt, erwarte ich von euch, dass ihr vorsichtig und diskret seid und auf Nummer Sicher geht. Kein Gummi, kein Sex. Und das ohne Ausnahme. Ihr sollt wissen, dass ich hier bin, wenn ihr Fragen oder Bedenken habt, aber ansonsten möchte ich nichts davon wissen. Verstanden?"

„Verstanden", sagte Bo. „Können wir jetzt gehen?"

Reagan lachte und berührte sein tiefrotes Gesicht. „Ich glaube, es ist ihm ein bisschen unangenehm, dieses Gespräch mit seiner Schwester zu führen."

„Besser ein unangenehmes Gespräch als versehentlich Vater werden", sagte ich fröhlich.

„Ohne Zweifel." Bo ergriff Reagans Hand und zog sie in sein Zimmer. Gerade, als er dort ankam, warf er einen Blick zurück: „Mach dir keine Sorgen. Ich werde heute Nacht auf dem Sofa schlafen."

Ich lächelte gelassen. „Klingt wie ein Plan."

Als sie in seinem Zimmer verschwanden, erschien Julius hinter mir. Er beugte sich vor und küsste meinen Hals. „Gelten diese Regeln für uns alle?"

Ich lachte. „Nein, nur für die Minderjährigen im Haus. Allerdings wäre ich genauso froh, wenn Bo nie eines unserer Kondome finden würde oder wüsste, wann wir intim waren."

Ich spürte, wie er an meinem Hals lächelte. „Ich glaube nicht, dass wir in nächster Zeit Kondome brauchen werden."

Freude und ein vages Gefühl der Enttäuschung stiegen in meiner Brust auf, und ich wusste, dass ich es ihm sagen musste. Aber ich wollte zuerst hören, was er sonst noch zu sagen hatte. „Keine Kondome?"

„Nein." Er ließ mich los und zog mich in Richtung unseres Schlafzimmers. Als wir drinnen waren, drückte er seinen Mund auf meinen für einen langsamen und zärtlichen Kuss. Ich verschmolz mit ihm und genoss das Gefühl seines Körpers, der sich an meinen drückte.

Schließlich zog er sich zurück und lächelte auf mich herab. „Ich möchte auch eine Familie, Pyper. Wusstest du das nicht?"

Ich zuckte halb mit den Schultern. „Ich dachte, dass du eine willst, aber dann hast du diese Bemerkung darüber gemacht, dass wir das Haus für uns allein hätten, und mir wurde bewusst, dass wir nie ein ernsthaftes Gespräch darüber geführt hatten, also …"

„Ja, ich will eine Familie. Ich möchte, dass du mein Kind trägst. Ich will mich um dich kümmern, wenn dein Bauch wächst. Und ich will an deiner Seite sein, wenn du unser Kind auf die Welt bringst."

„Du sagst das nicht nur, weil ich dir gesagt habe, dass ich schwanger sein könnte?", fragte ich und biss mir auf die Unterlippe.

„Überhaupt nicht. Weißt du, was ich gestern Nacht empfunden habe, als du das gesagt hast?"

Ich schüttelte den Kopf.

„Pure Freude." Er setzte sich aufs Bett und zog mich auf seinen Schoß. „Als ich das erste Mal gestorben bin, war mein größtes Bedauern, dass ich nie eine Familie hatte. Und jetzt? Danke ich den Göttern jeden Tag, dass ich versuchen darf, eine mit dir zu haben."

Ich strahlte ihn an und legte meine Hand an seine Wange. Aber obwohl seine Worte mich mit grenzenloser Freude füllten, wurde ich traurig, als ich mich an den Anruf erinnerte, den ich bekommen hatte, kurz bevor wir zum Kreis aufgebrochen waren. „Ich muss dir was erzählen."

Er runzelte die Stirn, während er über meine Stirn strich. „Stimmt was nicht?"

„Nicht wirklich, ich bin nur enttäuscht. Die Krankenschwester hat vorhin angerufen. Ich bin nicht schwanger. Als ich darüber nachgedacht habe, wurde mir klar, dass es wahrscheinlich die Halskette und der Fluch waren, von denen mir übel wurde."

„Oh, Pyper." Er legte seine Arme um mich und zog mich an sich. „Bist du furchtbar enttäuscht?"

„Ich ... vielleicht?", sagte ich und lehnte mich zurück. „Das war ich, als ich mit ihr gesprochen habe. Ich hätte es dir gesagt, aber wir waren auf dem Weg, den Zauber zu brechen, und ich hatte es nicht eilig, es dir zu sagen."

„Es ist okay. Ich verstehe."

„Es ist nicht so, dass ich den jetzigen Zeitpunkt für perfekt halte, um ein Kind zu bekommen, aber ich will nicht lügen und sagen, dass ich nicht glücklich gewesen wäre. Denn am Ende ist es das, was ich will. Es ist wirklich alles, was ich will. Eine Familie mit dir."

Seine grünen Augen suchten meine, ernst und voller Gefühl. „Dann machen wir das. Wir werden ein Baby bekommen."

Ich lachte. „Ein bisschen schwierig, einfach ein Baby zu bekommen, wenn man nicht schwanger ist."

„Nicht wirklich", sagte er, und seine Lippen zuckten zu einem sexy Grinsen. „Es bedeutet nur, dass wir anfangen müssen, daran zu arbeiten. Und ich muss sagen, ich freue mich auf die Herausforderung."

Er beugte sich vor und drückte einen zärtlichen Kuss auf

meine Lippen, während seine Hand unter mein T-Shirt glitt und es nach oben schob, bis er meine Brust erreichte.

„Oh", stöhnte ich leise. „Du meinst, du willst jetzt anfangen?"

„Ja, jetzt. Pyper, lass uns ein Baby machen."

Freude breitete sich in mir aus und füllte jede Leere aus. Ich drehte mich um und setzte mich rittlings auf ihn. „Bist du sicher?"

„Voll und ganz", murmelte er, während er Küsse über meinen Hals verteilte.

„Weil ich schon aufgehört habe, die Pille zu nehmen. Kein Zurück mehr."

Er unterbrach seine Erkundung und begegnete meinem Blick. „Kein Zurück", wiederholte er. „Nicht heute Abend, niemals. Ich liebe dich, Pyper Rayne."

Ich lächelte. „Ich liebe dich auch."

Er zog mein T-Shirt aus, drückte seine Lippen wieder auf meine und flüsterte: „Jetzt lass uns ein Baby machen."

ÜBER DIE AUTORIN

Die New York Times und USA Today Bestsellerautorin Deanna Chase ist eine gebürtige Kalifornierin, die in den langsameren Lebensstil des südöstlichen Louisiana verpflanzt wurde. Wenn sie nicht schreibt, albert sie oft mit ihrem Mann in New Orleans herum oder spielt mit ihren beiden Shih Tzus. Weitere Informationen und Updates zu den neuesten Veröffentlichungen finden Sie auf ihrer Website unter www.deannachase.com.